„BÜCHER SIND WIE FALLSCHIRME. SIE NÜTZEN UNS NICHTS, WENN WIR SIE NICHT ÖFFNEN."

Gröls Verlag

Redaktionelle Hinweise und Impressum

Das vorliegende Werk wurde zugunsten der Authentizität sehr zurückhaltend bearbeitet. So wurden etwa ursprüngliche Rechtschreibfehler *nicht* systematisch behoben, denn kleine Unvollkommenheiten machen das Buch – wie im Übrigen den Menschen – erst authentisch. Mitunter wurden jedoch zum Beispiel Absätze behutsam neu getrennt, um den Lesefluss zu erleichtern.

Um die Texte zu rekonstruieren, werden antiquarische Bücher von Lesegeräten gescannt und dann durch eine Software lesbar gemacht. Der so entstandene Text wird von Menschen gegengelesen und korrigiert – hierbei treten auch Fehler auf. Wenn Sie ebenfalls antiquarische Texte einreichen möchten, finden Sie weitere Informationen auf www.groels.de

Viel Freude bei der Lektüre wünscht Ihnen das Team des Gröls-Verlags.

Adressen

Verleger: Sophia Gröls, Im Borngrund 26, 61440 Oberursel

Externer Dienstleister für Distribution & Herstellung: BoD, In de Tarpen 42, 22848 Norderstedt

Unsere „Edition | Werke der Weltliteratur“ hat den Anspruch, eine der größten und vollständigsten Sammlungen klassischer Literatur in deutscher Sprache zu sein. Nach und nach versammeln wir hier nicht nur die „üblichen Verdächtigen“ von Goethe bis Schiller, sondern auch Kleinode der vergangenen Jahrhunderte, die – zu Unrecht – drohen, in Vergessenheit zu geraten. Wir kultivieren und kuratieren damit einen der wertvollsten Bereiche der abendländischen Kultur. Kleine Auswahl:

Francis Bacon • Neues Organon • **Balzac** • Glanz und Elend der Kurtisanen • **Joachim H. Campe** • Robinson der Jüngere • **Dante Alighieri** • Die Göttliche Komödie • **Daniel Defoe** • Robinson Crusoe • **Charles Dickens** • Oliver Twist • **Denis Diderot** • Jacques der Fatalist • **Fjodor Dostojewski** • Schuld und Sühne • **Arthur Conan Doyle** • Der Hund von Baskerville • **Marie von Ebner-Eschenbach** • Das Gemeindekind • **Elisabeth von Österreich** • Das Poetische Tagebuch • **Friedrich Engels** • Die Lage der arbeitenden Klasse • **Ludwig Feuerbach** • Das Wesen des Christentums • **Johann G. Fichte** • Reden an die deutsche Nation • **Fitzgerald** • Zärtlich ist die Nacht • **Flaubert** • Madame Bovary • **Gorch Fock** • Seefahrt ist not! • **Theodor Fontane** • Effi Briest • **Robert Musil** • Über die Dummheit • **Edgar Wallace** • Der Frosch mit der Maske • **Jakob Wassermann** • Der Fall Maurizius • **Oscar Wilde** • Das Bildnis des Dorian Grey • **Émile Zola** • Germinal • **Stefan Zweig** • Schachnovelle • **Hugo von Hofmannsthal** • Der Tor und der Tod • **Anton Tschechow** • Ein Heiratsantrag • **Arthur Schnitzler** • Reigen • **Friedrich Schiller** • Kabale und Liebe • **Nicolo Machiavelli** • Der Fürst • **Gotthold E. Lessing** • Nathan der Weise • **Augustinus** • Die Bekenntnisse des heiligen Augustinus • **Marcus Aurelius** • Selbstbetrachtungen • **Charles Baudelaire** • Die Blumen des Bösen • **Harriett Stowe** • Onkel Toms Hütte • **Walter Benjamin** • Deutsche Menschen • **Hugo Bettauer** • Die Stadt ohne Juden • **Lewis Caroll** • *und viele mehr….*

Heinrich Mann

Geist und Tat

Franzosen 1780-1930

Inhalt

Choderlos de Laclos

I

Hier ist achtzehntes Jahrhundert: ein Geist, ein Schwert und der stürmische Umbau einer Gesellschaft.

Ein ganz junges Mädchen, frisch aus dem Kloster in die Welt versetzt, wird von zwei eleganten Verbrechern mit Rat und Tat, ohne daß sie ahnt, was ihr geschieht, bis zu den niedrigsten Verrichtungen der Dirne gebracht. Es entsteht ein Ungeheuer aus Lasterhaftigkeit und Naivität. Eine seit kurzem glücklich verheiratete, fromme Frau wird von demselben Verbrecherpaar, durch langsame Qualen geriebener Verführung hindurch, in Schande und Tod getrieben. Der Mann, der, geleitet von seiner Helfershelferin, dies vollbringt, beginnt beide Unternehmungen ohne eine Spur von Gefühlsdrang und nicht einmal aus Sinnlichkeit. Bei dem kleinen Mädchen kommt ihm niemals Liebe. Im Fall der jungen Frau entsteht sie unter dem Stachel langen Widerstandes; er unterdrückt sie, in der Besorgnis um seine Überlegenheit, aus Furcht vor dem Hohngelächter der Genossin, und wirft sich mit verdoppelter Wut auf die Zerstörung des liebenden Opfers. Liebe darf nur Mittel zur Herrschaft über Menschen, zum gesellschaftlichen Erfolg sein. Eine Frau verführen, ist erst halbe Arbeit; die andere Hälfte: sie verderben. Die beiden Bösen sind nur die Gelungensten eines Typus. Ein Offizier hat drei Frauen auf einmal unmöglich gemacht; die Marquise von Merteuil ist noch geschickter und besiegt ihn. „Ich will ihn haben und werde ihn haben; er will es sagen und wird es nicht sagen." Es geschieht, wie sie will. Der Ehrgeiz vieler Frauen ringsum richtet sich auf dasselbe, nur sind sie nicht so begabt. Die Männer sind sämtlich weniger glänzend als der Vicomte von Valmont; weil aber ihr Sieg in leichterem besteht als der Sieg der Frauen, brechen dennoch unter den Tritten manches Helden die weiblichen Existenzen zusammen ...; So ist, in dem Roman von den

Liaisons dangereuses, die gute Gesellschaft unmittelbar vor der französischen Revolution.

Die Grundlage von alledem ist ein durch nichts unterbrochener Müßiggang. Nicht einmal Vorzimmer-Intrigen in Versailles unterbrechen ihn; dieser Teil des Adels lebt ohne Ehrgeiz, erst recht ohne geistige Interessen und vollends ohne Selbstzucht. Dennoch arbeitet der Geist der Zeit noch in den leichtesten Köpfen: der Geist des Jahrhunderts der Vernunft, analytisch und gefühlsfeindlich; und das einzige, was sie kümmert, die Liebe, sie betreiben sie, als erfänden sie Musterbeispiele für eine Physiologie de l'amour. Sie sind Psychologen in Aktion. Sie greifen eine Frau an, um zu sehen, welche Stadien die gehetzte Seele durchlaufen wird, ehe sie erliegt. Sie schlürfen Gefühlsnuancen. Tischgenossen wetten für und gegen die Tugend einer Abwesenden, und wer sie zu Fall bringt, hat eine Geistestat hinter sich und einen glücklichen Feldzug. Der Klatsch ist unendlich bereichert und veredelt. Die Liebe ist das herrschende Gesellschaftsspiel von unbegreiflichem Reiz, weil es immer im Begriff steht, ernst zu werden und den Kopf zu kosten.

Denn es wäre verhängnisvoll für eine kürzlich Eingetroffene, für einen Neuling, wenn sie sich durch Ton und Schein in die Irre führen ließen. Offen werden die erstaunlichsten Geschichten erzählt, als sei es nur ein Spaß. Der und jener gibt einem Kreis von Damen geistreich die Manier zum besten, in der die Gräfin Soundso sich ihm gewährt hat. In einer Schloßgesellschaft verabredet sich ein Paar für die kommende Nacht und zieht einen gemeinsamen Freund hinzu, der ihnen das Vergnügen ermöglichen soll. Lauter Geheimnisse Polischinells: nur hüte man sich vor dem Augenblick, wo irgend etwas nötigt, die Fiktion des Nichtwissens fahren zu lassen. Dann schlägt unvermittelt der Spaß in düstere Wirklichkeit um, die Skepsis in spanische Ehrliebe. Keine Frau darf bei der Einschiffung vergessen, daß an Cytheres anderem Ende ein großes Kloster starrt, zu lebenslänglicher Einsperrung; kein Mann, daß in einem Haus, wo er erwischt wird, ein Haufe riesiger Lakaien ihn einfach totschlagen kann. Die persönliche Sicherheit ist erst unvollkommen verbürgt und endet beim Selbstschutz des anderen. Die nächtlich einander Genießenden werden noch aufgestört zu angstvollem Durchshaushorchen und zu einem Ruck nach dem Degen. Und auch das schärft, wenn es einem Kulturmenschen geschieht, das Denken, macht umsichtiger und klarer. Man hat es so nötig, den inneren Gängen aller Beteiligten genau nachzutasten. Der erste Anlaß, aus dem man Psychologe wurde, war der Müßiggang: aber der Zwang, durch den man es bleibt, ist die Gefahr.

Die notgedrungen erworbenen Eigenschaften vervollkommnet man bewußt; man verachtet das Gefühl, das man durch Vernünftelei zersetzt, unter Ausschweifungen erstickt hat; schämt sich sogar des Glückes, das einem unberechnet zufällt. Man kommt durch den Mißbrauch der Analyse endlich zu ganz gefälschten Begriffen, glaubt, daß Wonnen gewollt und herbeigeführt werden müssen, und sagt: „Ich empfand eine unfreiwillige, aber köstliche Regung." Das Gehirn arbeitet so einseitig, daß man vor gewissen Erscheinungen aus Feinheit zum Dummkopf wird. In dem Augenblick, da jemandem wirkliche Liebe zugefallen ist, ruft er aus: „Man muß darauf verzichten, die Frauen kennen zu wollen!" Denn diese ist geflohen, und das kann nur eine neue List, ein weiteres Mittel, um weh zu tun, sein. Wandelt einen eine echte Empfindung an, so beeilt man sich, sie dadurch zu rechtfertigen, daß man sie ausnutzt. Man hat Nerven und kann im Lauf einer kaltblütig eingeleiteten Verführungsszene in ehrliche Tränen ausbrechen. Einem Valmont aber fällt, noch während sie rinnen, ein, welche Wendung sie der Szene geben können, und er spielt in dieser Richtung weiter. Auch ihm kann geschehen, daß er sich verliebt und eine Frau glücklich machen möchte: aber doch nicht um ihretwillen. Sondern „das Experiment, das ich mit ihr anstellen will, erfordert, daß ich sie glücklich, vollkommen glücklich mache". Das Experiment soll herausbringen, was aus einer schüchternen und leidenschaftlichen, sehr frommen und bis dahin streng tugendhaften Frau, die sich ihm endlich hingab, wohl wird, wenn man sie auf dem Gipfel des Glückes plötzlich mit einem Fußtritt entläßt.

Man ist vorurteilslos genug, um seine Experimente auch auf die Tugend auszudehnen, wenn man am Wege des Lasters einmal auf eine stößt.

Valmont vollbringt, böser Zwecke wegen, eine gute Tat, spürt Vergnügen und ruft mit Genugtuung: „Ich bin versucht, zu glauben, daß, was man die tugendhaften Leute nennt, nicht so verdienstvoll ist, wie man uns gern vorredet.“ Er benimmt sich manchmal hochanständig. Das kommt dann daher, daß die Unanständigkeit zu leicht, also seiner nicht würdig gewesen wäre. Eine Dame, mit der er die Nacht verbracht hat, scheint, dank einem unvorhergesehenen Zwischenfall, verloren. „Man muß zugeben, es hätte Spaß gemacht, sie in der Lage drin zu lassen; aber konnte ich dulden, daß eine Frau um mich und nicht durch mich ins Unglück käme? Und sollte ich mich, wie der Durchschnitt der Männer, von den Umständen meistern lassen?“ Die Schwierigkeit einer Sache ist immer das Ausschlaggebende. Valmont hat die tugendhafte Präsidentin früher lächerlich gefunden, schlecht angezogen, putenhaft; eines Tages aber fällt ihm auf, daß niemand sich mehr um sie kümmert; ihre Tugend, die „schon zwei Jahre des Triumphes“ hinter sich hat, gilt als unumstößlich; also muß Valmont sie umwerfen. Aber nicht durch Überrumpelung. Nicht auf „den albernen Vorteil, eine Frau mehr gehabt zu haben“, kommt es an, sondern auf „den Zauber langer Kämpfe und einer schwierigen Niederlage“. Sie soll kämpfen, grade weil für sie die Hölle noch etwas Wirkliches ist. Er will ihre Qualen schmecken, den Duft ihrer Angst einatmen. Was ein Mensch dem anderen zufügen kann, erfährt man im Laufe dieser Inquisition eines Psychologen. Er nimmt sie nie, sooft er es könnte; er hat Zeit, bis sie, sich klar bewußt, daß sie ihr ewiges Verdammungsurteil fällt, ihn in ihre Arme zieht. Über Gott siegen: das ist hier der Kitzel, dem zuliebe man sich Monate lang einen fälligen Genuß versagt.

In alledem ist ein kindisch grausamer Spieltrieb; aber auch ein sehr besonderer Stolz. Alles seinem frei schaltenden Willen zu verdanken, nichts Sinnesausbrüchen, nichts dem Gefühl. Durch Gefühl gewährt man anderen Macht über sich. Wer die Freiheit liebt und die Macht, hütet sich vor der Erniedrigung, „denken zu müssen, daß ich gewissermaßen von eben der Sklavin abhängen könnte, die ich mir unterworfen habe, und daß die Fähigkeit, mir vollkräftige Genüsse zu verschaffen, der oder der Frau vorbehalten sein sollte, unter Ausschluß jeder anderen“. Nur in kein anderes Wesen aufgehen, keinem Übergriffe gestatten! Im Gefängnis dieser Gesellschaft des achtzehnten Jahrhunderts, der wachsamsten, kleinlichsten, die je da war, wenigstens innerlich ganz kettenlos sich regen! Unter den Worten eines Roués, der sich gegen die Liebe sträubt, wird, dumpf dröhnend, der Aufstand der Persönlichkeit gegen die Gesellschaft vernehmlich,. Dies Geschlecht wird die Revolution vollbringen, in der „Gleichheit“ nicht viel mehr als Redensart, aber „Freiheit“ wildester Ernst sein wird: Befreiung des Individuums ...; Nun ist es befreit; und der erste und größte der neuen Menschen, Chateaubriand, hat sein einsames Empfinden und seine stolze Langeweile über Steppen, durch Urwälder und die Ränder von Ozeanen entlang getragen. Wenn jetzt Valmont zurückkehrte? Da ist er, in Mussets Confession d'un enfant du siècle: beträchtlich ermattet und vom Gewissen angekränkelt, aber mit derselben Neugier des durch Ausschweifungen Ernüchterten und wieder verliebt in eine, die sich ihm opfert. Und was entdeckt er nun auf dem Grunde dieser Liebe? Musset entdeckt: „Während deine Lippen die seinen berührten, während deine Arme seinen Hals umschlangen, während die Engel der ewigen Liebe euch, wie ein einziges Wesen, mit den Banden des Blutes und der Lust umwanden, waret ihr einander ferner als zwei Verbannte an den beiden Enden der Erde, getrennt durch die ganze Welt.“ Wie viele Liebende werden fortan dies wiederholen, wie viele Dichter! Als der Roman auf seine Höhe gelangt, deckt der Überdruß am Wissen um die eigene Einsamkeit den schwarzen Schleier über alle Schöpfungen Flauberts. Unverbrüchliche Einsamkeit ist die Tragik jeder Seele, die Maupassant beschreibt, – Einsamkeit, gegen die man sich den Kopf einrennt, Einsamkeit, die man weltmännisch verachtungsvoll weiterträgt. Jedes hochstehende Gefühl ist mit diesem Mal gezeichnet, während des ganzen neunzehnten Jahrhunderts.

Dem achtzehnten ist es unbekannt. Der Liebhaber von damals nimmt sein Alleinstehen leicht. Er macht sich ein Verdienst aus den egoistischen Ekstasen, zu denen das andere Wesen ihm nur Vorwand ist und in denen unvergessen bleibt, daß, was man in diesem Augenblick umarmt, im nächsten ein Mittel sein wird, die Aufmerksamkeit eines Salons auf sich zu ziehen; ein Gerät, sich hinaufzuhissen, ein Weg zum Ruhm, ein Unterdrückter, ein Feind. Unabhängig und ganz frei von Gemüt; leicht beweglich und immer in der Spannung vor dem Kampf; tapfer und überaus unbedenklich; ohne alle Sehnsucht; ein elegantes, gelassen auf sich selbst beschränktes Raubtier: so ist Valmont der jüngere Bruder des Pippo Spano und der Rokokomensch ein Nachzügler der Renaissance. Gewiß, er hat weniger Kraft und viel mehr Eitelkeit. Die Empfindungsform, wie der Kunststil, ist in den dreihundert Jahren, die vergingen, dünner und verschnörkelter geworden; doch ist die Grundlinie dieselbe und der Weg, den diese Kultur nahm, von keiner gewaltsamen Hand noch aufgerissen und abgebrochen. Ein Salon in der Mitte des achtzehnten Jahrhunderts ist eine verkommene Republik des fünfzehnten, in Denkweise und herrschenden Trieben, in der Zähigkeit einer zum Kleinlichen entarteten Rachsucht, in manchem aus seidenem Geknister jäh hervorbrechenden grassen Wort, in hundert mit Spitzen besetzten Roheiten des Gefühles und skrupellosen Handlungen. Aus einer Liebesaffäre einen Hinterhalt zu machen, ist die wenigst gewaltsame, das Durchstöbern eines fremden Schreibtisches längst nicht die unzarteste. „Ich bedaure, daß ich nicht stehlen gelernt habe; aber unsere Eltern denken an nichts." Am anderen Ende der Skala liegt dieser Ton: „Habe ich erst diesen Triumph erreicht, dann will ich meinen Rivalen zurufen: Seht mein Werk und suchet ein zweites, das ihm gleicht, im Jahrhundert!" Ein Römer konnte so sprechen, wenn er einen halben Weltteil erobert hatte; ein Condottiere nach der endlichen Einnahme einer jahrelang listig belauerten Landstadt. Der Cäsar des achtzehnten Jahrhunderts verkündet es bei der bevorstehenden Niederlage einer Frau.

Wie bös diese Zeiten waren! Welches niemals aussetzende Bewußtsein der Feindschaft von Mensch zu Mensch, welche Gefeitheit gegen jeden Anflug von Wohlwollen muß damals einem Manne eigen gewesen sein, damit er kalten Blutes eine Unglückliche aus einem mörderischen Affekt in den anderen hetzen, dem Instrument dieser Seele Melodien der Qual entlocken konnte – zu seinem Ruhm! Welcher Spätere konnte das fassen?

Als einmal die alte Gesellschaft zersprengt war? Denn nur sie, mit ihrem unablässigen Aneinanderreihen der Eitelkeiten, war imstande, solche Gehirne zu bilden. Böse wird der Mensch erst, wenn er unter seinesgleichen ist und auf das Handeln ausgeht. In seinem Zimmer ist er es nicht und nicht im Walde. Der einsam Betrachtende neigt zur Güte; und gutmütig und naiv kommen nun die romantischen Jahrzehnte, naiv und gutmütig bis in ihre Libertins. Der Wunsch nach Frieden zwischen den Geschlechtern wird sehr groß. Das Bewußtsein von ihrem Kriegszustand geht fast verloren; er muß künftig wiederentdeckt werden, wie eine neue Wahrheit. Wie dazu Valmont die Schultern gehoben hätte! Aber die Marquise von Merteuil hätte in ihrem geschulten Gesicht keine Miene verzogen.

Denn die Marquise äußert grundsätzlich nie, was sie gerade denkt; und sie hat dafür gesorgt, daß man es nicht errät. Gleich bei ihrem Eintritt in die Welt hat sie sich in Arbeit genommen, jede unwillkürliche Freude unterdrückt, sich Schmerzen beigebracht, um sie unter Heiterkeit verbergen zu lernen; ließ in der Hochzeitsnacht sich kein Vergnügen anmerken, damit ihr Gatte sie für unempfindlich halte und Vertrauen fasse. Unter ihren Liebhabern ist keiner, der sich nicht für den einzigen hielte; denn keiner seiner Vorgänger oder Nebenmänner durfte etwas ausplaudern: von jedem kennt sie ein gefährliches Geheimnis, selbst von Valmont. Sie ist sich bewußt, die Leistungen Valmonts tausendmal zu überbieten. Er mag viele Frauen ins Unglück gebracht haben; wenn er aber unterlag? Dann war es eben ein Erfolg weniger; sie aber, sie wagt. Wieviel mehr Schlauheit hat sie nötig! „Glauben Sie mir, Vicomte, man erwirbt selten die Eigenschaften, die man entbehren kann." Auf den Ehrgeiz, ihre Liebhaber im Zaum zu halten und der Gesellschaft zum Trotz zu leben, verwendet sie den Willen einer Katharina. Sie ist in Wahrheit auf der Höhe des Jahrhunderts. Valmont vergleicht sich umsonst mit Turenne und Friedrich; er prahlt zu viel; auch ist der Stoff, in dem er arbeitet, zu unmännlich, wie er ein einziges Mal selbst zu fühlen scheint. Er kann in diesem weiblichen Zeitalter immer nur die zweite Rolle spielen. Die Merteuil erst, das weibliche Genie, erhebt die

Liebesintrige zur hohen Philosophie und zum groß angelegten Spiel um die Macht. „Unser Programm heißt: erobern." „Ich stieg in mein eigenes Herz und dort studierte ich die Herzen der anderen." Valmont weiß nur, was ihn angeht, was die Praxis des Verführers ihn gelehrt hat. Er hat, zum Beispiel, grundfalsche Meinungen über alte Frauen. Er ahnt nicht einmal, was seine ehemalige Geliebte, die Merteuil, in Wirklichkeit für ihn fühlt, seit sie sich in Güte getrennt haben; er wähnt, eine solche Frau verzeihe dies. Nur sie sieht klar in allen und ist gerüstet, jeden zu treffen. Sie gelangt, libertine in jedem Sinn, im Lauf ihrer lasterhaften Überlegungen zu den vorgeschrittensten Maximen. Sie ist Ästhetin; bereitet sich durch wechselnde Lektüre auf die Stimmung vor, die die Liebesnacht ihr bringen soll; wird bei erotischen Seltsamkeiten landen. Sie hat einen Künstlerhaß auf die Plattheit und auf jene Frauen, die leichtsinnig aus Dummheit und nichts weiter sind als Amüsiermaschinen. Um nur ja nicht im Gewöhnlichen stecken zu bleiben, geht sie, als Beraterin der Jugend, bis an die Grenzen der offenen Gemeinheit. Diese weise Korrumpierung eines vertrauenden kleinen Geschöpfes! Und der bewußte Todesstreich gegen seine Geliebte, zu dem sie Valmonts eitle Hand lenkt! Sie hält sich als Bundesgenossin zu dem Feinde ihres eigenen Geschlechtes. Erst sie bezeichnet wahrhaftig in der Menschheit die Stelle, wohin nichts Menschliches mehr dringt. Die Frau der Renaissance bleibt weit zurück. Das Leben der Katharina Sforza müßte ganz aus dem einen Moment auf dem Festungswall von Imola bestehen: „Mein Kind? Tötet es nur! Ich mache mehr!" Und auch dann noch wäre sie keine Merteuil. Diese Frau ist unberührbar; das letzte Laster ist unberührbar gleich der äußersten Reinheit. Es gäbe nichts, woran sie zugrunde gehen könnte; nur ihr eigener Stolz bringt sie um. Und als dann alles am Licht ist und sie in einem Theaterfoyer ausgejohlt wird von eben der Gesellschaft, die sie gängelte, von den heuchlerischen Halbschurken, denen nur Mut und Genie fehlte, um zu werden, was sie ist: da wird ihre Größe frei. Sie triumphiert noch im Untergehen; niemand kann glauben, daß sie sich getroffen fühlt, und man muß immer lauter werden und man erschrickt fast: rührt sich doch nichts in ihren Mienen!

Wo blieb sie, seit sie verschwand? Bis zur Stunde ist sie nie wiedergekehrt, nicht einmal mit verwässertem Blut, wie Valmont wiederkehrte. Im Werk des nächsten Bildners einer Gesellschaft, bei Balzac, ist die gefährlichste Frau keine Marquise; es ist eine kleinbürgerliche Dirne. Und diese Marneffe läßt nur zu, daß ein armer Alter an ihr sich zugrunde richtet. Kaum, daß sie nachhilft. Wenig Initiative der Sinne, gar keine des Geistes. Statt aller Philosophie ein paar Dirnenzynismen. Welch tiefer Fall, nachdem noch soeben auf dem Gipfel der Kultur die heftigste Bosheit geherrscht hatte! Nie war das Böse heftiger als in der Merteuil; und da für die Kunst Intensität alles ist, kann man zu dem Glauben kommen, die Merteuil sei eine der großen Gestalten der Weltliteratur.

II

Ihr Dichter war ein Soldat der Revolution. Er war es als General bei der Rheinarmee und der in Italien; und er war es in seinem Buch. Es erschien 1772, noch drei Jahre vor „Figaros Hochzeit“, und es ist als Parteischrift gemeint. Valmont und die Merteuil bedeuten die Verkommenheit des Adels; als dritte Hauptfigur vertritt die von den beiden Verbrechern zu Tod gequälte Präsidentin Tugend und Frömmigkeit des Bürgertumes. Ohne Willen Laclos' schillert aber sie erst recht von Zersetzung. Unredliche Sinnlichkeit blinkt in ihren tränenden Augenaufschlägen. Sie ist eine Zeitgenossin der Sünderinnen des Greuze und eine späte Verwandte der Magdalenen von Carlo Dolci. Sie ist, diese kleine Bürgergans, der ihres Mannes richterlicher Adel Zutritt in die Welt verschafft hat, ganz weg in den schlimmen, schneidigen Valmont; und damit bei dem Kitzel, den sie sich nicht länger versagen kann, auch der Himmel nicht zu kurz komme, nimmt sie sich vor, den Ausgestoßenen zu erlösen, für ihn das Martyrium zu erleiden. Laclos hat das gegeben, wie es ist, und jedem steht es frei, es widerlich zu finden; er selbst aber hat es schön gefunden, daran ist kein Zweifel. Er liebt Frau von Tourvel. Hat er sie immer geliebt?

Als junger Offizier, schmal und düster, hat er die ersten Blicke auf die glänzendste Gesellschaft Europas geworfen, und ein Mensch mit

Künstlerinstinkten konnte sie schwerlich ansehen, ohne sie insgeheim an sich zu reißen, sie in seinen Träumen zu verschlingen. Er wird das alles begehrt haben, alle Eleganz, allen Ruhm der Roués, alle Frauen. Die Merteuil war die Krone von allem: er wollte sie haben. Sicher ist, daß niemand eine Frau so in Worte einfängt, er hätte sie denn geliebt. Es wird ihm in der Phantasie ergangen sein wie Valmont in der Wirklichkeit; er wird, sich hindurchträumend durch Verfeinerungen, von der Merteuil zu der Tourvel gelangt sein. War er doch Valmont! Wie hätte er sich später seiner so gut entsonnen, wenn er ihn damals nicht in sich gehabt hätte? Einige Jahre vielleicht, – während deren er vergebliche Anläufe gemacht haben wird, zu sein, als was er sich fühlt. Es halten ihn ab: Armut, Schüchternheit dessen, den nicht die Tat emporbringen soll, und Instinkt eines künftigen Berufes. Dann entscheidet die Zeitbewegung; seine enttäuschte Begierde richtet sich feindselig gegen die Klasse, in der er so gern triumphiert hätte. Jetzt erst hat er den Standpunkt, um sie zu schildern. Er fühlt: ich habe, ohne daran zu denken, erlebt, was die Zeit wollte, daß man erlebe. Und was in dieses Buch fließt, ist alles, was mir beschieden war, bin ich ganz. Es heißt vorsichtig damit umgehen. Dies kehrt nicht wieder; mein ganzes Leben sieht auf diesen Moment; und meine Zeit. So trägt er sein einziges Buch lange aus, es kommt vollreif zutage, die Briefe, in denen er es komponiert, werden ohne ein Schwanken hingeschrieben, ohne ein Durchstreichen. Es ist das Werk eines Vierzigjährigen, ein Werk von der Lebenshöhe, und ein Meisterwerk. Es wäre unmöglich, feinere Intrigen ganz und gar aus seelischen Tatsachen abzuleiten, eine energische Katastrophe moralisch besser zu füllen. Der emphatische Briefstil der „Neuen Heloise“ liegt weitab; hier ist die bildlose Schärfe von Candide und dem Essai sur les Mœurs. Rapide Handlung, schneidende Reflexion. (Nur die kämpfende Tugend der Präsidentin hemmt.) Zusammenführen aller Fäden, an denen zum Schluß lauter Leichen hängen, in der Hand der Ältesten, Überlebenden. Das Buch ist geschickt und tief, unangreifbar in der äußeren Mache wie im Spiel der inneren Federn.

Es ist abgestreift; nun hieße es, weiterwachsen. Eins, was in Valmont war, darf der Mann der Revolution fortbilden: seinen Persönlichkeitstolz. Valmont konnte die Gesellschaft noch nicht entbehren; der Schüler Rousseaus glaubt, es zu können. Ein Jahr nach den Liaisons schreibt er über die Erziehung der Frauen; und seine Erziehungsmethode beschränkt sich darauf, daß er ihnen das „Naturweib" vorführt. Zwar hat den „Naturmenschen" niemand je gesehen, Rousseau erfand ihn von Kopf bis Fuß; aber es gibt ein unerforschtes Afrika, wo er stecken könnte. Für alle ist sein Vorhandensein eine wahre Herzensangelegenheit. Er ist dem achtzehnten Jahrhundert so viel, wie dem neunzehnten der Pithekanthropos werden wird. Laclos ist ihm ganz ergeben. Die sündenschöne Bürgerdame liegt hinter ihm; jetzt ergeht er sich in verliebten Schilderungen des sonnenbraunen Naturmädchens, das, von unbekannter Glut verzehrt, in betauter Sonnenaufgangslandschaft sich wirren Blickes auf den ersten Mann stürzt. Besorgt um ihren Ruf, kommt er dem Verdacht zuvor, sie möchte nicht recht sauber sein; und das wirkt rührend bei dem Schöpfer der abgefeimtesten Romanfiguren, die je da waren. Gegen Buffon und Voltaire, die dem Naturmenschen nicht hold sind, verteidigt er das Verlassen von Frau und Kind, – was abstoßen könnte, wenn es nicht von einem Träumer und von einem zum besten Familienvater Bestimmten käme.

Er bleibt Träumer. Den Beweis dafür, daß die Liaisons dangereuses nicht, wie man zu finden scheint, ein Kunststück kalter Beobachtung sind: das ganze folgende Leben Laclos' erbringt ihn. Es ist köstlich ungeschickt. Noch 1789 nimmt er vom Herzog von Orleans ein Amt an. Nach der Flucht nach Varennes greift er, um seinem Herrn auf den Thron zu helfen, in einer Volksversammlung zu Gewaltmitteln, übertrieben, nach Art des Schüchternen, der sich in Handlung stürzt. Seine Phantasie und seine Zaghaftigkeit zeigen ihm die Tatmenschen noch viel unbedenklicher als sie sind. Er will mittun, sie überbieten; und fällt ab. Die Revolution bereitet ihm als einzelnen nur Enttäuschungen; er aber hängt an der großen, geliebten Abstraktion; will niemals glauben, daß außer einem kleinen Haufen Unverbesserlicher jemand ihr entgegen sein könne.

Geblendet vom Starren in die weite Morgenröte, verliert sein Blick die Tatsachen. Er sieht nichts voraus und legt die Sache der Freiheit in die Hände Bonapartes. „Möge nur er leben!“ Seine Leiden kommen ihm nicht von ihr, von der Revolution, sie kommen von Menschen. In dem Kerker, wohinein sie ihn, als homme de génie, geworfen hat, begeht er ihre Feste, erfindet er Geschosse, die sie ausbreiten sollen, lehrt er seine Kinder, solange man ihm das Schreiben erlaubt, ihren Geist. „Die Tugenden sind auf der Tagesordnung.“ Mit der ruhigen Größe, die den Menschen jener Tage als Preis ihrer Gläubigkeit zuteil ward, trifft er Bestimmungen, „für den Fall einer Krankheit oder eines anderen Unglücksfalles“. Der andere Unglücksfall ist die Guillotine.

Er entgeht ihr und wird zur Armee geschickt. Es ist Waffenstillstand, auch sind mehr als genug Generale vorhanden, und es hieße, sich durch Ränke hinaufbringen. Laclos verzichtet und bleibt unten, trennt sich in seinem Bewußtsein immer von „denen dort oben“. Er behält im Alter die Neigung des sanften Dichters, die auch die Neigung ganz junger Menschen ist: die Leute danach zu beurteilen, wie sie ihn behandeln. Sobald man ihn verwendet, leistet er mit seiner Artillerie die tüchtigsten Dienste. Aber er ist ohne Ehrgeiz, sehr unentschlossen, hat einen etwas pedantischen Gerechtigkeitssinn, fremd den ungesetzlichen Kühnheiten, denen jetzt die Welt gehört, und sieht den Ruhm so fern, daß er es vermessen fände, die Hand nach ihm auszustrecken. Auch weiß er nichts von seiner Vergötterung, die jetzt aufkommt; er hat den menschlicheren Glauben seines Jahrhunderts: „Das Ziel ist Glück und Ruhm nur ein Mittel.“ Der Republik dienen: was kann ihr Bürger noch mehr wollen? Den Seinen anständigen Unterhalt erwerben. Denn er lebt jede Stunde seiner Kriegszüge mit den Seinen, wie er einst im Gefängnis in Gedanken mit ihnen seine Mahlzeiten teilte. In seiner Frau liebt er die Erinnerung an die Tourvel, bedauert, ein Wort von ihr nicht mehr der Präsidentin in den Mund legen zu können, erklärt seine Frau für seine Nachwelt, sein Pantheon, worin sein Gedächtnis ruhen wird. Trost des Enttäuschten; ständiges Zurücksinnen an die einzige Leistung, die ihm vergönnt war. Was er heute tut, er weiß es, ist subaltern; drum erträgt er gefaßt die

Zeiten zwischen zwei Briefen seiner Lieben, und seine Erholung ist es, wenn er als Eroberer in eine italienische Stadt eingezogen, hinter den stillen Mauern eines Bischofspalastes mit einem feinen Priester plaudern darf, der sein Buch gelesen hat.

Und so, mag er selbst seine Rolle auch bescheidener veranschlagen, hat er Teil am Sinn dieser Tage: den Verfasser eines gesellschaftskritischen Romans tragen Bajonette durch unterworfene Länder. Der Soldat ist vom Herkommen abgewichen, er erhält nicht mehr das Bestehende, steht nicht länger der Tatwerdung von Ideen entgegen; er selbst tränkt sie, auf großen Siegeszügen, Europa ein. Er war Scherge und ist nun Kulturbringer; der literarische Offizier, in dessen Briefen die Namen Voltaire und Rousseau so oft vorkommen wie die von Kriegsmännern, ist der siegende Typus; und in dem, der noch auf Sankt Helena von den Dichtern wie von seinesgleichen sprechen wird, bereitet das Genie selbst sich vor, den Thron zu besteigen.

Laclos, schon alt, erfaßt wenig von dem um ihn her. Die Jetzigen ergreifen lärmend Besitz von der Außenwelt. Diese Stürme haben Chateaubriand über das Meer geworfen, werden den Knaben Victor Hugo nach Spanien wehen und die Romantik, die Kunst der sichtbaren Dinge, entfachen. Er aber, der Artillerist und Erfinder, zieht den Feldstechern die Augen der Seele vor. Für seine Fahrt durch die Schweiz findet er in drei Zeilen Platz und hält Genua keines Besuches wert. Schon als Valmont hatte er gesagt: „So sind Sie denn auf dem Lande, das langweilig ist wie das Gefühl und traurig wie die Treue." Die schwierig zusammengesetzten Menschen, in einem Salon wohlverwahrt, die zu durchschauen und reinlich zu bestimmen ihm gegeben war, sie sind nicht mehr. Ein Übriggebliebener, der sich den Zopf aufgelöst hat und von seiner Träumerbegeisterung in lauter Neues, vor Rauheit Unentwirrbares verschlagen ist, läßt er aus seinem weichen, runden und roten Rokokogesicht seine melancholisch brennenden Beobachterblicke unbeschäftigt ausgehen über gleichgültiges Land. Könnte er wenigstens seine geliebten hohlen Kugeln bei einer ordentlichen Belagerung probieren! Lieber noch schriebe er den längst in ihm keimenden Roman, dessen Thema lautet: „Das Glück lebt nur in der Familie.“ Er sinnt darüber, während er seine langen Glieder mühsam im Reiten übt; und hinter ihm ist immer, mit Karossen, Livreen und aufgedonnertem Stab, der opernhafte Pomp eines Generals der Armée d'Italie.

Dann stirbt er, in Tarent, einem Ort des Fiebers, wo er nicht einmal nützen konnte; stirbt ausgeschieden und geopfert und richtet „in dem Augenblick, da für mich alles enden soll“, eine Bitte an den Ersten Konsul: um Hilfe für die unglücklichen Seinen. Denn er hinterläßt nichts als seine prunkvoll bestickte Generalsuniform. Und die Liaisons dangereuses.

Die ersten Leser des Buches konnten (wie gewöhnlich) nicht ertragen, ihre Gesten, die ihnen, über die Wirklichkeit verstreut, niemals Ekel einflößten, im Kunstwerk zusammengebunden, ihre Seelenverfassung darin anschaulich kommentiert zu sehen. Marie-Antoinette, die Keusche, verbot, daß auf das Exemplar, das sie einbinden ließ, der Titel gedruckt werde. Der Ruf der Unsittlichkeit, den die Rache der Zeitgenossen dem Roman bereitete, hat fortgewirkt. Die moralische Absicht darin ist zwar eher zu deutlich. Glücklich wird man nur durch Liebe. Nicht durch Stolz; nicht durch Spielen mit anderer Schicksalen; nicht durch Verstand: nur durch gütige Liebe. Wer liebt, merkt es und ruft den übrigen die neue Wahrheit zu. Wer nicht empfindet, hegt Neid auf alle, die es können. „Ich bin empört“, sagt Valmont, der glänzende Verführer, „wenn ich denke, daß dieser Mensch, ohne zu überlegen, ohne sich die geringste Mühe zu geben, einfach dadurch, daß er ganz dumm dem Trieb seines Herzens folgt, eine Seligkeit findet, die ich nicht erreichen kann.“ Das geht bis zur Fälschung. Gegen Ende des Buches wandelt die Merteuil eine Reuestimmung an und sie wünscht, von einem naiven Jungen so geliebt zu werden, „wie wenn ich seiner würdig wäre“. Aber der Optimismus der meisten, der Schwäche ist, steht einem solchen Buch entgegen; und die Zeit, die es ertragen soll, braucht einen wagehalsigen Geist. Die zunächst Kommenden waren am wenigsten geeignet. So hat sich Charles Nodier albern und Michelet sich unverständig geäußert. Sainte-Beuve, den Analytiker von „Volupté“, hätten die Liaisons dangereuses nicht weniger anziehen müssen als Sainte-Beuve, den neugierigen Kritiker; aber beide schwiegen. In der Präsidentin Tourvel hätte George Sand leicht ihre eigene Rechtfertigung der Liebe als Diakonissinnenpflicht wiederzuerkennen vermocht; doch erklärt sie, der Seele gesünder als die Liaisons dangereuses finde sie den Pfarrer von Wakefield. Ihrem Feind Baudelaire dagegen, dem „Satanisten", der sich als verkannten Moralisten fühlte, war Laclos' Roman sympathisch. Und die Goncourt scheuen sich nicht, den Verfasser in die vorderste Reihe der klugen Reformatoren zu stellen.

Nicht das macht dem heutigen Geschlecht seiner Liebhaber sein Buch wert. Bei den Liaisons dangereuses verweilt, als bei einem frühen Bilde des eigenen Wesens, jeder, der sein Erlebtes gern ins Schlimme steigert, sich aus der Hoffnungslosigkeit seines Wissens um Seelen einen Trost macht und einen Rausch aus seinem Herrschergefühl vor Abgründen, die er ermißt. Laclos würde stutzen beim Anblick seiner Freunde. Er wollte versittlichen, und sie sind Immoralisten. Er dachte, zu der sanften Tourvel zu führen, und sie bewundern die ruchlose Merteuil. Aber er, der ehemals lachend den Lästerungen getrotzt hat, würde heute wohl mit Lächeln den Ruhm hinnehmen, der selten mehr ist als ein weit verbreiteter Irrtum über unsere Person.

Stendhal

I

Er wurde früh genug geboren, um als Kind die Revolution echoartig mitzuerleben. Die Berichte der Ereignisse, die damals die Generationen auseinanderrissen, drangen von Paris nach Grenoble, wo heute sein Denkmal steht. Das Wohnhaus der Familie Beyle lag niedrig und hell am Ende einer Weinlaube. Er liebte seine Schwester, haßte seinen Vater und behauptete später, im zartesten Alter habe er erotische Eindrücke von seiner Mutter empfangen. Seine Beziehungen zu seinen Eltern werden beiläufig die gewesen sein, von denen 1920 so viele junge Leute großes

Aufheben machten. Er selbst hat sie in seinen Geheimbüchern aufgezeichnet; seine Romane tragen schwerlich die Spur davon.

Er war nicht in dem Maße Analytiker, um sich nur einfach der Selbstzergliederung zu widmen. Keiner seiner Charaktere ist einfach er selbst, ausgenommen vielleicht der Held eines kürzlich wiederaufgefundenen Romans, den er angefangen und bald abgebrochen hatte. Er nahm sich selbst zum Ausgang, setzte hinzu und zog ab; besonders zog er ab. Er verschob die Lebenslage, fragte: wie würde man handeln, wenn man erst 1805 geboren wäre? In jedem Fall sah er das Geschöpf handeln, wie er auch sich nur handelnd kannte. Er hatte seine Theorie des Glücks; aber das schlimmste Unglück, nicht handeln zu können, hat er kaum in Betracht gezogen. Den Helden seines ersten Romans hat er sich impotent gedacht, sagt es indessen nirgends im Buch. Warum nicht? Es muß ein verschwiegenes Opfer an das Unglück gewesen sein. Dann folgten nur noch Gestalten von äußerster Lebenskraft.

Die Energie, sein wichtigster Gegenstand und seine ewige Forderung, kann modern und leichtverständlich aufgefaßt werden. Vielleicht war er nur, was auch heute wieder alle sind? Ein Sohn der gelockerten Gesellschaft und des Krieges, respektlos und entschlossen, durchzudringen, mit Gewalt und abenteuerlich oder dank den bürgerlichen Mitteln. Als junger Mensch versuchte er von dem verhaßten Vater das Kapital zu erlangen, um mit Kolonialwaren zu handeln – und dies gewiß nicht im kleinen. Schnell und ohne Vorurteile reich zu werden, war damals sein Entschluß. Als er vorher mit siebzehn Jahren durchgegangen war zur Armée d'Italie, tat er das andere, was ein jugendlicher Drang nach Erfolg in jenem Zeitpunkt tun konnte. Es war unter dem General Bonaparte. Nach seinen Abwegen als Kaufmann, Verfasser eines komischen Stückes und Liebhaber der jungen Schauspielerin, für die er unbedingt reich werden wollte, trat er endgültig in den Dienst des Kaisers.

Dies waren, bis Napoleon stürzte, für Stendhal, einen seiner Soldaten, die Jahre des nach außen gerichteten Lebens und einer solchen Fülle von Handlung, daß ihm in den folgenden Jahrzehnten schien, er handelte immer noch. Denn ihm strömte von dorther fortwährend Kraft zu. Die Energie, die er verlangte, er hatte sie gesehen; von ihrem Strom bewegt, hatte er gelebt. Sein übriges Leben arbeitete weiter mit der damals erworbenen Freudigkeit. Wollte sie in den trüber werdenden Tagen versagen, sofort rührte sich das Pflichtgefühl dessen, der siegreich und glücklich gewesen war und es bleiben mußte. Nicht anders bestand zur gleichen Zeit sein verbannter und kranker Kaiser darauf, so genannt zu werden bis zuletzt vor der Welt, die seine unvergängliche Spur trug.

Henri Beyle war Intendant in Braunschweig und preßte aus dem Land etwas mehr heraus, als er mußte, nur, um Napoleon zu gefallen. Als Moskau brannte, nahm er aus dem Hause, das er bewohnte, allein einen Band Voltaire mit. Er bedauerte, daß die Ausgabe unvollständig wurde, aber ohnedies verbrannte die ganze Bibliothek. Am gleichen Tage sagte ihm der Kaiser: „Sie sind ein tapferer Mann, Sie haben sich rasiert." Das sind seine großen Erinnerungen. Am Tage von Wagram hatte die Hand Napoleons einen Augenblick lang seine Brust berührt. Daran erinnerte er den Gefangenen auf Sankt Helena, als er ihm seine Geschichte der italienischen Malerei widmete: „Der Grenadier, den Sie am Knopf faßten." Er setzt sich im Rang herab, denn nur von diesem einen unter allen Menschen scheint der Abstand ihm unermeßlich.

Als er Napoleon diente, hat er nichts geschrieben. Die Sicherheit, zu handeln, ersetzt vollauf jene andere Illusion, die das Schreiben ist. Auch beschreibt niemand, besonders nicht mit Kraft und letzter Hingabe, einen Zustand seines Lebens, der ihm völlig genehm ist; der richtig Verwendete muß über sich nicht nachdenken. Die Welt, unter der er nicht leidet, reizt ihn nicht zur Gegenwehr. Worte und Sätze sind unter anderem auch Gegenwehr, ein ganz und gar glückliches Zeitalter hätte keine Literatur. Seine Welt damals kreiste um den größten Mann, der seit vielen Jahrhunderten erschienen war. Sie kreisen lassen, ihn bewundern und schweigen! Später, nach den Ereignissen, hat er Napoleon seinen Despotismus vorgeworfen, ihn aber auch dann noch entschuldigt mit seinem Genie.

Hier sind die Punkte, in denen der junge Stendhal zu vergleichen wäre mit seinen Altersgenossen einhundertzwanzig Jahre später. Er hat den Haß auf die Alten gepflegt. Es kam ihm nicht darauf an, wie man reich wird. Er nahm die Zeit und ihre Bedingungen sachlich. Geld verdienen und Krieg führen, erkannte er als das natürliche Gesetz der Revolution in ihrer imperialistischen Hälfte. Er hatte das Bedürfnis, sich in heftiger Bewegung zu erhalten und einem selbstgewählten Führer widerstandslos zu gehorchen. Es sieht aus, als wären dies Ähnlichkeiten genug. Der Unterschied dagegen liegt vor allem in der Produktivität – des Zeitalters, seines Helden und Stendhals, in dem sie noch schlief. Der Unterschied liegt auch in einer anderen Ideologie, der des 18. Jahrhunderts. Aber gerade auf Grund dieser schöpferischen Ideologie war Napoleon imstande, das Gesicht der Nachwelt zu formen, und Stendhal konnte solche Romane hinterlassen, daß bis an den letzten Schluß des bürgerlichen Zeitalters die wechselnden Geschlechter sich darin wiedererkennen werden.

Dies Zeitalter war sogleich ganz da und führte im Abriß unverzüglich alles vor, was es dann in hundertfünfzig Jahren weitschweifig wiederholt hat. Dem Führer, der seiner geistigen Herkunft das innere Recht verdankte, Kaiser zu sein, traten alsbald gegenüber die Spekulanten. Sie verdienten an seinen Ruhmestaten, er haßte sie, kam aber niemals los von ihnen, sie faßten ihn im Grunde als ihr Vollzugsorgan auf. Der Revolution war vom Kapital die faszistische Wendung gegeben – schon damals; und in jedem späteren Zeitpunkt, sooft das Kapital den Aufschub der demokratischen Verwirklichungen brauchte, was zeigte sich wieder? Die Affen Napoleons. Die tiefste und edelste aller Ideologien erstreckt sich über dies Zeitalter, seine Helden sind in die Glorie unseres Menschentums getaucht, wie keine vorher. Zuletzt aber ist alles, was ihren Himmel rötet, doch nur wieder das Feuer der Schlachten. Sie waren Betrogene. Napoleon selbst ist dahingegangen im Irrtum über die von ihm veränderte Welt. Er glaubte ihr die Freiheit zu hinterlassen, und sie verfiel der Geldherrschaft.

Stendhal hätte entschieden, daß weniger die Freiheit zählt, die damals in den Vereinigten Staaten von Amerika ihre Stätte noch hatte und die er dort nicht anziehend fand. Was ihn ergriff, war der Kämpfer und Befreier, und Treue hielt er nur den Eigenschaften einer Seele. Sein Kaiser war ihm selbst verwandt durch die leichte Erregbarkeit des geistigen Menschen, durch Worte wie dieses: „Die literarische Bildung verdeutlicht den Ehrbegriff und beschämt die Niedrigen." Sein unerreichbares Vorbild hingegen blieb Napoleon durch die Festigkeit seiner Entschlußkraft, diesen „Zwei-Uhr-nachts-Mut", den niemand hat. Er hielt sich für seinen Untertan auf Grund moralischer Hoheiten, niemals durch Erfolg und Macht. Napoleon war es, der ihn gelehrt hatte, das Handeln mit dem Denken und Fühlen als dieselbe Größe anzusehen; denn er achtete Corneille gleich einem Fürsten und sein eigenes Gesetzbuch für höher als seine vierzig Siege. Dies hat auch Stendhal berechtigt, als die Tage des stark bewegten äußeren Lebens vorbei waren, das innere für nicht geringer zu nehmen.

Während sein Herr auf Sankt Helena zu Ende ging, schrieb und liebte Stendhal in Italien. Das bourbonische Frankreich hatte für den Offizier des Kaisers keine Verwendung, und im österreichischen Mailand wurde er nur als unauffälliger Privatmann geduldet. Er widmete sich der Kunst und den Frauen – alles mit der unbegrenzten, zielsicheren Hingabe dessen, der seine Aufgabe erfüllt, wie vorher, als er dem Kaiser diente. Auch die Bilder, auch die Geliebten sind Gelegenheiten, sich zu bewähren. Die Seele fragt nicht, ob Europa erobert wird oder dies Herz. Ihre Sache ist nur, auf der Höhe zu bleiben. Es kommt einzig darauf an, der glückliche Sieger zu sein wie je. Auch hier gelingt es, ihm zufolge, durch Willenskraft. Nach seiner Meinung geht man jeden Morgen neu auf die Jagd nach dem Glück, und ohne Beute nach Hause zu kommen, ist unrühmlich. Er hat etwas gefunden, das viel später ganz andere Menschen wiederentdeckten: die Pflicht, glücklich zu sein.

Bei Frauen glücklich sein, hieß nicht, von ihnen viele besitzen; es bedeutete, für sie zu empfinden und durch sie zu erleben. Er konnte ihr Held nicht werden, ohne einnehmende Gestalt, wie er ihnen vorkommen mußte, und mit Gesichtszügen, die merkwürdigerweise gleichzeitig zu gewöhnlich und zu geistreich waren. Die meisten, die er liebte, haben gemerkt, daß sie ihn zum besten halten konnten, und machten Gebrauch davon. Indes das Scala-Theater die angebetete Oper von Cimarosa spielte und davon allein sein Puls schon freudiger schlug, besuchte er in ihren Logen schöne Damen, die sowohl einen Gatten wie einen Cicisbeo hatten, sprach ihnen von Liebe und ließ sich in ihr Vertrauen ziehen. Es war das unter Metternich erlaubte Gespräch, die im Hause verteilten Vigilanten hätten es hören dürfen. Es war auch eine ihm nicht verbotene Leidenschaft. Welcher anderen, als der Liebe um des Liebens willen konnte ein auf Halbsold gesetzter Offizier nachgehen.

Endlos von Liebe sprechen, ihr nah und näher kommen in der Berührung der Blicke und der Vorstellungen, Wissen sammeln, das aus lauter Genüssen besteht, und alles, was die Neugier des Blutes hervorzaubert an Illusionen, nachher zu Erkenntnissen umschmelzen: das war es wohl, so sah sein Mailänder Glück aus. Sein Buch über die Liebe, ihr Gesetzbuch, dessen Paragraphen er nachschrieb, wenn solch ein Abend vorbei war, aus Ehrgeiz ist es nicht entstanden – sondern weil ein müßiger Mensch, von den Frauen entzückt und auch sie endlich entzückend durch die Macht seiner Schwärmerei, sich die geringe Mühe nimmt, seine glücklichsten Stunden aufzuzeichnen. Das gibt seinem Buch „De l'Amour" das Leichte und auch jenen Zug von Unvergänglichkeit.

Im Zeitlichen ist es achtzehntes Jahrhundert, das hier durch das ganze erste Drittel des neunzehnten, mit ihm verarbeitet, am Leben erhalten wird. Nur bei Stendhal bewahrte es sich frisch. Sein Verstand war geschult an den materialistischen Denkern, die damals außer Geltung kamen, und er blieb seinem Lehrer Destutt de Tracy getreu in allem, was der Verstand folgert. Die Erkenntnisse seiner Philosophen wurden für ihn erst recht zeitgemäß, nun die wiedererrichtete Herrschaft des Königtums und der Kirche dem Urteil nichts entgegensetzte, außer verachteten Tatsachen. Stendhal sah die längst gefundenen Wahrheiten mit Gewalt niedergehalten, er war daher überzeugt, daß sie nur aus Feigheit verleugnet wurden. Er glaubte, niemals habe es in der Welt ein solches Maß von Heuchelei gegeben wie 1820. Er wollte nicht anerkennen, was dennoch wirklich vorkommt, da auch wir es heute wieder feststellen müssen. Es ereignet sich tatsächlich, daß man der Wahrheiten, ohne sie widerlegt zu haben, überdrüssig wird. Sie sind den Interessen unbequem, und sie ermüden die durch schwere Schickungen geschwächten Köpfe. Überdies stehen sie den Leidenschaften des Tages im Wege; nur wenig sophistische Nachhilfe ist nötig, damit eine ganze Jugend sie allen Ernstes aus dem Auge verliert. Die Wahrheiten des vorigen Geschlechtes sind eine Weile scheintot. Da sie aber noch längst nicht alle ihre Kraft an das wirkliche Leben abgegeben haben, werden sie unfehlbar aus diesem Schlaf wieder erwachen.

Stendhal vertraute auf die Zukunft der Wahrheiten, obwohl er seine Zeitgenossen für ausgemachte Heuchler hielt. Er trennte sich von ihnen und bemerkte kaum, daß er nicht als denkendes Wesen, wohl aber als fühlendes, durchaus von ihrer Art war. Er empfand wie ein Romantiker, der Verstand hingegen überprüfte die Regungen, und der Stil, in dem er sich zu schreiben bemühte, war der nüchterne und starke des Code Napoléon. Er war einfach vollständiger als die anderen, die ganz beschränkt auf das Gefühl und seinen sinnlichen Ausdruck blieben. Sie machten die Zeitrichtung mit; der junge Victor Hugo schrieb den Bourbonen schöne Gelegenheitsverse, der junge Musset gab an der Krankheit des Jahrhunderts natürlich Voltaire schuld, denn heute würde er Anatole France beschuldigen. Sie sollten sich noch wandeln, der Geist Stendhals hatte schon sein endgültiges Gepräge, ihm war nicht mehr beizukommen.

Durch das Gefühl hängen wir unvermeidlicher als durch unsere Ideen mit dem gegebenen Zeitabschnitt zusammen. Der Stendhal der Mailänder Jahre schwärmte für Cimarosa und Mozart, Correggio und Canova ganz wie für seine Freundin mit einem unverkennbaren Aufschwung vom Boden, ja, im Schweben schwärmte er, die Augen erhoben, und er hatte trotz der zuchtvollen Sprache nicht mehr seine eigene Stimme, die Göttlichen tönten aus ihm. Keine andere Epoche kannte jemals einen untersetzten Mann, früheren Verwaltungsbeamten mit gewöhnlichem, aber geistreichem Gesicht, der fühlen konnte bis zur Schwelgerei und doch geheimnisvoll zart. Wenn er eine Frau ernstlich zu lieben begann, verschloß er sich sofort und zeigte Kälte. Mit derselben Zurückhaltung spricht er von den anderen Gegenständen seiner Seele, und es scheint, als gäbe es zwischen ihm und Correggio immer noch mehr, als wir erfahren dürfen. Dies war nichts Geringeres als sein Zug nach Dauer, nach Unsterblichkeit, derselbe Antrieb, der die ganze Romantik erst bewegt hat. Dem Denkenden ist er verboten, um so eher erlaubt ihn sich der Fühlende. Wir sterben und nur die Schönheit nicht. Aber es ist ein Geheimnis zwischen ihr und wenigen.

So sein Empfinden. Seine Theorie hat nichts damit zu tun, denn er definiert die Schönheit als ein Versprechen von Glück – noch nicht einmal als ein greifbares Glück und überhaupt als keine Tatsache, viel weniger als eine unvergängliche. Unsere sterblichen Organismen sind es, die sie aneinander weitergeben. Correggio überliefert sie Stendhal, Millionen anderer erfahren nicht das erste Wort dieser hervorragenden Methode, glücklich zu sein. Es hätte keinen Zweck, sie der Menge vermitteln zu wollen. Wenn Stendhal sich an andere wandte, betraf es vor allem den Kreis, der in den Mailänder Salons verkehrte, miteingerechnet die Gäste aus ganz Europa. Er bestätigte durch seine ersten Bücher die vorher in Person geführten Unterhaltungen. Darüber hinaus gab es in Paris und London zweifellos noch einige andere „Dilettanten" im italienischen Sinn; für Stendhal bedeutete das Wort allerdings nicht nur „Kunstliebhaber", es hieß auch „Mitglied der geistig vornehmsten Gesellschaft, Reiteroffizier Napoleons, daher Aristokrat". Der Name „de Stendhal" entstand so. Jenen „Dilettanten" bot er über die Kunst, die Liebe und über das zeitgenössische Italien zu lesen an, was nur aufgeklärte, feinfühlende Weltleute schätzen konnten. Den Rest der Welt bildeten mißgeborene Heuchler. Nicht Stendhal selbst, aber einer seiner Freunde in Turin behauptete, daß seinesgleichen den Gesichtern gewohnheitsmäßig ausweiche, auf der Straße sehe man an den Leuten hinauf bis zur Brust. Erst wenn ein Orden darauf war, ging man bis zum Gesicht.

Ist der Orden ein Gleichnis, dann hat Stendhal wenigstens damals nur für Personen mit Auszeichnungen geschrieben. Zum Beispiel meinte er seine außerordentlichen Promenades dans Rome vor allem als Führer für

Reisende von Distinktion. Das Buch war aber die nie wieder gesehene Mischung von Kenntnis des Altertums und der mitlebenden Gesellschaft, es war sachlich, anekdotisch und noch geistvoller als einst die italienische Reise des Präsidenten de Brosses. Es setzte das achtzehnte Jahrhundert länger fort, als nötig gewesen wäre, – aber damit lag es nun so, daß die geistig verarmten Zeitgenossen das natürliche Wachstum der Demokratie unterbrochen hatten und sich selbst als Urteilende zum größten Teil ausschalteten. Was blieb dem Schriftsteller, der sich nicht entehren will, übrig? Die Freimaurerei der Intellektuellen wird immer wieder dort aufkommen, wo es gelungen ist, die Masse nach der falschen Seite zu ziehen. Der geistige Adel hat überall seine guten Gründe, die für die übrigen zu bedauern sind.

Der geistige Adel, Typ Stendhal, verbindet Empfindsamkeit mit Zynismus. Die geistige Nacktheit gleicht hier die Zartheiten der Seele aus. Übrigens ist sie das natürliche Vorrecht dessen, der von vornherein nur zu Gleichen spricht. Ein und derselbe Zynismus ist die Haltung großer Gewähltheit und einer besonders ausgesprochenen Männlichkeit, während er doch oft gewöhnlich aussieht. Er ist die Haltung dessen, der den selten gewordenen Mut, der Wahrheit gerade ins Gesicht zu sehen, täglich beweist, und daher allenfalls vernachlässigt auftreten darf wie ein Soldat im Kriege. Er ist eine Haltung. Mit den fortschreitenden Jahren wird er ein Mittel zur Selbstbehauptung. Als Stendhal dazu überging, Romane zu schreiben, veränderte er deshalb doch weder seine Ansprüche an den Leser noch seine Tonstärke, und die unmittelbarsten, lebendigsten Darstellungen einer Gesellschaft, die damals nur einer so verstand, drangen zu seiner Zeit kaum weiter als seine aufgezeichneten Mailänder Konversationen. Dafür sind sie aber bis zu uns gelangt, nicht anders, als hätte einer unserer Zeitgenossen eine Rückreise in das Jahr 1830 gemacht und brächte uns diese Romane mit. Er selbst hat gewußt, daß es so kommen werde, – wenigstens hat er es behauptet; aber gibt es eine Selbstgewißheit ohne Unterlaß, wenn niemand sie ihm bestätigte? Doch. Balzac schrieb ihm im Ton der hohen Kameradschaft – wie dem anderen, der auch noch in Betracht kommt. Das machte vieles gut.

Es war gleichwohl schwer, nach gewöhnlichem Maßstab war es ein schweres Leben, nur daß die tiefinnere Heiterkeit des vollständigen, daher neidlosen Menschen es dennoch beschwingte. „Leichtigkeit“ hielt er aus eigenem Recht für die höchste Stufe des Könnens. Er schrieb auch nicht mühsamer als man liest, wenigstens glaubte er es. „Da ich nichts zu lesen habe, schreibe ich. Es ist dasselbe Vergnügen, aber heftiger.“ In einem Zuge schrieb er viele Seiten, die Feder kam kaum nach. Er verwendete Abkürzungen, machte Worte unkenntlich, vermied Namen und gab sich selbst immer andere. Denn er fürchtete die politische Polizei auch noch unter dem Bürgerkönigtum, das doch ihn selbst zum politischen Beamten gemacht hatte. Sogleich nach dem Sieg der Liberalen hatte er sich gemeldet und war zum Konsul ernannt worden, zuerst in Triest. Da Metternich ihn nicht bestätigte, kam er nach Civitavecchia und blieb dort. In Paris war er nur auf Urlaub, und auch die Muße, um die französische Provinz zu beobachten, ersparte er von seinen Ferien. Die unmittelbarsten, lebendigsten Darstellungen der führenden Gesellschaft jener Tage, niedergelegt wurden sie in einer weit entfernten Kleinstadt. Seine Romane gelangten nicht einmal alle sofort an die Öffentlichkeit, mehrere blieben unfertig liegen, sie verschwanden später für lange in der Bibliothek seiner Heimatstadt Grenoble.

Unter seinen Fenstern glänzte oder stürmte das Meer. Über seinen Tisch hatte er Merksprüche an die Wand geschrieben, als hätte er von allem, was ihn leitete, noch jemals etwas aus dem Auge verlieren können. Seine gewöhnlichen Beziehungen waren geschäftlicher Art. Manchmal erregte ihn die Politik. Er vergaß dann ganz, daß er die Polizei fürchtete. Gehörte es im Grunde nicht nur zu seiner Haltung, wenn er annahm, man müsse auf ihn ein geheimes Auge haben? Die Juliregierung hatte einmal in der auswärtigen Politik einen Schritt getan, den der Soldat Napoleons entwürdigend fand, da versammelte er seine Untergebenen und dankte vor ihnen als Franzose ab. Dann ließ er seine Erklärung ohne weitere Folgen. Im Gegenteil beanspruchte er, daß ihm künftig bei seiner Pensionierung auch seine Dienstjahre unter dem Kaiser mit angerechnet würden. Übrigens hätte er auf sein Amt und auf die Einsamkeit jederzeit verzichtet; ihm fehlte der Verleger, der ihm statt dessen eine genügende Jahresrente aussetzte. Er war schwach nur in den Dingen, wo starke Männer es sein können. Natürlich fand ihn das nahende Alter traurig vor. Er wünschte sich noch, versetzt zu werden; er gestand: „Ich habe so viel Sonne gesehen."

In der Jugend entscheidet man sich – ob volle Sonne oder gedämpfte Beleuchtung, Anstand oder Zynismus, Stil oder Realität. Es ist immerhin ein Willensakt, oder man macht es doch dazu, da die überwiegenden Neigungen vorsätzlich allein gepflegt werden. Dann wird daraus Haltung, Selbstbehauptung und endlich die Persönlichkeit, die nie anders denkbar war. Ist sie nicht doch in ihren Teilen auswechselbar? Stil hieß zu seiner Zeit Romantik, seine Empfindungsart wenigstens aber war romantisch. Andererseits hat das Haupt der romantischen Schule, Victor Hugo, bevor er in die Verbannung ging, gewisse Berichte verfaßt von einer Kraft der Klarheit und Einfachheit, die Stendhal nicht übertroffen hätte, und dies in denselben Jahren, als Stendhal seine Romane schrieb. Victor Hugo stand damals fest im wirklichen Leben, er war Mitglied des Oberhauses, der Code Napoléon lag ihm so nahe zur Hand, wie jenem anderen, der darin las, bevor er schrieb. Stendhal wollte die direkte Wirkung der Wirklichkeit – einer verschärften, nur ihm so deutlichen Wirklichkeit, aber doch der Wirklichkeit selbst. Victor Hugo hatte sich für eine indirekte Methode entschieden, dennoch gibt es Fälle, in denen sie ihre Rollen tauschten. Sie drückten eine Strecke ihrer Laufbahn dieselben Ereignisse und Vorgänge aus, und jede Epoche schreitet im Grunde als Einheit dahin.

Die Zeitgenossen kamen Victor Hugo entgegen; er brauchte sich nicht, wie Stendhal, in den Vorbemerkungen seiner Romane dagegen zu verteidigen, daß man ihn mit seinem verbrecherischen Helden verwechselte. Denn wenn bei Victor Hugo der Verbrecher das Opfer der Gesellschaft war, bei Stendhal übernahm er die Verantwortung selbst und bereute nicht. Vor allem ist Stendhal als unsozial empfunden worden, das ist der entscheidende Grund des Mißtrauens und des Mißerfolges. Gerade dies läßt sich wieder verstehen in Zeiten, die, wie heute, den Hang zur

Gemeinschaft im Geistigen falsch anwenden. Es bedeutet nichts für einen Schriftsteller, Gemeinsinn haben; aber alles kommt für ihn und die Gesellschaft darauf an, ob man ihn später noch liest. Dann hat dieses vereinzelte Individuum, stärker als alle Gemeinschaftsbildungen seiner Tage – verbunden hat es Geschlechter, die sonst einander nicht kennen würden. Wie ganze Seiten seiner mitlebenden Gesellschaft für uns im undurchdringlichen Dunkel lägen ohne ihn, ebensogut führen manche seiner Gestalten schon unser Leben, sie wissen, wer wir sind.

Er hat mit der Nachwelt ein gutes Geschäft gemacht, aber auch kein besseres als die andere Richtung. Victor Hugo behält uns so viele Überraschungen vor wie er. Stendhal ist, wie er es verdiente, von einem materialistischen Denker, Taine, zehn Jahre nach dem Tode das erstemal wiederentdeckt worden. Das Jahr 1880, von dem er es erwartet hatte, brachte ihm wirklich die große Mode, nur daß es nicht seine erste war und nicht die letzte blieb. Er hatte mit einiger Absicht, aber hauptsächlich unfreiwillig dafür gesorgt, daß immer noch etwas aufzufinden, zu erfahren und zu erraten sich lohnte. Die Handschriften in Grenoble konnten mit ihren Abkürzungen und Entstellungen verschieden gelesen werden – und erst sein Leben! Er hat es für sich allein geschrieben, höchstens mit einem Achselzucken in Richtung der Nachwelt, wie wenn wir sprechen, und im Zimmer ist wohl jemand, aber er schläft noch. Da läßt sich alles sagen, alle Widersprüche, Grellheiten, Nacktheiten, – und wer, so ganz allein, selbst im Verzagen und noch im Ersterben seine Selbstachtung wahrt, der war stolz.

Er hat von allen das stolzeste Leben geführt. Er lebte aber auch noch nicht um des Gewerbes willen; er hält sich noch kurz vor dem Übergang von der alten, nur gesellschaftlichen Literatur zu der seither aufgekommenen, in der ein Schriftsteller seine Leser nicht mehr kennt. Weder gesellschaftlich zu sehr noch durch ein großes Publikum gebunden, mußte er nichts nachlassen, sich nicht verkaufen und niemand schonen, auch seine Person nicht. Folglich konnte die Kritik ihn weder reizen noch niederdrücken, wenn sie überhaupt Kenntnis von ihm nahm. Er schrieb für eine englische Zeitschrift und wohnte in Italien. Wer meistens allein ist, beachtet die kaum, die über ihn weggehn, aber er stellt fest, wann er recht bekommt, besonders durch die Fehler der anderen.

Dafür aber hat er selten die Beglückung gekannt, daß Geister ihn verstanden, seine wenigen Freunde blieben immer dieselben. Ihm geschah es nicht, daß Kenner seine Neuheit fühlten, daß ein Kreis sich öffnete für ihn und ihn grüßte, noch weniger, daß seine Mitwelt sich erlebte in ihm. Was er machte, war von der Zeit nicht erwartet worden, sie blieb dafür taub. Niemals oder nur in endlosen Abständen wurde ihm seine Berufung bestätigt, er tat alles unverlangt und unbedankt. Aber er behielt den Mut, es zu beenden und an den Schluß jedes Buches die Worte „Für die wenigen Glücklichen“ auf englisch hinzusetzen. Er war stärker als jeder vor oder nach ihm, denn er bezog in seinen Auftrag auch noch mit ein die Verpflichtung, glücklich zu sein. Er ließ inneres Mißlingen, wenn er denn von etwas Ähnlichem wußte, nicht merken. Mit fast sechzig Jahren, während des Urlaubs, der sein letzter war, betrat er den Pariser Boulevard, die Zigarre im Munde, noch immer Dandy unter allen den anderen, die doch auch nur gewohnt waren, sich Haltung zu geben, – und glücklich, wie er von je mit Nachdruck hatte sein wollen, traf ihn zuletzt das Glück, mitten im Leben der Straße tot umzufallen.

II

Der Epoche 1815 bis 1830 fehlte durchaus, was die vorige zu viel gehabt hatte, Energie. Stendhal setzte für seine Person das Napoleonische Zeitalter fort, er dachte nicht daran, zu heucheln und sich den wiedererschienenen Mächten der Vergangenheit zu unterwerfen. Nachdem er ein mit Energie geladenes Leben hatte führen dürfen, übertrug er sie den ganzen Rest seines Daseins in Bücher, besonders in ein Buch, Le Rouge et le Noir.

Dies ist die Geschichte einer großen, aber unterdrückten Kraft. Die ganze Autorität einer Ordnung, in der sie weder Raum noch Recht hat, kann doch nicht verhindern, daß diese Kraft lebt und wirkt. Sie lebt illegitim und wirkt wie ein Sprengstoff. Julien Sorel, einer der Begabtesten des Geschlechtes, mußte Priester werden, wenn auch ohne an die Religion zu glauben, denn ein Bürgerlicher konnte nur so auf hohe Stellen gelangen. Er mußte der Sekretär eines Ministers sein und haßte das herrschende System. Er hatte ein aussichtsloses, aber stürmisches Liebesverhältnis mit der Tochter des Ministers. Sozial genommen war er für sie ein Domestik. Er liebte, in anderem Stil, aber auch mit seiner vollen Natur, die sanfte Frau eines Industriellen in der Provinz. Für diesen war er ein Bettler. Er begehrte alles, was über ihm stand, und seine Leidenschaft war jedesmal vermischt mit Haß. Er war feurig, mußte verschlagen sein, haßte sein Geschick und darum alle anderen. Er kämpfte in der allein zulässigen Form, er wühlte. Verzweifelt wühlend, hatte er die Selbstachtung schon verloren, als er endlich auch mordete. Es war eine Art freiwilligen Todes, in den er die sanfte Rênal nur mitnahm. Dann endete er unter dem Fallbeil.

Gerichtet ist in diesem Roman die Ordnung, die es dahin kommen ließ. Einer der Begabtesten mußte sein ganzes junges Erdenleben unter Heucheln verbringen – mit dem Erfolg, daß er zuletzt mordet. Es ist die furchtbarste Anklage, die gegen ein Zeitalter jemals erhoben werden durfte. So viel Kraft, ein leidenschaftlicher Wille, dem auch Großes erreichbar gewesen wäre, und alles mußte nutzlos hingeopfert und gewalttätig abgefeuert werden. Der Mißbrauch und die sture Verachtung der menschlichen Kraft durch herrschende Mächte, hier wird sie in Friedenszeiten gezeigt. Seitdem hat man erfahren, wie dasselbe in Kriegsjahren aussieht. Es ist dasselbe. Mit Julien wird nicht besser verfahren als mit der zerfetzten Kriegsjugend, deren Glieder durch die Luft flogen. Wir sind in Krieg und Frieden oft mißbraucht worden.

Nur fünfzehn Jahre früher zur Welt gekommen, wäre Julien ein Offizier Napoleons gewesen, und nichts, kein Königreich noch die stolzeste Frau war ihm unerreichbar. Der unermeßliche Abgrund zwischen ihm und der vorigen Reihe junger Männer, das ist das Trostlose. Der Zufall entscheidet, ob du dem Abschnitt angehörst, für den du dich geboren weißt. Julien Sorel, ein aus dem Volk Hervorgegangener, ist nicht der einzige; der Tochter seines Ministers, dem Fräulein de La Mole, erging es ebenso. Sie fühlte sich unvergleichlich näher ihren Vorfahren aus dem 16. Jahrhundert als einer kraftlosen Gegenwart. Gerade ihre Selbsteinschätzung führte sie, trotz allem ihren Stolz, dem Domestiken zu. Julien hätte einer der Sieger von 1810 sein können, sie eine Königsgeliebte dreihundert Jahre vorher. Dies ist natürlich Romantik.

Es geht hervor aus dem Empfinden Stendhals, das romantisch war. Solche Dinge sind weder unmittelbar gesehen, noch vernünftig erdacht. Wie sollte es anders sein, der Sinn einer darzustellenden Epoche wird immer mit dem Gefühl erfaßt, unsere Träume, unsere Ängste erkennen ihn allein. Äußerlich mag alles wahr gewesen sein. Ein junger Ehrgeiziger von geringer Herkunft hat wirklich so gelebt, im Priesterseminar ging es so zu, im Palais de La Mole, in der Rênalschen Sägemühle. Ein realistischer Roman von lückenloser Anschaulichkeit, keine langen Vorbereitungen, wie oft bei Balzac: sofort die Handlung, ohne Umschweife die Szene und die Gestalt. Zugrunde indessen liegt ein Empfinden, das ahnungsvoll, vielleicht auch dem, den es heimsucht, nicht ganz bekannt ist. Die Sprache wird jeden Augenblick klar und nüchtern erhalten. Sie wird absichtsvoll so erhalten – als Sprache eines starken Mannes, der, wie Stendhal, der Epoche überlegen war, und eines Knaben Julien, der ein starker Mann hätte werden sollen. Unterhalb der nüchternen Sätze bebt aber nicht nur die Kraft, auch das Leid und auch die Verbundenheit aller, die an ihrer Kraft gelitten haben, aller Sehnsüchtigen von 1500, 1820, 1930. Das Empfinden in Le Rouge et le Noir? Es ist die Mystik der europäischen Zivilisation.

Nicht nur die Anbetung der Kraft in Gestalt Napoleons, des Helden, den Julien nicht kennen darf: auch die Anbetung der Frau vollzieht sich hier wie in allen europäischen Höhepunkten, und Fräulein de La Mole mit ihrer Unerbittlichkeit ist eine Göttin, gleich der sanften Rênal. Übrigens sind beide völlig glaubwürdige Gestalten, gesichert in ihrem Umkreis und keineswegs als Charaktere übersteigert in der Art des großen Balzac, keine Duchesse de Langeais, keine Cousine Bette. Was sie unvergänglich macht wie diese anderen beiden, es kann nur das Gefühl sein, die Anbetung, die sie von Julien erfahren, samt der Anbetung ihres Dichters. Stendhal hat außerordentlich männliche Bücher geschrieben, seine Frauen werden daher überschwenglich geliebt. Sie erscheinen nicht mehr wie Einzelwesen in so viel Glanz des Gefühls; Rasse und Geschichte der Frau dieses Erdteils werden in ihnen mitgeliebt samt der Kunst, die sie verherrlicht hat. Mehrere der Frauen steigen, in voller Lebendigkeit, aus den Rahmen alter Bildnisse herab. Fräulein de La Mole sieht einer Judith ähnlich, die blonde Rênal ist von Correggio gemalt.

Sie setzen fort, was unseren europäischen Ruhm macht, jene Frauen, diese Männer, auch Julien. Denn er hat gekämpft – in unreiner Art notgedrungen, und auf persönlichen Erfolg kam es zuletzt mehr an als auf den Sieg einer großen Sache. Er hat tapfer gekämpft und ist unterlegen, vor allem sittlich. So geht es fast allen hier bei uns, das kennen wir, gerade deshalb ist der Lebenskämpfer Julien seither in so vielen Gestalten späterer Romane und Stücke aufgetreten. Seine Nachkommen erscheinen nur ohne Napoleon, kein so mächtiger Schatten erhebt sich hinter ihnen, und niemand denkt mehr daran, was in Augenblicken, die den Kraftverbrauch wirklich wert waren, aus ihnen hätte werden können. Stendhal wußte es, da er unter Napoleon gedient hatte.

Dies ergibt ein für alle Male den Abstand zwischen ihm und Julien. Er hat Julien nicht geschaffen, um sich zu befreien oder um sich zu rächen, – eher schon, um auf der Höhe zu bleiben, und damit chronikartig aufbewahrt werde, welch ein armes, geopfertes Geschlecht dem seinen, so glücklichen gefolgt war. Julien durfte den Namen seines Helden nicht laut werden lassen, aber damit nicht genug: er war auch nicht imstande, Napoleon in großer Art und vollständig zu lieben. Er war ehrgeizig, ein Kämpfer und wollte Erfolge sehen, das war alles, was Julien vermochte, aber für Stendhal war es wenig. Auch er selbst kannte wohl die sittliche Verfassung des Emporkömmlings, mit eingerechnet den Snobismus. Dennoch lag alles anders. Vom Kaiser liebte Stendhal nicht den Erfolg, sondern die Sendung. Ihm war Napoleon nicht so sehr Sieger als Befreier. Stendhal war früher geboren als Julien. Die Revolution, eine lebendige Tatsache seiner Kindheit, hatte sein Herz für immer erhoben, und dem Kaiser hatte er leibhaft ins Gesicht gesehen.

Julien ist niedriger als Stendhal, erniedrigt durch seine falsche Geburt um zwei Jahrzehnte zu spät. Was ist es mit uns, und welche Zufälle bestimmen, ob wir ein vornehmes Leben führen und ein großes Buch schreiben! Stendhal heuchelte, ganz wie Julien, – aber welch ein Unterschied, er trieb Spaß, er spielte eine Rolle, wenn er in seinen Briefen die verfänglichen Worte für die Polizei unkenntlich machte. Denn wer war er, und wer dies Gewürm. Für Julien stand es ernst, er fürchtete wirklich das Gewürm. Stendhal erlaubte sich wohl auch, Snob zu sein; aber er hatte es nicht notwendig wie Julien. Nicht umsonst zog er Männer und Frauen von Rang den anderen vor, denn er erwartete von ihnen eher, daß sie sich, im Gespräch und in der Liebe, wirklich würden adeln lassen von ihm und seiner Phantasie. Der unglückliche Julien suchte bei denen, die er nur haßte, sein Fortkommen, und was er fand, war Bitterkeit.

Stendhal zog seine eigene Überlegenheit ab, damit gewann er Julien. Er nahm sich selbst das Erlebnis des Sieges, die Bereitschaft, immer wieder zu siegen. Er vergaß um Juliens willen die eigene äußere Genügsamkeit und seine Kraft, der große Herr zu sein im Geist und in Gestalten. Dann blieb übrig das nackte Geschöpf des minderwertigen Zeitalters, hin- und hergerissen von seinen Ansprüchen und den Gegebenheiten, und über seinen elenden Weg fällt schon der Schatten der Guillotine. Sein Autor mußte sich verkleinern, sich ungünstiger ins Leben stellen, dann aber dieses zweite Ich umfassen und ihm Dauer verleihen mit der ganzen überlegenen Kraft seines ersten, wirklichen Ichs.

Gleichwohl ist noch nicht richtig, was Michelangelo sagte: „Ich hätte nichts Gutes gemacht, wenn ich nicht aus dem Hause der Grafen von Canossa wäre." Das ließe sich, sogar wenn es geistig gemeint wäre, entbehren, und jedenfalls genügt es noch nicht. Es ist nicht genug zu wissen, daß gerade ich verschont bin von der üblichen Verkümmerung der Menschen und unzugänglich bleibe der Knechtung des Geistes, die sie nun gewohnt sind. Ich muß zu fragen fähig sein, was ich geworden wäre mit ihrem Gehirn und ihrer Schwäche. Ich muß unter Drohungen stehen, als könnte auch ich mich endlich aufgeben. Anzunehmen ist, daß Stendhal ihre Furcht den anderen nachgefühlt hat. Jedenfalls bewußt war ihm das Verhängnis seiner Zeit, und daß sein Wille, der aus stärkerem Blut stammte, die Lebenden heute nur gestalten konnte – und ihnen verständlich werden erst viel später.

Bewegte sich Stendhal in Gedanken, die seinen Zeitgenossen durchaus unfaßbar waren? Er war im Gegenteil die Einfachheit selbst. Sie ließen ihn ungelesen, aber es lag nicht daran, daß er schwierig, verwickelt oder verstiegen schrieb. Alle Lieblinge seiner Zeit taten es eher als er selbst. Er mißfiel, weil er in Le Rouge et le Noir einen ganz klaren Tatbestand aufnahm: dort Schwäche, hier Stärke, und die unzeitgemäße Kraft unterliegt dem vereinigten Unvermögen. Das will man nicht. Das nackte und nüchterne Wissen über die gerade sich Auslebenden wird überall nach stiller Übereinkunft unterdrückt. Es kann sich wohl einmal durchsetzen – aber dann eher mit den nihilistischen Verführungen einer Skepsis, die nicht die Sache Stendhals sein konnte. Er ließ keinen Zweifel darüber, daß für ihn der Wert des Lebens und einer Generation in ihrer Energie ausgedrückt seien. Man antwortete darauf mit dem Vorwurf der Unsittlichkeit. Er mußte seinem Buch eine Verwahrung voransetzen. Aber schon war das künstliche Mißverständnis erzeugt. Der natürlichste Kopf, der überhaupt schrieb, war schon unter die Sonderbaren versetzt. Er war allen zu einfach.

Zeitromane, die Denkwürdigkeiten einer Epoche, können immer nur angefaßt werden mit einer Einfachheit, die gerade das Seltene ist. Man muß eine gerade Straße entdecken. Stendhal sagte ausdrücklich: „Ein Roman ist ein Spiegel auf einer Landstraße." Die unausweichlichen Wirklichkeiten, das öffentlichste vom Sichtbaren, gerade das erfaßte sein Spiegel. Das geht doch alle an, die zu Markt fahren! Jeder sieht doch hinein! Sie bemerkten aber keinen Spiegel. Er seinerseits hat niemals recht gewußt, wohin sie eigentlich fuhren. Er dachte, sie müßten ein Ziel haben. Seine tiefe Ahnungslosigkeit war, daß ihm der Sinn für das Unvernünftige abging. Denn wer weiß, welchen unzusammenhängenden Unsinn sie trieben, wenn sie an seinem Spiegel vorbei waren? Aber sie haben nicht verhindern können, daß sie durch ihren Chronisten einen Zusammenhang bekamen, von dem sie selbst nichts wußten. Zufällig verstehen wir, hundert Jahre darauf, unseresgleichen und uns selbst wie er.

In dem Roman La Chartreuse de Parme bewegen sich heitere, gut veranlagte Menschen – bewegen sich abenteuerlich und stark, was für ihr Glück fast schon ausreicht. Es weht aber auch eine leichtere Luft als in den sonst bekannten Zonen des Erlebens, wo zwar Bewegung herrscht, aber das Atmen nicht so leicht wird. Sie haben keine Verhinderungen, glücklich zu sein, in sich selbst. Das Durchkommen wird ihnen nur schwer gemacht von Zoll, Polizei und ähnlichen Nebensachen, die aber auch wieder herrliche Überraschungen mit sich bringen. Das Unvorhergesehene, das Stendhal göttlich nannte, gehört zu einem vollständigen Leben. Ereignisse dürfen darin so wenig fehlen wie Wille, Gefühl, die Probleme der Seele, und das Ganze muß spannen. So das Leben selbst, und so der Roman, an denen Stendhals gemessen. Alle seine Romane sind vollständiges Leben, aber nur die Chartreuse ist überdies ein Märchen.

Fabrice flüchtet aus dem Gefängnis nicht weniger großartig als einstmals Benvenuto Cellini aus der Engelsburg. Wir verstehen das Märchen, – auch für Stendhal war es eins. Der Staat Parma lag in Wirklichkeit nicht außerhalb der Welt jener Tage, die noch soeben in dem anderen Roman ein Feld hoffnungsloser Kämpfe gewesen war. Gleichviel, diesmal schuf er sich aus eigener Machtvollkommenheit wohlgeratene Wesen, so viele sein Herz begehrte. Da waren der offenste, klarste junge Mensch, die kühnste und zarteste Heldin, ein Minister voll Würde und Wohlwollen, und eine Herzogin, verspätetes achtzehntes Jahrhundert, Anmut und Vernunft in einem. Diese alle sind geboren für die Gefahr, da nur die Nähe von Gefahren das richtige Gefühl des Lebens vermittelt. Alle haben auch Geist genug, um endlich glücklich zu werden. Die Energie, mit denen sie erfüllt sind wie Julien, hier ist sie eine Gabe, auf der kein Fluch liegt.

Wie äußert sich die Stendhalsche Energie in Lucien Leuven, dem dritten der großen Romane? Zuerst in der Auffassung der Gesellschaft, denn er schreckt vor nichts zurück, er ist über Le Rouge et le Noir hinweg wie über ein verlassenes Zeitalter. Louis Philippe regiert jetzt, und hier herrschen die neuen, bürgerlichen Sitten, die Laster, die Interessen eines inzwischen zur Macht gelangten Standes – alles aber sogleich mit der äußersten Rücksichtslosigkeit. Die Korruption wird losgelassen, ein Salon frei vorgeführt, es wickeln sich ab ein Streik und seine gewaltsame Unterdrückung sowie verfälschte Wahlen – alles aber in den dreißiger Jahren des neunzehnten Jahrhunderts. Kein anderer hat es gewagt. Wir hätten es auch bei keinem für richtig erkannt. Wir sagen: Das sind doch erst wir? Wer gewahrt es mit diesen nüchternen, gewohnten Augen? Vielmehr, nein, der Salon in Lucien Leuven sieht geziertere Bewegungen als die unseren, er vernimmt die Sprache der Liebe von einst. Wir erschrecken dennoch, weil die Figuren so nicht seit damals erhalten sein können; unser eigenes Wissen ist in ihnen versteckt und verjüngt sie. Sie müssen heute und unter unseren Augen gemacht worden sein.

Das ist doch unsere Mache! In dieser Art wäre früher schon angedeutet und abgekürzt? Direkte Bewegung gezeigt und indirekte Bedeutung hineingelegt? Aber ineinander gearbeitet mit den technischen, welche seelischen Neuheiten! Alles in der Geschichte eines Gefühls ist auf die Tat gestellt. Heucheln, schieben, überwältigen, sich in der Gewalt haben und in Monologen sich zum Kampf wappnen, so lebt eine noch junge und rohe Schicht ihre Gefühle aus. Andere Schriftsteller zeigten damals dieselben Leute weltschmerzlich, denn so gefiel sich die Bande, das wollte sie sehen. Sehr merkwürdig unterbricht ein Gewaltstreich die unendliche Liebe Luciens. Er glaubt die blumengleiche Chasteler entbinden zu sehen, es war aber nur ein grober Betrug. Woher rührt so etwas? Stendhal hätte es auffinden können in den alten Manuskripten, die er in Rom auf der Straße kaufte. Seine Energie, die erstens der zeitgenössischen Wirklichkeit ohne Weichmütigkeit begegnet, wie sie es verdient, überdies holte sie sich Bestätigung aus alten Quellen. Das Fräulein de La Mole war eine Judith gewesen, und in einen schon rein bürgerlichen Roman mischt sich eine Anekdote von Boccaccio – wie zugehörig, Betrug zum Betrug.

Derselbe Roman zeigt, was aus dem alten Leuven wird, – das klingt herüber aus einer unberührten Welt der Seelen. Jemand hat verfolgt und nachgezeichnet, wie der alte Leuven, ein Bankier vor hundert Jahren, um seines Sohnes willen einen neuen Anlauf im Leben nahm, bis er nicht mehr der erfahrene Spötter, sondern wieder ein kindliches Herz war. Wenn dieser große Vorgang nicht so einfach gebracht wäre! Bei Balzac hätte die Geschichte des alten Leuven den Aufschwung genommen in das übergesellschaftlich Tragische, nach Art dieses einzigen Tragikers seit Shakespeare. Stendhal bleibt am Boden, der alte Leuven ist nur ein Bürger, der seinen Sohn liebt und dabei allerdings in das Reich der Seelen gerät; aber es sieht aus wie sein Kontor.

Ein Marschall tritt auf im Leuven. Der Marschall stiehlt, und seine gewöhnliche Begrüßung heißt: honneur! Der soziale Freigeist Stendhal konnte sich in aller Kürze nicht deutlicher äußern. Der Salon, der Marschall, der Streik mit dem Offizier, der sich schämt, weil er schießen lassen muß – dazu die Liebe als Ideal, aber der Schwindel als umgebende Atmosphäre und eine Regierung von Gaunern: wo konnte ein solcher Roman die nächsten vierzig Jahre zubringen? Unvollendet, in Grenoble. Der Verfasser ist ein sozialer Freigeist nicht ohne sachliche Kenntnisse; denn Stendhal, der alte Beamte, hätte schließlich auch Wahlleiter sein können, anstatt daß er in das Wespennest stach und die Technik der Wahlen glatt niederschrieb. Hinzu kam seine Freigeistigkeit im Sittlichen, es war zu viel. Seine letzte Gestalt, im Roman des Todesjahres, Lamiel – sie ist die intellektuelle Frau, die beim Verbrechen endet, und wie fern bleibt sie den mittelmäßigen Emanzipierten ihrer Zeit! Sie hat warten müssen, bis die Franziska Wedekinds erschien, erst in ihr erkannte sie sich wieder. Alle Gestalten Stendhals und er selbst haben warten müssen. Eines Tages schüttelten sie den Staub ab und sahen uns an wie die unseren.

Victor Hugo

I

Victor Hugo hat dreiundachtzig Jahre gelebt. Seine literarische Laufbahn umfaßt neunundsechzig Jahre. Davon fällt das erste Jahrzehnt in die Zeit des restaurierten Königtums von Gottes Gnaden, die letzten anderthalb schon in die dritte Republik. Inmitten liegen das Bürgerkönigtum, das ihn zum Pair von Frankreich machte, und Napoleon III., dessen Sturz er neunzehn Jahre als Verbannter ersehnte. Inmitten liegt vor allem die ansteigende Bahn des Bürgertums, seine politische Machtergreifung, sein wirtschaftlicher Glanz, seine geistige Unumschränktheit. Victor Hugo hat das Bürgertum ausgedrückt, es überwältigend glorreich ausgedrückt zur Zeit des Aufstieges der Klasse, als sie so weit wie möglich offenes Herz und offenen Geist hatte. Damals fand sie zu ihrem Glück den großen Dichter.

Victor Hugo hatte nur gut bürgerliche Eigenschaften, – sein Genie findet sich ab mit ihnen, es macht sie fruchtbar. Er war ein großer Arbeiter voll Pflichtgefühl, voll Glauben an die fortwährende Vervollkommnungsfähigkeit dessen, der arbeitet. Er war streng auf seinen Ruhm bedacht, verwaltete und mehrte ihn nachsichtslos wie ein Kaufmann sein Geld. Sein Empfinden reicht von Anmut und Schalkheit bis zur großen Leidenschaft, aber er gab es nicht billig, und es überwucherte nie den Willen.

Aus seinem Liebesleben machte er öffentlich so wenig, wie ein gesunder, solider Mann daraus macht. Seine Liebeslyrik ist konventionell, wenn sie nicht scherzt oder sich der Zartheit erster Regungen entsinnt. Aber er liebte seine Kinder. Höchstes Glück, die ganze Welt der Schmerzen schenkte ihm nur seine Vaterliebe. Sie schenkte ihm auch seine gefühltesten Gedichte.

Er hatte nur die Gedanken aller Welt und jeden erst, wenn es Zeit war. Man sagt, er habe sie oft noch später gehabt als der Durchschnitt. Er hielt sich aber für einen Denker. Das war gut. So konnte er mit voller Überzeugung die geltenden Begriffe gestalten. Er nahm sie ernster als andere und litt sogar für sie. Er war nicht Denker, aber Darsteller von Gedanken, auch mit seiner Person.

Seine Gedichte sind Gipfel des Ausdrucks. Sie bieten klanglich ganze Orchester, von handelnder Kraft mehr als die Geschichte selbst. Sie erheben sich an idealen Schlagworten, am Namen Gottes, des Geschickes, der Menschengröße. Sie schwingen sich himmelan, kennen aber auch Höllen des Hasses. Züchtigungen oder Gebete, zum Fest wird bei ihm alles, was mittelmäßig in anderen Köpfen umgeht.

Er war immer auch Politiker, denn die Bürgerklasse war bewegt, wie er, von allgemeinen Ideen, selbst wenn dann nur Geschäfte daraus wurden; der geistige Mensch konnte damals für sie sprechen. Wenn sie schon gewußt hätte, daß allgemeine Ideen wandelbaren Inhalts sind, nie würde sie ihren Dichter gehabt haben. Die Bürgerklasse hielt aber damals die Ideen nicht nur für ewig, sondern für realisierbar. Idee und Utopie hießen ihr noch nicht dasselbe. Sie hatte geistigen Willen, wie ihr Dichter. Sie fühlte genau, es sei lebenswichtig, geistigen Willen zu haben. Wo er nachläßt, bekommt man bald alle Tatsachen des Lebens gegen sich, zuerst natürlich die Geister.

Die ansteigende Bürgerklasse aber hatte ihren großen Dichter. Er sprach für sie gutgläubig und unduldsam. Er nahm Ideenkämpfe ernst. Ihm schien unbekannt, daß Politik fast immer nur Vorwand ist für Machenschaften und Halbheiten. So oft er es entdeckte, empörte es ihn. Er war stark genug, die bürgerliche Welt war noch jung genug, daß die Kraft der Empörung ihm nie ausging. Der Staatsstreich Louis Napoleons empörte ihn derart, daß er in jener Luft von Unrecht und Gewalt nicht leben wollte. Er zog die Fremde vor.

Bedenken wir: ein Fünfzigjähriger, schon erfolggewöhnt, im Staat schon unter den Ersten – und könnte nur noch gewinnen, denn das Kaiserreich erweist sich alsbald, dank der Prinzessin Mathilde Bonaparte, als Freund der besten Literatur. Aber er bleibt fern, auch nach der Amnestie; bleibt auf den kleinen englischen Inseln, die vor Frankreich liegen. Verbannt sich selbst, leistet Verzicht auf zahlreiche Gesellschaft, die Menge der

Verehrer, auf den Rausch persönlicher Erfolge, den belebenden Atem der Öffentlichkeit. Warum? Wegen einer Idee, der Republik.

Nun läßt sich sagen, Eitelkeit. Ins Große getriebene Eitelkeit, die lieber verliert als nachgibt. Er war schon immer eingenommen gewesen von sich und seiner Art, wie ein Spießbürger; konnte sich nie unrecht geben, begriff weder Kritik noch Enttäuschung, sah sich als Fackel der Welt und hielt gegen Feinde sogar Roheiten für erlaubt. Auf seiner englischen Insel nun widersprach ihm niemand, auch der ferne Kaiser nicht, an dem er zäh sich rächte. Der Abstand, die Größe des dazwischenliegenden Meeres nützte ihm. Er wuchs auf seinem Felsen, das romantische Bedürfnis der Zeitgenossen nach Menschengröße bemächtigte sich seiner. Was er dort schrieb, kam nach Frankreich wie das Sendschreiben höherer Mächte. Es hatte den vielfachen Erfolg, es machte ihn reich. Das selbst erbaute Haus der romantischen Entwürfe hatte droben ein gläsernes Zimmer, darin schrieb er, und ringsum stürmte oder glänzte unabsehbar das Meer. Soviel hatte Shakespeare nicht gehabt, – der das stürmende Meer in sich selbst tragen mußte, in Hinterzimmern kleiner Theater. Es ist bürgerliche Regie. Die Verehrung ihrerseits erreicht ihn nur sicherer, sie sank vor ihn hin nur überschwänglicher. Die Pilgerfahrt zu ihm machten bekannte Persönlichkeiten und einfache Leute. Junge Dichter in langen Reihen unterschrieben Kundgebungen. Sie hatten Schwung, er konnte schwungvoll erwidern. Gelegenheiten tragender Worte! Dumas' Vater adressierte: „Victor Hugo, Ozean." Und dann das stolze Vorrecht, einzugreifen mit seinem Wort in alle sittlichen Fragen der Welt! Zweiter Voltaire, vergrößert durch Meeresweiten, und ohne ihn kein Weltereignis!

Dies alles läßt sich sagen. Gleichviel, neunzehnjähriges Ausharren beglaubigt doch auch den Charakter. Er vertrat die bürgerliche Überzeugung, er glaubte sogar: das Volk. Er tat seine Pflicht. Verzichtete auf viele Reize des Lebens, durchdrungen davon, das Leben werde nicht wegen augenblicklicher Vorteile gelebt, sondern im Hinblick auf künftige Verwirklichungen. Jede Klasse, die noch Zukunft hat, fühlt so, ihr Dichter drückt sie nur aus. Das bürgerliche Frankreich, das die Segnungen des

Kaiserreiches hinnahm und genoß, huldigte dem Verbannten wie seinem besseren Selbst.

Das zweite Kaiserreich war eine helle Zeit, sein Himmel schien heiter, das Leben ein Spiel, etwas luftig Schwebendes, das ebenso den Leichtsinn der Welt wie die schönen Mühen der Geister begünstigte, und das nie wiederkehren sollte. Es war der Augenblick, der die bürgerliche Gesittung vollendet und fast noch nicht bedroht. Der Dichter in seinem schroffen Abstand ergänzte erst das Bewußtsein der Epoche. Er blieb ihr gegenwärtig, ihre Mahnung. Er rechtfertigte sie, da auch er ihr gehörte. Er tat seine Pflicht.

Nur menschlich, daß er, um nicht zu vereinsamen, in seinem Werk die engste Berührung mit Volk und Zeit suchte. Erst auf dem Felsen von Guernesey wurde er Sozialist. Die Misérables, die er dort schrieb, „schmeicheln den Saint-Simoniens, den Philippisten und selbst den Gastwirten“ – sagt entrüstet Flaubert, der doch den anderen Roman Victor Hugos, Notre Dame, so sehr bewundert, daß er in der Haupteigenschaft des Buches, der Kraft, das eigentliche Merkmal des Genies sieht. Ging denn die Kraft verloren? Nein, aber ein Einsamer sehnt sich.

Er hatte an seiner Eitelkeit gelitten, unter ihren Parodien, und wenn sie ihn lächerlich machte, ohne daß er jemals sich ändern konnte. Er hatte den tieferen Schmerz um sein verlorenes Kind gekannt. Aber erst in Guernesey lernte er, am Leben selbst zu kranken – trotz dem grundsätzlichen Optimismus seiner festen Natur und bei allem, bis zum Ende bewahrten Glauben an Gott. Ihn hatten, es sei wie immer, die Sieger des Lebens ausgestoßen. Er näherte sich den Armen – nicht nur im Buch. Er wurde Wohltäter ihrer Kinder. In seinem Haus wohnte immer auch ein vom Unglück, nicht von seiner Überzeugung, aus der Heimat vertriebener Berufsgenosse.

„Ein Verbannter ist wohlwollend“, schrieb er und meinte die Liebe zu den unschuldigen Geschöpfen der Natur, den Glauben an ihre Güte, jene Besänftigung des Einsamen. Aber was er eigentlich fühlen wollte, war Menschennähe. Jetzt schrieb er nicht mehr nur um den Ruhm, auch um

Menschennähe. Nach dem Millionenerfolg derselben Miserables rief er beglückt: “Zwischen der Menge und mir gibt es Beziehungen, wir lieben und verstehen uns.“

Im Lohn, den die Verbannung ihm eintrug, war nicht nur jenes Aufsehen der Welt. Innerer Gewinn durch Leiden. Erweiterung des Lebens, die Gedanken vereinfacht und vergrößert. Die Geschichte wird ihm menschlicher, die Menschen wirklicher. Gespannt und das Äußerste fordernd, vollbringt er hier sein reiches Gedichtbuch Les Contemplations und die stärksten Gesänge der Légende des Siècles.

Es ist die Höhe des Lebens. Der Dichter, in dem das scheinbar so weltliche Frankreich sich erkennt, hat seine zwei entscheidenden Jahrzehnte einsam verbracht. Er hat gewartet. Wartete er wirklich? Das Reich gewann nur noch an Glanz, es tat immer mächtiger. Dann bringt aber ein Feind es zu Fall. Nicht ein Gedanke stürzt es, nicht der Gedanke der Republik aus eigener Kraft; nur eine fremde Macht. So sehen Siege aus. Der alte Verbannte darf, ohne sich etwas zu vergeben, heimkehren; aber im Land steht der Feind. Er verlor dennoch keine Minute. Am ersten September war Napoleon geschlagen, am fünften fuhr Victor Hugo nach Brüssel, trat an den Schalter und verlangte, die Stimme zitternd vor Erregung, die Karte nach Paris. Dann zog er, ohne es zu wissen, seine Uhr. Diese lange Zeit war also aus.

In die Verbannung war ein Mann gezogen mit langen, straffen, noch dunklen Haaren, kein Bart, das bleiche Gesicht vom Kämpfen scharf, vom Wollen hart. Zurück kehrte ein rüstiger, bärtiger Alter, der zu kämpfen für eine Weile keinen Grund mehr hatte, denn die Welt brachte ihm freiwillig ihre Gaben mit höchstem Eifer dar. Sonst wäre er wie je der Mann gewesen, sie zu erzwingen. Er war ausgestattet für lange Dauer und war noch nicht siebzig. Jetzt kam die Arbeit der Ernte. Ehren, Feiern, die Huldigungen von Volk und Ämtern, alles war hereinzubringen, der Rang zu behaupten als erste Größe des Landes, Held und Orakel der Republik. Dies sahen neuere Zeiten nie. Er ließ nichts nach. Um ihm den höchsten Rang der Ehrenlegion verleihen zu können, wollte man ihn vorher zum

Kommandeur machen, acht Tage später wäre er grand'Croix geworden. Nein! gleich alles oder gar nichts.

Es kam dahin, daß es selbst ihm zuviel ward. „Schon wieder die Politiker!“ sagte er zu einer der Seinen. „Wenn wir uns ein wenig verschwören würden, damit die Napoleons wiederkommen. Nicht wahr, dann würden wir wieder dorthin – nun ja, auf die Inseln würden wir wieder gehen und zusammen arbeiten.“

Dennoch gab die monarchistische Reaktion des Marschalls Mac Mahon ihm seine ganze Empörung zurück. Er empörte sich nicht mit überlegener Ironie, wie ein Mensch des Geistes. Man sah ihn wild werden, wie einen revolutionären Arbeiter. Er, der wie das Volk fühlte und sich gemüht hatte wie das Volk, sollte sein Recht, alles zu sein, an den Monarchen verlieren?

Geduld, alter Mann, der so mächtig an der Welt hängt, sie zahlt dir alles. Sie wird dir das ungeheuerste Begräbnis bereiten. Sie stellt deinen Sarg unter dem Triumphbogen aus! Dort stand kein anderer, dessen Macht das Wort war. In einem Meer von Volk, deinem Volk, wird dich der stundenweite Zug ohne Besinnen ins Pantheon tragen.

Freilich werden die Baccaratspieler der vornehmen Klubs auf ihren Balkonen die Hüte aufbehalten vor deinem Sarg, weil er ohne Priester geht. Und du hättest doch den Erzbischof haben können! Auch wird erzählt werden, die höchsten Stellen der Republik begrüben dich nur darum so glanzvoll, weil die Erinnerung an einen anderen, ihnen gefährlicheren Toten, Gambetta, verwischt werden sollte. So denkt die Welt, alter Mann. Noch dein Sarg wird durch ihren Wind und ihren Schmutz gehen. Deine Kraft war immer, beide so wenig zu scheuen wie der gemeine Mann, – indes du zugleich dich in hohe Träume wiegtest.

Damit wirst du weit kommen, sogar auch nach dem Tode. Am weitesten kommt bei den Menschen nicht der Abgesonderte, der sie befremdet durch Reinheit, Erhabenheit oder Tragik; weder Lamartine, noch de Vigny, noch Musset hast du zu fürchten. Am weitesten kommt bei ihnen der, der ihnen genau gleicht – nur mit Genie. Ihn werden noch lange die Lebenden als ihresgleichen erkennen. Er hat die Unsterblichkeit.

Er schrieb noch viel in seinem letzten Jahrzehnt. Auch Quatre-vingt-treize schrieb er damals, 1874. Am Abend erwärmte er sich bei literarischen Gesprächen, saß, die Arme auf der Brust gekreuzt, leicht rückwärts geneigt im geschlossenen Gehrock, der weißen Halsbinde; sprach und ließ sich verehren.

Meine Mutter wußte aus ihrem Heimatland eine Geschichte. Dom Pedro, Kaiser von Brasilien und Dichter, fuhr nach Paris und saß im Zimmer bei Victor Hugo. „Sire“, sagte Victor Hugo. Der Kaiser sagte: „Hier ist kein Herrscher außer Victor Hugo.“ Der aber schwieg.

II

Unter den großen Romanwerken des 19. Jahrhunderts ist ein besonders merkwürdiges, das von Victor Hugo. Man sagt wohl, dieser Lyriker habe keinen einzigen wirklichen Menschen geschaffen. Flaubert behauptet sogar, seine ganze Gesellschaft sei falsch. Aber Flaubert hatte dafür gute Gründe; er war der Gegenstoß. War Victor Hugo nicht falsch, so war Flaubert überflüssig.

Hat Victor Hugo die Wirklichkeit nicht gelassen, wo sie war, sondern sie übertragen auf eine Höhe, die ihm genehm war, was könnte man dann Übertreibendes sagen von einer Schöpferkraft, die diese gefährlich persönliche Welt zusammenhält und belebt. Denn sie lebt, das leugnet niemand, den sie ergreift. Es ist eine Welt, versammelt unter einem seltenen Gewitterhimmel, der sie heller macht, als er selbst ist. In den Misérables bewegt sich ein tragischer Sträfling unter solchem Himmel, aber auch alles andere lebt unter ihm. Alles wächst und flammt auf in der einzigen Beleuchtung, ein unheilvoller Wind streicht, und die Dinge stehen vor Abbruch.

Um nur von dem einen zu sprechen, Les Misérables – die Großartigkeit selbst! Hier wird alles beispielhaft durch Steigerung, drohend, weil über gewöhnliches Maß, göttlich, weil so freigebig. Mutterliebe geht bis ans Ende, Mitleid bis zur Heiligkeit, das Verbrechen bis zum Tier, das Gesetz, bis es ein Grauen wird. Und diese große Welt hat ihr Gewissen, es ist nicht kleiner als sie. Der erste Antrieb sogar, sie zu erschaffen, war Gewissen. Jener seltene Himmel, der sie heller macht, als er selbst ist, heißt Gewissen, und die Welt der Misérables ist sittliche Welt. Das Dringlichste, was hier geschieht, ist Gewissenserforschung, das Größte ist Gewissenskampf. Bevor der Sträfling sich dem Gesetz ausliefert, kämpft er, wie selten auf Erden gekämpft worden ist. Nur noch der Polizeiinspektor, sein Gegner, kämpft später ebenso.

In solchen Kämpfen, solchen Abgründen haben sich viele erkannt, ungezählte Menschenscharen, die seit sechzig Jahren dies lasen. Nicht, ob aus einem verwüsteten Sträfling wirklich in fünf Jahren ein untadeliger Ehrenmann werden kann, entscheidet, sondern sein großer Kampf. Der bleibt wahr, auch wenn ihn nicht dieser, sondern ein anderer gekämpft hätte. Immer hat ein anderer ihn gekämpft, jeder einzelne Mensch ist zu klein für die starken Wagnisse der Seele, er öffnet seine Abgründe nicht. Aber in ihm liegen sie. Aber er will von ihnen wissen, er will sie mitfühlen, soviel ihm gegeben ist.

Warum lesen die meisten? Doch nur, um von stärkeren Händen ergriffen, getröstet, bedroht und geführt zu werden. Wenn das Leben eine allgemein verständliche Angelegenheit wäre, bezweifle ich, daß es Romane gäbe. Die ganz große Leserschaft erwählt den, der den Schlüssel hat. Victor Hugo kennt die Absichten Gottes in der Geschichte, und er erfindet herrliche Abenteuer, die sie erklären. Er schreibt, weil er sich als weisen und großen Menschen fühlt. Das ist nicht einfach Überhebung, denn was er so groß und Gott so nahe weiß, ist nicht sein einzelnes Ich, es ist in ihm der Mensch.

Victor Hugo hat eine große und ehrliche Verehrung für den Menschen gehabt. Er hielt ihn für das geliebteste Geschöpf des lebendigen Gottes, glaubte ihn zum Höchsten berufen, sah in all seinem Unglück, seiner Schande reine Verirrung und wollte ihm auf den rechten Weg helfen. Romane waren ihm Taten, nicht nur schöne, auch nützliche.

Die Fehler des Menschen drücken sich, ihm zufolge, vor allem in der Gesellschaft aus. Sie drücken sich besser in ihr aus als seine Tugenden.

Für die Gesellschaft schämt er sich nicht. Sie ist grausam, sie ist unerbittlich gegen Schwache, liebedienerisch vor dem Erfolg. Sie läßt den Gefallenen nie mehr aufstehen. Sie schützt die Mutter nicht, ja sogar Kinder, die Unschuldigen, läßt sie zugrunde gehen. Solange es das Proletariat gibt, muß es Bücher wie die Misérables geben, sagt ihr Dichter.

Somit war er Sozialist aus Mitleid und Empörung, Sozialist im Namen der Menschengröße, romantischer Sozialist. Zu seiner Zeit war der Sozialismus seelisch viel mächtiger als heute. Die Leute fürchteten ihn noch nicht, sie waren bereit, mitzuweinen und mit aufzuschreien gegen die Gesellschaft. Vielleicht wären sie immer bereit, nur muß von Zeit zu Zeit der kommen, der ihnen zeigt, wie man mitleidet und wie man an Erlösung glaubt. Die Schwäche allein kann weder glauben noch mitleiden. Victor Hugo kam rechtzeitig, und die Misérables drangen sofort tief ein.

Seitdem haben die Herzen sich wohl verhärten müssen. Mit der Gesellschaft, die Victor Hugo bessern wollte, ist es so unbegreiflich schlimm gekommen. An den großen Schwung einstiger Hoffnungen bleibt nur laue Erinnerung. In Geltung ist schneckenhaft langsame soziale Kleinarbeit.

Victor Hugo wäre der erste, die Kleinarbeit ganz natürlich zu finden. Geduld kannte niemand besser als er. Wieviel praktisches Wissen in einem Roman wie die Misérables! Die Gesellschaft ist studiert, statistisch, technisch, historisch, physiologisch. Abhandlungen, Rückblicke und Ausfälle, ein ganzer lebender Unterbau trägt die Ereignisse dieses großen Romans. Die gesamte Geschichte der Zivilisation dient der Vorbereitung seiner Szenen. Dann aber flammen sie überwirklich auf, Gesichte von Dämonen oder Propheten.

Merkwürdiges Verfahren, immer wieder bei jedem Abschnitt fängt er mit Aufgebot neuer Kunst von vorn an, oder es scheint doch so. In Wirklichkeit baut er von vielen Punkten her gleichzeitig an seiner Kathedrale. Plötzlich steigt sie auf vor den begreifenden Blicken.

Wenn alles bereit ist, soll die Kathedrale gegen den Himmel steigen, und er soll flammen. Aufs Ganze gehen, sich nicht schonen, sich hingeben der Leidenschaft! Alle Nachtstücke des Lebens, vom verwahrlosten Kind bis zum verlassenen Alter, können in einem Werk vereinigt sein, und es wird guten Mut, ja Heiterkeit atmen, hast du den Glauben an das Leben und den Glauben an Gott.

So sind die Misérables entstanden. So entstehen die Werke, die in der Welt etwas ausrichten, die besten der Tendenzromane. Denn solange dieses Wort noch abschrecken soll, muß entgegengehalten werden, daß eine große Dichtung, die Misérables, Tendenzroman ist.

Nicht nur, was man Zeitroman nennt. Natürlich gibt es ohne Tendenz überhaupt nichts. An jede Liebesgeschichte kommt der Autor von rechts oder von links. Wer seine Zeit darstellt, bringt Voraussetzungen und Absichten aller Art mit: Balzac katholische und legitimistische, Stendhal den Rationalismus und Napoleon.

Flaubert vertrat literarisch den aristokratischen Intellektualismus, der eine politische Richtung ist. Die sozialistische Volkstümlichkeit der Misérables mußte ihn reizen – längst bevor er ihr Gesellschaftsbild „falsch" fand. Ästhetische Streitigkeiten führen zuletzt immer nach verschiedenen politischen Richtungen. Die politische Richtung fällt zusammen mit dem Empfindungstyp. Nur wer nichts empfände, hätte „reine Dichtung".

Victor Hugo hat nicht nur machtvoll empfunden und seine Gesinnung gestaltet, er hat sogar bestimmte weltliche, soziale Absichten verfolgt mit seinem Werk, dies abzuschaffen, jenes zu erreichen, hierüber die Augen zu öffnen, auch zu strafen für manches. Nackte Tendenz, und nun die Zeit darüber hingegangen ist und sie verwirklicht oder nicht verwirklicht hat, dauert das Werk noch immer. Figuren, die doch zweckvoll erfunden waren, sind ins öffentliche Bewußtsein gedrungen und sprichwörtlich geworden. Der Gassenjunge Gavroche sollte nur ins Pflegeheim kommen, statt dessen hat er die Unsterblichkeit. Er hat sie von dem Dichter, dem „kein wirklicher Mensch" gelang.

Nur große Kraft konnte sich so tief einlassen mit der Welt, sich so lange mit ihr umherschlagen, und doch nicht Schaden nehmen. Victor Hugo wuchs sogar erst mit den Miserables zu der Größe hinan, die er geblieben ist. Seither kennt ihn sein Volk in den tiefsten Schichten, seitdem ist er der Erste.

Sein Jahrhundert und sein Land haben viele große Namen, es ist nicht wenig, in ihnen der Erste zu sein. Es ist nicht wenig, den tiefen Schichten zu gefallen und hoch zu bleiben, nationaler Besitz zu werden und noch immer geheimer Besitz der Wählerischen zu sein. Ein starker Charakter ist geboten. Wenn Kraft, Volkstümlichkeit und der unerschütterliche Glaube an die eigene Berufung beisammen sind, fehlt noch der starke Charakter. Er ist es meistens, der fehlt. Victor Hugo hatte ihn, erst dadurch seine unerhörte Wirkung.

III

Quatre-vingt-treize ist ein Alterswerk, besonders dadurch, daß es aus frühesten Erinnerungen kommt. Der Vater Victor Hugos, General unter Napoleon dem Ersten, hatte einst gegen den monarchistischen Aufstand der Vendée gekämpft. Die Mutter Victor Hugos war aus jener Bretagne, die der Revolution so lange widerstanden hatte. Er ist der Sohn starker Menschen, sein Werk sucht die Kraft nicht auf, wenn es gewalttätige Zeiten darstellt, es hat sie schon. Es hat sie auch im Alter.

Dies zeigt zuerst der Stil. Er ist das Leben selbst – und dabei unrealistisch. Vielleicht eben darum unrealistisch? Vielleicht würde die einfache Wirklichkeit nicht ausreichen, soviel Leben zu tragen. Der Stil hier steigert sie immer. Die Menschen, ihre Taten, ihre Gesichter haben größere Züge als die. allgemein bekannten. Ihre Art aufzutreten, ist merkwürdig unökonomisch. Sie sprechen – zweifellos auch, um einander etwas mitzuteilen; aber zuerst, um sich zu entladen. Wie oft reden sie aneinander vorbei aus lauter Kraft. Dadurch verblüffen sie, es macht Effekt; ist aber im höheren Sinn auch wahr. Denn der Mensch gibt in Wahrheit den größten Teil seiner Kraft vergebens aus. Ihn logisch und ökonomisch leben und reden zu lassen, ist nicht Natur.

Empfinden wir so? Dann kommt Victor Hugo uns heute nahe. Effektvolle Tiraden, gewiß, daran fehlt es nicht; fragt sich nur, ob nicht auch sie dem Leben dienen. Ein alter Adliger hält eine hochgespannte Ansprache an einen jungen Matrosen, der ihn umbringen will; sie schließt: „Wir sind im Abgrund, allein und Aug' in Auge. Nur zu, mach' ein Ende! Ich bin alt, du bist jung, ich bin waffenlos, du hast Waffen; töte mich!" Worauf der Matrose gerade im Gegenteil ihn nicht tötet. Dies aber war der Zweck der Rede. Sie zeigt die geraffte Kraft dessen, der vor einem Bewaffneten nur einfach gut spricht.

Oder jener Gesang auf die losgerissene Kanone. Man hört sagen: die Kanone, die sich losgerissen hat. Denn sie ist belebt, sie hat Atem, sie hat die Absicht, zu zerstören. Nun, wir kennen solche Belebungen von Dingen, wir wissen, daß in Zola, der so verfährt, Victor Hugo steckt. Diesen selbst indessen unterscheidet seine Sprache. Seine Sprache, obwohl technisch völlig informiert über die Kanone, will durchaus nicht auf Echtheit hinaus, sondern über sie fort geradenwegs zum Leben. Sie ist beflügelt.

Ein, man weiß nicht wie, beflügelter Schritt eilt durch das Buch, erhebt sich und schwebt. Die Antithesen wirken mit. Diese berühmten Antithesen sind auch nicht Selbstzweck und leerer Effekt; sie helfen zum vollen Leben, zu einer gewissen Überwachheit. Sie verdeutlichen bis ins Ungeheure. Sie erheben auch den Einfachen zur Ahnung des Höchsten. „Die fortwährenden Antithesen Gottes", – das ahmen sie nach.

Empfinden wir so? Dann seien wir nicht stolz. Ganzen Geschlechtern war der Sinn für diese Prosa verloren gegangen. Was wir fühlen, geht auch verloren. Hier und da kehrt etwas wieder oder scheint wiederzukehren. Könnten wir den Zeitgenossen Victor Hugos darlegen, welchen Eindruck seine Prosa auf uns macht, den ihren würden sie nicht wiedererkennen. Sie würden darum an der Prosa ihres Dichters nicht zweifeln. Nur an uns.

Flaubert hat die Figuren in „1793" höchstwahrscheinlich ebensowenig gut gefunden, wie die der Misérables. Über diese sagte er: Beobachtung sei eine Eigenschaft zweiten Ranges, aber als Zeitgenosse Balzacs habe

Victor Hugo die Gesellschaft nicht so falsch schildern dürfen. Und doch war der junge Flaubert aufgewachsen unter dem Zauber der Romantik und in der Vergötterung Victor Hugos. Im Grunde blieb er so; noch als er starb, trat auf seine Lippen der geliebte Name. Nur, ihm war Beobachtung auferlegt als unerwünschte Pflicht: jene Beobachtung im kleinen, über die der große Atem Victor Hugos hingehen durfte. Was hat Flaubert zu Cimourdain gesagt? Für uns ist Cimourdain eine starke Figur.

Er ist weder Homais noch Monsieur Dambreuse, weder der kleine noch der große Bürger von 1850 oder 1860. Von den friedlichen Gestalten Flauberts trennen ihn Krieg, Gefahr, äußerste Anspannung des Lebens, heroischer Beginn einer Klasse. Auch im Ausdruck. Vor allem im Ausdruck. Cimourdain tritt zu stürmisch auf und wieder ab, als daß man jede Blatternnarbe sehen könnte. Man sieht nur die riesige blutige Schmarre, nachdem er seinen jungen Liebling vom Tode errettet hat, und dann, als er ihn selbst töten mußte, sein von eigener Hand getroffenes Herz. Man hört ihn nur in starken Worten sprechen, seine Gesten sind alle entscheidend. Die Kleinheit ist abgeschafft. Die Laster Cimourdains gleichen seinem Heldentum. Er ist eine rohe Figur, in die Not des Augenblicks summarisch gestellt, und paßt für kein behagliches Zimmer, paßt nur für felsigen Wald, Kerker oder Schlacht.

„Es gibt Sturmseelen", – ist das eine Begründung? „Erhaben und umstarrt von Abgründen", – was beweist das? Aber er führt reinen Herzens Schurken an, weil er den großen Haß hat statt der verbotenen großen Liebe. Er geht unter, weil er nur Logik, nicht Vernunft kennt. Er ist das schlagende Porträt des in starke Handlung versetzten absoluten Intellektuellen.

Auch Psychologie kann in großen Zügen auftreten. Victor Hugo versteht sie fast nur so; erstens, weil er, ein starker stürmischer Mensch, sich dem rauhen Anfang seines Jahrhunderts noch nahe fühlt. Infolge hiervon auch aus literarischer Absicht. Shakespeare! – den er „bewundert, wie der Dümmste". Seine eigenen Gestalten sollen von sagenhafter Einfachheit, dabei tief und weit, vieldeutig, ja etwas irr sein. Er hat Bettler, die sagen: „Ich weiß nicht recht, es ist ein Kommen und Gehen, Dinge gehen vor; ich aber bin hier unter den Sternen." Freilich weiß derselbe Bettler schon, daß es sich in der Revolution schließlich um reich und arm dreht, – was damals nicht leicht jemand wußte. Es wurde erst 1848 allgemein bekannt.

„Es gibt Beziehungen zwischen mir und der Menge –". Es gibt auch die, daß Victor Hugo sich in den Wirkungen der Spannung und der Kraßheit gefällt, wie seine einfachsten Leser. So bringt er ihnen am besten „Ideen" bei, ganz allgemeine ideale Mächte, die seine Handlung mit sich trägt. Er selbst hat sie nicht gedacht, nur gefühlt, wie alle Schöpfer, – bei denen Denken zusammenfällt mit Erleben. Es sind Ideen der Güte. Er konnte mit vollem Recht behaupten, immer sei er eingetreten für alle Elenden.

Shakespeare, ergänzt durch 1848 – dies ergibt wohl das literarische Ideal Victor Hugos. Seine Empfindung des Geschehens und ihr stilistischer Ausdruck gerade hier in „1793" stehen am nächsten Michelet, dem demokratischen Historiker der Revolution.

Danton, Robespierre, Marat haben ihre große Szene. Man könnte sagen: ihr großes Bild. Eine Erinnerung bleibt wie an Statuen, die sich bewegt haben. Sie haben gesprochen, sie haben einen Augenblick in herrliche Abgründe blicken lassen. Sie belauern einander, um einander zu vernichten, und sind doch zusammen erst groß.

Jeder von ihnen ließe sich sozial und klinisch bestimmen. Gerade bei ihnen läge es uns nahe; wir haben „Die Götter dürsten". Nichts bliebe dann übrig, als die mehr oder weniger kranken Geschöpfe einer Zeit, die ihresgleichen künstlich aufblähte und zur Schau stellte. Das wäre verkleinernde Erkenntnis. Sie war auch dem Geschlecht Victor Hugos nicht unzugänglich. Die Fragwürdigkeit der Menschengröße durchschaut jeder zu gewissen Stunden, und kein Schriftsteller mit weiter, dauernder Wirkung war ein schlechter Lebenskenner. Eine vergrößernde Erkenntnis aber sieht lieber den Charakter in überwirklicher Steigerung, er habe übrigens seine Wurzel wo immer. Halluzinationen, Nähe manischer Depression, hier münden sie in unbezweifelbare Persönlichkeit und werden großes Schicksal.

Machen wir dies nicht mit? Zu bedenken wäre immerhin: nur so bleibt Geschichte nicht in Kliniken stecken. Nur so stimmt Betrachtung des Lebens nicht herab. Sind wir nicht doch neugierig, zuzusehen, wie sie den Menschen vergrößert, ihn schrecklicher, stärker oder geschlagener zeigt, als wir dachten; uns im überdeutlichen Beispiel vorhält, daß am Ende auch wir nicht umsonst die Wirrsal unseres Lebens bestehen? Fruchtbarer Optimismus – zuletzt möchte jeder ihn haben. Ganz auf die Art des Geschlechtes von 1848 und ihres Dichters werden wir ihn nicht erreichen. Victor Hugo vergrößert und ist Optimist. Sein Optimismus hängt möglichenfalls damit zusammen, daß er nicht zu genau hinsieht; ganz sicher aber damit, daß er alles Erblickte in die feurige Masse wirft, woraus Statuen werden. Ihm soll das Leben Größe atmen. Daher glaubt er auch, daß es vervollkommnungsfähig ist, und daß es nie endet.

Ein Meister unserer geistigen Mitwelt, Anatole France, starb fast so alt wie Victor Hugo in der Überzeugung, es sei für alle aus, unsere Welt sei am Ende. Sehen wir dagegen hin, wie Victor Hugo Kinder darstellt, sie, die sogar nahe betrachtet nie enttäuschen, sie, die unbewußt hindurchkommen durch Schrecken, Haß und den Streit der Geister. Unschuld ist dauerhafter als das Verbrechen samt dem Verhängnis. Die Zukunft wird gerettet in den Kindern. Darum halten sie die Mitte in dem Buch entfesselter Menschheit, „1793".

Gustave Flaubert und George Sand

I

Das neunzehnte Jahrhundert glänzt mit dem französischen Roman, wie das sechzehnte von italienischen Bildern und Palästen strahlt. Von 1850 bis 1880 sitzt Flaubert auf dem Lande, oft monatelang ohne Menschen, und schreibt seine sechs Bücher. Hier vollzieht sich die letzte Anstrengung, die repräsentative Kunstgattung der Zeit auf ihren Gipfel zu führen. Chateaubriand hatte das moderne Naturgefühl erfunden und den

Stolz und den Schmerz des nach Auflösung der alten Gesellschaft an seiner Einsamkeit Tragenden. So blieben seine lyrischen und heroischen Landschaften allzu leer von Menschen; in ihnen lebt nur René. Stendhal, der Gesellschaftsmensch, hatte auch darum Italien bevorzugt, weil er hier die vorrevolutionären Salons noch hingefristet fand. Schon mit aller Ungebundenheit des Modernen hatte er seine Aufklärungsritte in diese Zweizeitenseelen gemacht; er sah vor allem Seelen und ihre soziale Bedingtheit. Balzac dagegen hatte aus dem Chaos des Jahrhunderts eine Welt gezogen, die mittleren und unteren Stände der Literatur erobert, die Literatur an Presse und Finanz, den neuen Mächten, gemessen, das Geld in die Literatur eingeführt samt den gewaltsamen Leidenschaften, die jetzt frei geworden waren. Sein herkulisches Genie hatte Stoffmassen gewälzt wie nie ein anderes; nur waren sie nicht immer gereinigt und leicht gemacht durch große Kunst. Théophile Gautier hatte Worte in Farben und Marmor umgewandelt; hatte Romane geschrieben, aus denen alles abwesend ist, wovon die Literatur sich nährt, und die dennoch Gewicht haben; in denen die Menschen, seelenlos, nur Staffage sind inmitten schöner Dinge, und die untadelig sind, aber ohne deutliche Beziehungen zum Leben. Das Talent Flauberts hält dies alles zusammengerafft wie ein Viergespann und lenkt es, wohin sein Temperament und seine Weisheit wollen. Er hat den sozialen Überblick des einen, ohne seine Illusionen; der Analyse des anderen schafft er unerhörte Ausdrucksmittel, macht als erster das Geistigste sinnlich fühlbar. Er hat Plastik als Grundtugend geübt, hat die malerische Wortkunst zum Impressionismus weitergeführt. Und das Tiefste in ihm ist sein Einsamkeitsbewußtsein; ein seit René viel schwerer gewordenes, das endlich sich seines Stolzes begibt. Er ist stark in jeder dieser Fähigkeiten; er wird groß, wo er sie alle zugleich betätigt. Es sind in seinen Büchern ein paar (notwendig nur ein paar) solcher äußersten Kraftleistungen. Ein Landwirtschaftsfest: Wir sehen ein Wogen von Vieh, Bauerntrachten, Honoratioren, Beamten um Zelte, Wagen, beflaggte Gebäude; vernehmen offizielle Reden, Gespräche in der Menge, eine Liebeswerbung; bemerken das Vortreten einzelner aus dem Gedränge und ihr Wiederuntergehen, das Herauslügen von Grimassen, über die sich sogleich etwas anderes legt, gebauschte Kleider, abgebrochene Gesten, den Wind, der über den Köpfen die Wolken treibt, die wechselnden Sonnenflecke, die Gerüche von alledem, nun verweht und nun wieder aufgewirbelt wie die Stimmen. Wir hören diese Welt von Dingen nicht erzählen, sondern erleben sie; sehen sie selbsttätig ihren geheimen Sinn preisgeben. Wenn irgendwo, ist hier ein Gesamtkunstwerk, eins, das ein einziges Hirn erschuf und dem kein Handlanger zum Leben hilft.

Als sein erstes Buch, Madame Bovary, bekannt geworden ist, verbreitet sich dieses Bild von Flaubert: Er ist auf die Wiedergabe der genauen Wirklichkeit bedacht; er sieht sie „unpersönlich", „wissenschaftlich", immerhin übertrieben düster. Jedenfalls ist er ein ganz Moderner, der durch künstlerische Einkleidung sozialer Probleme zu interessieren weiß; und, wie das Gericht anerkannt hat, sind die Beweggründe zu seinen freilich gewagten Schilderungen erzieherisch, sittlich. Er sollte in seinem nächsten Buch, das im übrigen ein Gegenstück zum ersten sein mag, seine Beobachtungsgabe an sympathischen Menschen üben, bessere Herzen vorzeigen: dann wird man ihm danken. Indessen muß man auf das nächste fünf Jahre lang warten; und als es kommt: welche unliebsame Überraschung! Diese „Salambo" ist nicht nur härter als das vorige, sie ist nicht einmal modern, rührt keine der Fragen auf, mit denen Madame Bovary der Öffentlichkeit lange zu tun gegeben hatte, ist ganz „äußerlich", ergeht sich in Schilderungen verschollener Ungeheuerlichkeiten, so daß nicht einmal von Beobachtung die Rede sein kann. Kritiker und Professoren erklären das meiste für gewaltsame Erfindung. Sainte-Beuve schmeckt sogar eine Messerspitze sadistischer Phantasie heraus. Das Bild, das nun von Flaubert in Umlauf kommt, ist etwas gehässig. In diesem Augenblick, während er in Paris den Sturm besteht, nähert sich ihm jemand als Freund: George Sand. Sie sieht in Salambo eins der schönsten Bücher, die je geschrieben wurden, veröffentlicht aus dieser Gesinnung einen Artikel und bestätigt ihn durch einen Brief. Zwei Geister haben einander berührt und werden sich bis zum Tode der Älteren nicht mehr loslassen.

George Sand kommt als Menschensucherin. Ihr Genie, das Genie der Frau, ist rein psychologisch. Ihr gehört nicht die Welt: nur der Mann, und was er ihr zu fühlen gibt. Als sie jung war, stürmte ihre sehr männliche Generation; die Literatur ergriff, mit Glanz und Lärm, Besitz von den sichtbaren Dingen. Sie aber blieb daheim und schilderte ihr Frauenschicksal, erregte sich einzig im Namen der Liebe. Es gab damals nur einen, mit dem sie ernstlich zu tun bekommen konnte; denn unter den Damaligen war nicht mehr als ein mit dem Herzen Lebender: Musset. Und seitdem? „Die Beweggründe, die sie nach diesen verschiedenen Richtungen trieben, nach der Entfaltung dramatischen und literarischen Talentes und nach dem plötzlichen Überdruß am Lärm der Welt, nach einem tätigen Dasein als Theaterleiterin und nach dem trägen Landleben, – die Beweggründe waren schließlich, daran zweifelt nur nicht, eine ununterbrochene Folge von Liebesgeschichten." Dies sagt sie von Lucrezia Floriani, der Gestalt, die ihr am ähnlichsten sieht. Jetzt, da sie sich den Sechzig nähert, ist von ihrem leidenschaftlichen Drängen nach dem Manne nur das Tiefste übrig: die weiblich lüsterne Neugier, der psychologische Kitzel. Und in Flaubert wittert sie etwas Seltsames, dessen Entdeckung lohnend wäre. Ihren verstorbenen Freund Balzac ersetzen, ihn, mit dem sie Kritiken ausgetauscht, an dem sie sich entwickelt hat; sich von der Seele des Mannes noch einmal befruchten lassen. Ihn würde es wenig kosten, und keinen anderen Entgelt will sie für die Güte, die sie bringt. Nun gerät sie gerade an einen, der dessen froh ist, weil er weiter einer Frau gar nichts zu geben hätte; weil er erfahren hat, daß „die Muse, sei sie noch so widerspenstig, einem doch weniger Kummer macht als die Frau"; und weil er als Freundin eine braucht, die, nach seinem Wort, „vom dritten Geschlecht" ist.

Das erste, was sie bemerkt: daß er ein gütiges Herz hat. Bei einem Besuch in seinem Landhaus hat sie ihn seine Mutter mit „Tochter" ansprechen hören, und ihr sind die Tränen gekommen. Komisch, meint sie: er hat eine Seite, die in seinen Büchern nicht zum Vorschein kommt, die er vielleicht selbst nicht kennt. Sie schreibt es ihm und fügt hinzu: „Es wird sicherlich später kommen." Sie pocht an, damit er sich aufschließe:

sehr behutsam und verständnisvoll. „Spielen kann ich nur mit meinem eigenen Mißgeschick; das, welches ein großer Geist hat durchmachen müssen, damit er in den Stand gesetzt ward, zu produzieren, halte ich heilig und rühre daran weder rauh noch leicht." Sie gibt ihm ihre Stimmungen, damit er mit seinen erwidere. Darauf erfährt sie von schwarzer Laune, die wie Flut über ihn hingehe, und von Todesängsten, durch die ihn die Arbeit am Stil hetzt. Sie wirft die Keuschheitsfrage auf. Zurückkommt, daß Keuschheit nur als Kraftprobe Wert habe; und zu seiner Zeit, der Zeit tapferer Romantik, habe man sich stark genug gefühlt, Liebe und Kunst, alles zu gleicher Zeit, zu bewältigen. Sie zeigt sich ungläubig und erhält die Bestätigung, in Wirklichkeit habe er längst gewählt. „Für die Künstler (die Priester sind) ist Keuschheit keine Gefahr, im Gegenteil" ...; Er solle sich selbst malen? Nein; denn der erstbeste sei interessanter, weil er typischer sei. Der ideale Künstler wäre ein Ungeheuer. „Ich empfinde einen unbesieglichen Widerwillen dagegen, etwas von meinem Herzen zu Papier zu bringen." Sie, die nie etwas anderes zu Papier gebracht hat als ihr Herz, begreift nicht; und aus den Verhandlungen hierüber gewinnt sie die erste Skizze seines Wesens. Ein späterer Betrachter sieht in denselben Zügen mehr, als sie sehen konnte, weil er weiß, wohin dies alles geführt hat; weil schon in den Bildnissen aus der starken Zeit eines Geschlechtes manches den Sinn des Verfalles annimmt für den, der die Nachkommen kennt.

II

Flaubert vollbringt sein ganzes Werk im Kampf gegen sich selbst. Dieser endgültige Eroberer des Realismus ist kein Liebhaber der Wirklichkeit; dieser Moderne haßt die Bürgerwelt; dieser Erfinder des unpersönlichen Romanstils hat Lyrik zu verbergen.

Die letzten Windstöße des romantischen Sturmes gelangten, als er jung war, bis in seine Provinz. Er und seine Kameraden, die Brust gesprengt von Schwärmerei, fühlten sich als Ausnahmen in der platten Menschheit um sie her. Sie träumten vom Räuberleben, von der Liebe großer Damen und von dem Kampf für den Islam, von allem, was beim frühen Victor Hugo steht; trugen Dolche; benutzten sie auch und verstanden zu sterben. Eine Pariser Geistesmode hat sie verspätet erreicht, als man in Paris schon anfing, sie abzulegen: so verspätet dringt sie auch in das Kloster, worin Emma Bovary ihre Mädchenzeit verträumt. In ihren bildsamsten Jahren werden diese jungen Gehirne nach Vorstellungen und Bedürfnissen gefaltet, gegen die alsbald die ganze Wirklichkeit als Feind aufstehen wird. Einige erliegen ihr: so erliegt Emma Bovary. Vor allem darum, weil Paris, das sie nie zu sehen bekommt, ihr immer das Irrlicht bleibt. Flaubert sieht es, wie es ist, vergleicht, schämt sich; und was er von seinem jungen Herzen zu Papier zu bringen sich trotzdem nicht versagen konnte, Stimmungsprosa, wolkig wie Novembertage, Herzensdrang an Chateaubriands, seines Helden, Geburtsstätte und Grab: das ist von diesem Augenblick ab verurteilt, verschlossen zu bleiben. Er unterdrückt seine Jugend, seine ganze Jugend, um reif vor die Welt hinzutreten, mit einem kurz vor den Dreißig begonnenen Werk, aus dem vermeintlich der Autor abwesend, das angeblich die unter den unerforschlichen Augen eines unsichtbaren Gottes geschehene Selbstgestaltung der Dinge ist. Aber die wilde Ironie, die nirgends nachweisbar hervortritt und deren Katzenaugen man doch überall ahnt, hinter den Vorgängen, hinter dem Stil, hinter der verfälschten und unangemessenen Gefühlssucht der Heldin: wie entsteht sie? Wer hat hier gelitten, um so ironisch sein zu dürfen? Eine arme Frau, die sich weder ihre Sinne noch ihre Eindrücke selbst gab, muß, weil sie ihnen und nicht den Bürgerregeln folgte, ärgste Erniedrigung, bittersten Tod erdulden. Die Tatsachen hetzen sie, und kein Mensch ist da, dem die Wimper zucken würde, kein verstehender Mensch. So konnte ihr Dichter in den Ruf eines harten Erziehers kommen. Gewiß, er erzog. Aber er war kein Gewissensrat für Bürgerfrauen, und nicht eine Dame namens Emma Bovary hat ihn zum Schreiben genötigt. Er erzieht sein Herz. Die Éducation sentimentale, die er später beschrieb, hier geschieht sie. Alle Gewalt des Buches liegt darin, daß jemand mit bitterer Überzeugung wütet gegen sein eigenes Herz und gegen seines Herzens ehebrecherische Gelüste nach Poesie. Gäbe er ihnen nach, er wäre gewiß, von der Zeit beiseitegeschoben zu werden, unwirksam zu bleiben und abzusterben. Die Zeit will ihn modern, wissenschaftlich und nüchtern. Sie erhebt ihre Forderungen in ihm selbst. Seine zunehmende Geistigkeit verfeindet ihn mit seinem Herzen. So ergibt er sich der Unterwerfung dessen, was er war, dem Kampf gegen den Jüngling, der noch in ihm lebendig ist. Aber dieser Jüngling scheint in denen, die als erstes die Romantik sahen, ein zähes Leben gehabt zu haben. Flauberts nächster Freund, Louis Bouilhet, blieb all seine Dauer ein Poet aus den Bohème-Tagen und immer im Zorn gegen die nachkommenden Zeiten, die er mitmachen mußte. So nimmt auch der Pessimismus Flauberts seinen Ursprung in entrüsteter Romantik. Rudolphe, der Dichter, sitzt, hoffnungslos verdüstert, in seiner winterlichen Dachkammer. Das Feuer, das er, seiner Unerschöpflichkeit gewiß, mit den Manuskripten seiner Gedichte entfachte, erlosch im Kamin. Wo kamen die Genossen hin? Der Mond ist untergegangen und Mimi tot.

Aus dem mißverständlichen Erfolg von Madame Bovary mag Flaubert bittere Genugtuung geschöpft haben. Vielleicht, er war noch jung, hat er sich auch berauschen und täuschen lassen, hat sich – denn nach Beendigung eines Buches ist uns sein Keim und, was es uns war, oft ganz entfallen – im Augenblick selbst für den unbeirrbaren Realisten gehalten, als den man ihn ansprach. Er kann den Pessimismus seines Buches für nüchternen Wirklichkeitssinn angesehen haben, während er leidende Rache war: kann die Form, die er seinem Pessimismus gegeben hatte, das Groteske, für wirkliche, überlegene Stärke gehalten haben. Dennoch verdankte er es nur seinem Drang, sich zu behaupten, griff an aus Not und gestand, indem er karikierte, Schwäche ein. In seiner Jugendprosa, wo er noch das gute Gewissen zu seinen ersten Idealen hat, gibt es nichts Groteskes. Während einer Orientreise nimmt es überhand. Hier, wo der Romantiker sich im Burnus an der Spitze von Mamelucken und bei Brunnen mit Rosenwasser hätte fühlen sollen, verbringt er ganze Tage damit, einen imaginären alten Franzosen zu parodieren. Seine Feinde, die Bürger, halten ihn schon belagert, lassen ihm keine volle Ruhe mehr zum Genuß von Träumen. Nach der Heimkehr schließt er sich ein mit den

Phantomen der Menschheit, um sich von ihnen vorspielen zu lassen. Sein noch jugendlicher Übermut verdüstert sich wohl; aber kein Zweifel, daß Monsieur Homais früher in ihm entstanden ist als Emma Bovary, und daß sein Drang, darzustellen, vor allem eine Sucht, zu herrschen, ist. Dies Verlangen treibt ihn, die Welt dadurch unter sich zu bringen, daß er sie als arme Fratze sich geberden läßt. Nie selbst hervortreten; die „Unpersönlichkeit" zu seiner Rache machen und in seiner hohen Einsamkeit mehr als die sonst bekannten Genüsse feiern. Denn welchen anderen Genuß vermöchte er nicht durch Literatur zu überbieten? Von der Liebe gibt sie ihm das Beste: intellektuelle Wollust, Hingabe wie Beherrschung, das Selbstvergessen in der Umarmung des Vollkommenen; und das Fragwürdigste, Aufstachelndste, Genüsse wie das keuchende Entsagen in der Éducation sentimentale, oder Salambos Python, oder die Tochter der Herodias. Die Literatur gibt ihm, stärker als das Leben, die Exaltation des Zeugens; sie gibt ihm konzentrierter das angstvolle Heranziehen der Geschöpfe. Sie gibt ihm Abenteuer, Reisen, unvorhergesehene Bekanntschaften; Qualen, Krankheiten und Krisen jeder Art. Mehrere Tage hindurch hat er den süßlichen Geschmack des Giftes auf der Zunge, das die Bovary nahm.

Nur will dieser Rausch, der schnell unentbehrlich wird, immer üppiger genährt werden. Die mitlebenden Bürger findet Flaubert längst ohne Reiz, ihr Groteskes kläglich. Er braucht wildere Absonderlichkeiten, eine Welt der Ungeheuer und Gifte, einen Himmel, der wie ein Albdruck ist; eine Welt auch, wo die Worte rasseln und klirren dürfen wie Panzer und foltern, trompeten wie Elefanten, hysterisch beben wie eine mit Wohlgerüchen durchseuchte Priesterin; wo die Worte, der Sonne gleich, in die Augen schreien, die Augen sengen, die Augen zu Göttern machen und martern dürfen gleich der unerbittlichen Schönheit des harten Südens. Die wirklichen Bedürfnisse, aus denen „Salambo" kam, sind diese. Vor sich selbst wird Flaubert den anderen Beweggrund ausgespielt haben: wenn bei seinem ersten Buch die Moralisten, Gesellschaftstheoretiker, Pädagogen sich aufgeregt hatten, – diesmal sollten die Archäologen staunen, die Leute der gerade modernsten Wissenschaft! Er wollte – da es schon Wirklichkeit sein sollte – eine allen unbekannte, von ihm allein schwer errungene Wirklichkeit hinlegen, an der sollten sie ihre Freude haben. Auf die Geste kam es an, die herrische, unberührte Geste, mit der man dies alles hinausschleuderte: niedergestampfte Armeen und den heulenden, blutrünstigen Liebeswahnsinn eines Halbwilden, Bal mit Kindern auf den rotglühenden Armen und Felsenkessel voll Menschen und reißende Tiere über sie her! ...; Geheimnis bleibt es, ob der jahrelang in dieser Hölle Schmiedende nie darauf geachtet hat, daß es hier von den Grenzen härtester Wirklichkeit wieder in sein altes Traumland geht. In der Überfülle prachtvoller Landschaften erklärt sich doch die unausweichliche Nähe Chateaubriands, in Salambo die mystische Liebende Velleda, – und nur die unbesiegliche Zärtlichkeit des Lyrikers, der Hamilkars Tochter besang, vollbringt die Bezauberung, die dies kleine Mädchen, kaum daß es sich zeigt, an tausend Bluthunden mit Menschengesichtern übt. Niemand fehlt als René; und fehlt er? Der gallische General, der, erstickt vom Scirocco und der Schwere der Wüstenweiten, an einem Luftloch des verschlossenen Zeltes röchelt und nach Galliens Viehweiden, dem aus Walddunkel zitternden Licht seiner Strohhütte lechzt: wäre er nicht die Seele dessen, der sich an solche schlimme Schöpfung vergab, in diese von Seelen leere Einsamkeit sich verirrte?

III

Wenn so viel Entsagen, so viel Selbstvergewaltigung wenigstens Ruhm eintrüge! Flaubert hatte nicht den Körper eines Skeptikers; mochte seine Geistigkeit das Geräusch der Gewöhnlichen verachten, seine Sinnlichkeit gierte nach ihrer Anerkennung. Er empfand: „Um Dauerhaftes zu schaffen, darf man über den Ruhm nicht lachen“; und litt heftig unter dem Achtungserfolg von Salambo. Damals zuerst mag er sich überblickt, mit seinem Schicksal abgerechnet haben. Einiges davon gab er George Sand zu bedenken; anderes blieben erstaunte und wehe Fragen, die niemand gehört hat.

„Wie kommt es, daß ich hier sitze, abseits und mit vierzig Jahren noch immer allein? Zwölf Jahre sind vergangen, seit ich mich einschloß. Die von meiner Kraft, mit meiner Bovary geschaffene Bewegung haben andere ausgenutzt; inzwischen war ich fern, bei dieser Salambo, die nun alle künstlich nennen. Es gelang mir also zu gut, euch zu täuschen. Mein überreiztes Herz habe ich unter Lichtgarben und Tubengebrüll so wohl versteckt, daß niemand es spürt. Als ich jung war, liebte ich allzu glänzende Frauen, denen ich es nie sagte. So habe ich dich geliebt, Salambo, und dich, grausames Afrika! Aber niemand weiß, daß um die schönen Dinge, um die fernen, kaum mehr menschlichen Gestalten gelitten werden muß. Man faselt von seelenloser Schönheit. Man ist so unwissend über den Künstler, daß man ihm zutraut, er mache leichten Herzens Schönheit; so unerfahren in der Schönheit, daß man für möglich hält, es sei jemals eine vollendet worden, hinter der nicht der Schmerz stand, den Meißel noch in der Hand. Ich werde ihnen nichts darüber verraten. Spricht jemand von Salambo, und wäre es meine gütigste Freundin, ich werde ihr antworten: Der Schmöker hätte es nötig, daß man ihn um gewisse Inversionen leichter macht; es sind zu viele Damals, Aber und Und darin: man merkt die Arbeit.

Gelte ich nicht als Techniker? Fast bin ich es geworden! Ich, der den überschäumendsten Achtzehnhundertdreißiger abgab, wäre ich so glücklich gewesen, mit der Hernani-Bande zur Welt zu kommen! Wie ich Verse gedonnert, was ich auf meiner breiten Brust für leuchtende Stoffe getragen, welchen Gottesdienst ich einer Frau geweiht haben würde, einer einzigen! In dieser nüchternen Zeit mußte ich mich in eine Werkstatt schließen, Sätze feilen, meinen Stolz auf die Verknüpfung einer Analyse, eines Porträts und eines Dialoges setzen, neue Arten erfinden, um eine Empfindung auszudrücken, und die Empfindung selbst für Nebensache ausgeben; mußte das Äußere am wichtigsten nehmen. In Wahrheit aber glaube ich nicht einmal, daß es in der Kunst ein Äußeres gibt. Ich erinnere mich, wie ich Herzklopfen bekam und eine heftige Lust empfand, als ich eine Mauer der Akropolis betrachtete, eine ganz nackte Mauer (die zur Linken, wenn man nach den Propyläen hinaufgeht). Und ich frage mich, ob ein Buch, unabhängig von dem, was es sagt, nicht dieselbe Wirkung hervorbringen kann. Liegt nicht in der Genauigkeit der Wortgefüge, der Seltenheit der Bestandteile, der Glätte der Oberfläche, der Übereinstimmung des Ganzen, liegt darin nicht eine innere Tugend, eine Art göttlicher Kraft, etwas Ewiges wie ein Prinzip? (Ich spreche als Platoniker.) Warum besteht, zum Beispiel, eine notwendige Beziehung zwischen dem richtigen und dem musikalischen Wort? Warum kommt man immer auf einen Vers hinaus, wenn man seine Gedanken zu sehr zusammendrängt? Das Gesetz des Wohlklanges regiert also die Gefühle und die Bilder? Und was als das Äußere erscheint, ist gerade das Innere? ...; Ich bin Mystiker: ich, der Handwerker der Form. In der Form erst glüht meine Phantasie und wird flüssig. An einer Seite voll bunter und tönender Namen berausche ich mich bis zu der Gewißheit, mit den Schicksalen dieser Namen einst dagewesen zu sein. Ich bin alter Schönheit so voll, daß ich das Gefühl beginnenden Lebens, das starre Staunen eines frisch erschlossenen Daseins nie gekannt habe. Das in den Tiefen der Geschichte Verlorene zieht mich an, der ich von jeher dabei war. Mit den Priestern des Orients konnte ich reden; und wenn vor dem Tor meiner Stadt Zigeuner aus ihrem grünen Wagen lugen, regt sich in mir etwas Brüderliches. Denn ich habe – ob mir das von meinen nordischen Vätern kommt? – die Körperverfassung raffinierter Barbaren, überreizte Nerven in einem Riesen, eine Geistigkeit, die sich schwer aus den Schlacken der Sinne losringt. Ich habe eine ungeheure Animalität abzuschleifen, bevor Geist entstehen kann. Zu ihrer Bändigung bin ich auf eine Hygiene der Ungesundheit verfallen: keinen Schritt vors Haus und Nachtarbeit, bis mir die Augen kochen. Hinter allen fünf Fenstern meines Zimmers, rings um dies alte Kloster, ist weites, grau schlafendes Land, Mondgleiten den Fluß entlang; und in der ungeheuren Stille zucke ich empor bei jedem Knistern, jedem Ästeknacken: Kommst du? Es regt sich in den Zauberworten, die ich ansammele, und aus ihnen hervor, in wahnsinnig aufregenden Schleiern und auf den Sohlen verstorbener Tänzerinnen erscheint mir mein Werk!

Betrachte Dich: wie es Dich schon zurichtete! In Deinem kuttenähnlichen Rock haben Deine Schultern sich gewölbt; Dein Gesicht mit dem gallischen Schnurrbart war rund und fest, nun ist es zerfetzt durch die sich windende Seele; es hat sich, rot von den Ausschweifungen der Arbeit, gesenkt um die Augen her. Deine Lider liegen in Falten vom Hohn auf das groteske Leben, und Dein Blick ist so müde, als wäre dies Gelächter schwere Arbeit gewesen. Eine Braue krampft sich die kahle Stirn hinan, und als übriggebliebene Lüge von Jugendmut fallen Dir romantische Locken über die Ohren. Du bist vierzig, und es ist keine Hoffnung, von dieser Galeere noch einmal zu entkommen. Auch würdest Du es nicht wollen. Ach, sobald die Qual eines Werkes aus ist, ist auch die Erleichterung meiner Leidenschaft vorbei. Ich vergleiche diese Leidenschaft einem Ausschlag, den man schreiend kratzt ...; Ich habe nicht gelebt und bin ein Paria. Es gibt Parias hier auf der Höhe, wie es welche ganz unten gibt. Warum? Der Literat war ehemals eine so regelrechte Existenz. Was war Herr von Voltaire? Ein geistreicher Großbürger, nichts weiter, mit all seinen Tugenden und Lastern, Eitelkeit, Habgier, physischer Furchtsamkeit, Anfällen moralischer Kühnheit, dem Trieb zu geistigem Fortschritt; politisch reaktionär, sobald der Despot seiner Ansicht war, priesterfeindlich, weil er die Priester in der Macht über das Volk abzulösen wünschte, aber gewillt, dem Volk den Glauben an die ewigen Strafen zu erhalten, aus Furcht vor seinen Lakaien. Selbst eine so fragwürdige Erscheinung wie Rousseau, das wühlerischste Sklavengenie, das je gelebt hat, konnte in die alte Gesellschaft gut aufgenommen werden, Gräfinnen lieben und sich zeitweilig wohlgeraten und einwandfrei fühlen. Das geht nicht mehr. Die Revolution hat uns allzusehr befreit. In der romantischen Zeit genossen wir die zynische Poesie unserer Losgelöstheit von der Bürgerwelt, von der gent épicière; und da nun der erste Übermut dahin ist, sind wir mit unserer allen Guten unverständlichen Sensibilität zurückgeblieben. Denke ich nach, ist es mir, als wäre ich noch Jüngling, ein verbrauchter, überreizter Jüngling, aber ohne die Fähigkeit, reif zu werden. Ich bin, sobald ich es einmal wage, zu handeln, noch immer Enttäuschungen ausgesetzt; denn ich habe noch immer die uninteressierten Ideale eines Zwanzigjährigen, sein ungebundenes Denken, nicht spezialisiert und rein spielerisch, zusammen mit dem theoretischen Pessimismus derer, die am Leben noch nicht tätigen Anteil nahmen und bisher nirgends eingereiht sind: werde ich es doch niemals werden. Ich stehe, sozial gesprochen, auf demselben Fleck wie beim Verlassen der Schule. So will ich denn die Welt der Zwanzigjährigen schildern. Ein gut veranlagter Zwanzigjähriger ist mir verwandt, ist immer ein Stück Künstler, eine Spur Dichter.

Da werde ich also dichten dürfen! Und lieben! Die romantische Liebe, die ich in der Bovary verhöhnt und weggejagt habe, aus Härte gegen mich selbst, nun soll sie zurückkehren, tiefernst und unbesieglich. Ah! Die Lyrismen, die ich mir gönnen will! Den Bürger sollen sie außer sich bringen. Ich werde ihm ins Gesicht sagen, wie ein junger Mensch mit Idealen im Herzen ihn ansieht. Er geht nur über die Straße und fühlt sich, werde ich sagen, übel von der Niedrigkeit der Gesichter, den dummen Reden, der einfältigen Genugtuung, die auf all den schwitzenden Stirnen durchbricht. Zwar werde ich hinzufügen: ›Indessen, das Bewußtsein, mehr wert zu sein als diese Menschen, erleichterte die Mühe des Anblickes‹, und derart ironisch feststellen, daß ich immerhin über meinen Zwanzigjährigen hinaus bin. Auch werde ich Sorge tragen, daß für jenen Liebesgesang nicht ich verantwortlich bleibe. Und wenn ich, den alle zum Pontifex des Realismus machen, einmal mit meiner Meinung über ihn herauskomme, lasse ich sie natürlich von einem vorbringen, den ich so eingerichtet habe, daß keiner ihm glauben wird. ›Laßt mich in Ruhe mit Eurer abscheulichen Wirklichkeit! Was soll das heißen: Wirklichkeit? Die einen sehen schwarz, andere blau, die Menge sieht dumm. Nichts ist weniger natürlich als Michelangelo und nichts stärker! Die Sorge um äußere Wahrheit ist bezeichnend für die niedrige Gesinnung dieser Zeit; und die Kunst wird, geht es so weiter, ich weiß nicht was für ein Plunder werden, weniger poetisch als die Religion und weniger interessant als die Politik. Ihr Ziel – jawohl, ihr Ziel! –, das darin besteht, eine unpersönliche Exaltation in uns zu bewirken, erreicht Ihr nie mit kleinen Werken, trotz aller feinsäuberlichen Ausführung. Ohne Gedanken nichts Großes! Ohne Größe nichts Schönes! Der Olymp ist ein Berg! Das kühnste Denkmal bleiben immer die Pyramiden. Besser Überschwang als Geschmack, besser die Wüste als ein Trottoir, besser ein Wilder als ein Friseur!‹

Das erleichtert! In diesem Buch werde ich endlich sagen dürfen, was ich gelitten habe. Daß ich Eure gemeine Herzlichkeit nie teilen konnte und wie meine Liebe beschaffen ist. Es handelt sich darum, Bilder zu finden dafür, wie das Anschauen einer Frau uns schwach machen und erregen kann, gleich dem Gebrauch eines zu starken Parfüms. Eine nervenzerrüttende Enthaltsamkeit wird dem Buch die tiefere, fragwürdige Wollust eintränken. Wenn die Liebenden beim Krachen einer Täfelung zusammenfahren, als wären sie schuldig, wenn ihr überreiztes Gefühl sie Abgründen zutreibt, um sie her eine Sturmluft gießt, dann schildere ich meine Nächte. Die Nächte zwischen mir und meinem Werk. Und mit der Liebe jener romantischen Tage soll alle Bitterkeit der geschlagenen Illusionen sich vermischen, die Achtundvierzig endeten. Ich will schwelgen; aber niemand darf es merken. Ich muß unsere größten Worte von damals einem Bramarbas der Freiheit und des Patriotismus zuschreiben, einem Idioten mit einem pomphaften Namen; wie sage ich? Regimbart! Der und eine zappelnde Mauer von Grotesken wird meine Zärtlichkeit verstecken. Nicht ganz: ich ertrüge es nicht! Ein Mensch soll dabei sein, ein schlichter Mensch, etwas wie ein Kommis, nichts weiter. Der soll Gerechtigkeit für möglich halten, den Staat hassen, sich eine einzige Liebe wünschen für das ganze Leben, und an einem gewissen Punkt einen – oh, wie weise herbeigeführten! – Schrei ausstoßen: ›Es lebe die Republik!‹ Alles soll er sein, was ich hätte bleiben wollen, und das Kindergemüt obendrein haben, mit dem man den letzten Enttäuschungen immer entgeht, sei es auch, indem man sich rechtzeitig von der Polizei niedersäbeln läßt. Die aber leben bleiben: was werden sie gesagt haben, woran werden sie, den Fünfzig nah, mit wirklicher Dankbarkeit gegen das Leben einander erinnern? Der Ehrgeizige und der Liebende, beide an nichts als an einen Abend ihrer frühsten Zeit, als sie sich aufmachten, um ihre Keuschheit zu verlieren. Ein wenig platte Leiblichkeit ist alles, was übrig bleibt nach so viel verpuffter Seele. Es wird das Buch der Enttäuschungen sein, worin trotz vielem Hin und Her nichts geschieht, nichts je ans Ende gelangt, nur aus Fließen Sickern wird, – und kein schmerzlicheres wird geschrieben worden sein ...; Wird man's verstehen?“

IV

Die Éducation sentimentale wurde nicht verstanden. Auch nicht von George Sand, die ihrem Werden beigewohnt hatte. Sie durchschaut vollkommen die Kunst des Buches: „Du wirfst gleichwohl mit vollen Händen Poesie auf Deine Malerei, ob Deine Personen sie verstehen oder nicht.“ Aber sie hält es, als gründliche Optimistin, für ein Kampfbuch gegen das Seiende, während es Verzicht auf alles Ersehnenswerte bedeutet.

Die Kunst dieses Romans konnte seitdem in keinem mehr überboten werden. Um den Roman als Kunstgattung auf die Höhe zu bringen, bedurfte es eines, in dem der Künstler überwog gegen den Denker: dem Ideen nicht zuflossen, aber den die Fülle der Bilder erdrückte; und der durch Vergleiche jedes geistige Geschehnis, jede Seelenregung mit sichtbaren, greifbaren Dingen in Verwandtschaft zu bringen weiß. Mehr: die Vergleiche hören auf, nur Verwandtschaft auszudrücken; sie werden eins mit dem Gedanken; der Geist taucht in seinen Quell, die Sinne, zurück; statt des Gedankens steht die Sensation. Das Dunkelste selbst wird durchtastbar. Jemand hört, indes er die Geliebte ansieht, irgendwelchen Reden zu. „Sie fielen in seinen Geist wie Metalle in einen Ofen, verbanden sich mit seiner Leidenschaft und bewirkten Liebe.“ Die nicht verbildlichten Analysen, die aus dem alten Roman ein Durcheinander von Abenteuer und Essai machten, sind abgeschafft. Und mit ihnen die ganze Exposition, – da der Autor niemals mehr im eigenen Namen spricht und alles, was er früher als Vorbericht gab, nun im Lauf des Spieles, zu Sensationen zersplittert, von selbst und lebend aus seinen Geschöpfen springt. Die Methode dient hier zuerst vollkommen. Noch in Madame Bovary nimmt auf der ersten Seite der Verfasser das Wort, schafft einen Übergang zwischen sich und der neuen Welt, die er ins Licht zu heben sich anschickt. Die Sache ist die, daß seine geheime Empfindsamkeit unendlich gewachsen ist und die Angst, sie zu verraten, ihn noch keuscher seinem Werk fernhält. Seine „Unpersönlichkeit“ war ihm persönlichstes Bedürfnis. Bei den Nachfolgern ward sie zum unverstandenen Glaubensbekenntnis.

Seine ungesunde Keuschheit ist es, die über dieses Bekenntnis einer verlorenen Jugend den erschlaffenden Zauber verhängt, es einzig macht. Die Éducation sentimentale ist in einem bestimmten Leben das, was sich nicht wiederholen läßt. Salambo kann von weit vorgeschrittenen Artisten eingeholt werden; die Bovary (oder doch das, was sich ohne weiteres von ihr sehen läßt) ist hundertfach nachgemacht worden. Die Éducation bleibt unzugänglich. Niemand mehr hat, voll dieses besonderen Innenschicksals, in den Abgrund gestarrt, der geöffnet war zwischen zwei Generationen, einer von Schwärmern und einer von Faustmenschen; zwischen der Träumerrepublik und der Militärdespotie. Für einen jungen Streber in der Éducation sentimentale, der die Gesellschaft immer nur durch das Fieber seiner Begierden hindurch zu sehen bekommen hat, ist sie „eine künstliche Schöpfung, die kraft mathematischer Gesetze funktioniert. Ein Diner, ein Zusammentreffen mit einem Mann in Stellung, das Lächeln einer hübschen Frau konnten infolge einer Reihe von Handlungen, die eine aus der anderen hervorgingen, riesenhafte Ergebnisse haben. Gewisse Pariser Salons waren wie die Maschinen, die einen Rohstoff aufnehmen und ihn hundertmal wertvoller wieder herausgeben. Er glaubte an Courtisanen, die Diplomaten beraten, an reiche Heiraten, durch Ränke erreichbar, an das Genie von Galeerensträflingen, an einen unter den Händen von Starken lenksamen Zufall“. Dieser junge Streber also irrt und kommt nicht ans Ziel. Rastignac aber, der denselben Weg ging, erreichte es. Die Auffassung der Gesellschaft, die Flaubert achselzuckend ablehnt, ist eben die, von der Balzac lebte. Knapp dazwischen läuft der Riß, der das Jahrhundert spaltet. Flaubert wirft in seiner Verneinung der abenteuerlichen Soziologie das wohl zu Verwirklichende kurzweg zusammen mit dem ganz Unmöglichen. Denn die Wahrheit über ihn ist, daß er nicht nur an die abenteuernden Handlungen zu glauben aufgehört hat, sondern an alle Handlungen; daß die Enttäuschung, die sein Leben zerteilt, ihn weltflüchtig gemacht hat; daß er nur noch in der Enthaltung Vernunft sieht und eine wunde Genugtuung in der Keuschheit.

Sie versteckt ihn zu gut. Die Mitlebenden konnten ebensowenig den Sinn der Éducation erkennen, wie sie Flauberts Stil durchschauen konnten, seinen berühmten Stil, der vermeintlich ganz auf Klang gerichtet sein sollte, wie der romantische auf Farbe: auf laut glänzende, dröhnende Klänge, die rasselnden Waffen der Barbaren in Salambo oder die Stimmen der Mythentiere in der Versuchung des heiligen Antonius. Der Lärm, den dieser Stil zu erregen weiß, bedeutet aber nur darum etwas, weil er über den Rand tiefer Atemlosigkeiten hervorbricht und zurückfällt in Stille, die betäubt: in die zauberisch geisternde der Königin von Saba, in die rätselhaft jungfräuliche Salambos. Und die Éducation sentimentale, für die man ihn geleugnet hat, treibt diesen Stil des ungesund Keuschen am weitesten. An versagenden Zärtlichkeiten vorbei werden mit herrischer Geberde Grotesken gejagt, jene menschenfeindlichen Grotesken, die Maupassant erben wird. Aus exaltierten Sensationen erhebt sich streng und stumm die Schwärmerei der Geister. Die Seelen streichen lautlos über tief erregtes Blut hin. Sinnlich bebende Worte machen, wie Aufschreie, den Engelsflug der Sätze mit. Brennende Bilder fallen ins Grau all der Wochentage. Dem bürgerlichen Stoff verleiht der Stil eine plötzliche Ahnung von Höhe und Ferne. Er hatte schon in der Bovary bewirkt, daß homerischer Rhythmus im Landleben von 1840 pochen konnte: als der alte Rouault zu seiner toten Tochter ritt. Hier nun ermöglicht er, aus dem dumpfen Sichhinquälen hervor, das Aufrauschen unerhörter Begeisterungen. Das sind Begeisterungen eines, der sich verurteilt, einen Ausfall zu machen aus seiner Festung, und koste es das Leben.

Die Éducation sentimentale galt künstlerisch für mißlungen, und geistig fand man sie hassenswert. Sie erschien in dem Augenblick, als das Land daran war, den Cäsarismus abzuschütteln. Wieder waren die Schwärmer am Werk, die sie verzerrte; und sie hatten keine Zeit, sich zu vergewissern, ob die Satire nicht enttäuschte Zärtlichkeit sei. Beim Lachen über Monsieur Homais, dahinten in seiner Provinz, konnte man sich überlegen fühlen. Dies aber geschah in Paris; und Regimbart war im Augenblick fast jeder. Eine beträchtliche Hetze entstand. Die der repräsentativen Kunstgattung geschuldete öffentliche Aufmerksamkeit war damals so fanatisch auf den Roman gerichtet wie später kaum auf das Theater. Welchem Dramatiker ist gesagt worden, er sei ein Kretin, eine Kanaille und besudele die Gosse, in der er sich wasche? Flaubert bekam es schriftlich. Dieser wilde Zusammenbruch seines guten Rufes diente dauernd seinen literarischen Gegnern. Sie beharrten darauf, ihn den Verfasser der Madame Bovary zu nennen, der sein erstes nie mehr erreicht habe; und auch damals sei es ihm nur geglückt, weil er seine Provinzler, die er kannte, einfach habe leben lassen, ohne etwas vom Seinigen dazuzugeben. Derselbe Kritiker, der, ohne Beziehungen zum Künstler, den Objektivismus Flauberts so töricht ernst nimmt, Brunetière, hält ihn auch für verbittert durch Erfolglosigkeit. In Wirklichkeit war er erfolglos, weil er bitter war, in allzu bitterer Einsamkeit war, als daß die vielen zu ihm hätten hinfinden können. Sein Leben vergeht im Wechsel zwischen rasendem Kunstfieber, genährt mit Menschenverachtung, und Zeiten der Sehnsucht nach Einfachheit und Menschlichkeit. „Und ich mache nichts von dem, was ich will! Denn man wählt seine Stoffe nicht; sie drängen sich auf." Aus seinen entlegensten Phantasien heraus verheißt er immer: „Danach kehre ich zum einfachen reinen Roman zurück." Dann aber sind die letzten Jahre der Éducation sentimentale ein beständiges Stöhnen unter der Last des Bürgers. „Bürger mache ich so bald nicht wieder. Es wird Zeit, daß ich mich vergnüge."

Dieses Vergnügen! Das Wüten des einsamen Lasterhaften gegen seine überspielten Nerven! Die Jagd nach dem immer weiter zurückweichenden Rausch! Er holt aus Jugendtagen den ausschweifendsten Stoff zurück, steigert seine berauschende Ungesundheit vermöge alles seither erworbenen Wissens und Könnens; und auf eine Weile noch genügen ihm nun die Ungeheuer, Götter, letzten Seltsamkeiten, die durch glühenden Sand vor der Hütte des heiligen Antonius vorbeiziehen, – vor der Zelle des von der Literatur Besessenen. Dann? Nichts mehr. Die Angst und Verzweiflung bei der leeren Morphiumflasche. Die Kunst, die hier einen Menschen ganz in die Klauen bekam, hat ihn endlich so blasiert gemacht, daß er nicht mehr aus dem Zimmer gehen mag, und so hellnervig, daß er keine Gesellschaft aufsucht, ohne der Unzartheit und Dummheit des Wirklichen zu erliegen, zu weinen oder Streit anzufangen. Jeder Zwang, zu handeln, erregt ihm Lebensüberdruß. Ihm war das Lebende immer nur eine groteske Gliederpuppe im Dienste der Kunst, und er konnte sich beim Rasieren nie ansehen, ohne aufzulachen. Nun aber ist die in hundert Stellungen benutzte Gliederpuppe von einer so abstoßenden Komik, daß er angesichts seines Spiegelbildes sich am liebsten das Messer durch die Gurgel zöge. Man rät ihm, jetzt noch zu heiraten. Dem steht vieles entgegen, und vor allem: „Ich bin zu sauber, um für Lebensdauer meine Person einer anderen aufzuerlegen." Das Tiefste kommt herauf. Die Handelnden, die Triebnaturen sind unsauber. Grotesk sind sie eben, weil sie unsauber sind, beschmutzt im Kampf der Egoismen. Er, der Literat, hält sich mönchisch rein, wahrt sich Güte: weil er bewußter ist. Das Überblicken vieler Schicksale macht es ihm verächtlich, großen Wert auf das eigene zu legen. Wer die Leiden der anderen durchschaut, wird nicht leicht eins veranlassen. Die meisten Härten, fast alle Niedrigkeiten werden aus Mangel an Phantasie begangen. Er, der Literat, ist durchgeistigt von seiner Phantasie. Er ist auch veredelt durch die Handhabung des Schönen. Vielem, wozu Tatmenschen sich hergeben, weigert sich der über Meisterwerke Geneigte. Seine Güte kommt nicht vom Herzen, sie ist Sache des Geschmackes und der Vorstellung. Sie ist nicht Betätigung eines Starken, sondern die Art, wie ein Wissender sich enthält. Er tritt bedrängten Verwandten die Hälfte seines Vermögens ab, weil er sonst die Betrachtung seines Selbst nicht mehr aushielte. Und er kann nicht ans Heiraten denken, weil dann jemand – mindestens einer, er selbst – ihn menschlich sehen würde und das Menschliche grotesk und unsauber ist.

Früher, als er seine Schwäche noch nicht kannte, sie noch als Stolz empfand, behielt er sich im Hintergrund seines Denkens das wirkliche

Leben vor, als sicherte er sich in einer Stadt, worin er seine Wohnung aufgegeben haben würde, wenigstens ein Absteigequartier. Damals wartete in Paris eine Geliebte, eine geistreiche Frau natürlich, beständig des Augenblickes, wo er in Croisset die Feder wegwerfen und zu ihr eilen würde. Er fühlt sich stark: stand es nicht bei ihm, sich jetzt gleich, wenn die Uhr schlug, aus der Umarmung seines Werkes zu reißen und in die der Frau zu versenken? Tat er es nicht: was war es anders als eine Kraftprobe? Es war aber die Vorausahnung der Leere und Reue, des schlechten Gewissens, die ihn hinrafften, sobald er die „Arbeit" niederlegte und sich zu leben anschickte. Übrigens ward er erkannt und gerichtet. Die Einsiedler und die Asketen dürfen sich über ihre Unbeliebtheit bei den Menschen nicht wundern. Ihre scharfsichtigsten Kritiker werden die Frauen sein. Wirklich hat die von dem jungen Flaubert geliebte Frau in der Geschichte, die sie dann daraus machte, alles vorweggenommen, gleich am Anfang seiner Laufbahn alles vorweggenommen, was später seine gründlichsten Feinde herausspürten. Wie kann man aber auch jahrelang an demselben Buch schreiben! In der Stille, auf dem Lande! Die Frau sieht nichts herauskommen; noch immer verursacht der unbekannte Name kein Geräusch um sie her; und der Geliebte gibt ihr, statt seiner selbst, briefliche Apologien der Einsamkeit! Man gleicht zwar den Wüstenheiligen, die von Begierde brennen und doch ihr Fleisch und ihr Herz dem eifersüchtigen Gott von Tabor opfern: dem Gott Kunst. Das imponiert eine Zeitlang; dann aber heißt es: „Was wollen denn diese kleinen Origenesse der Kunst für die Kunst, die sich einbilden, wenn sie sich verstümmeln, werden sie fruchtbar!" Er zischt endlich auf, der Haß der Frau auf das Buch, der eins ist mit dem Mißtrauen der Sinne und der Natur gegen den Geist und die Kunst. Die Funktion der Geliebten wäre gewesen: die Bovary zu verhindern, mindestens sie zu schwächen. Sie ist gescheitert; man hat sich nicht teilen wollen zwischen der Kunst und ihr. So hat man den Anspruch auf Zärtlichkeit verwirkt und muß froh sein, wenn einem später, auf dem sich senkenden Stück Leben, noch eine Genossin begegnet, die nichts mehr will, die nur schenkt und tröstet: eine alte Frau, gut und bescheiden wie ein Freund sein soll: George Sand.

V

Ihr ist Lieben immer dasselbe gewesen wie Trösten, noch mehr, wie Krankenpflege. Sie hat sich als christliche Wohltäterin gefühlt, wenn sie einer bettelnden Leidenschaft nachgab. Sie hat den Unglücklichen verlassen, um sich dem noch Unglücklicheren zu schenken. Ihre Liebe hat jedesmal im Kopf begonnen, nur durch Überredung Eingang ins Herz erlangt und hat, noch wenn sie alles gewährte, die Keuschheit gerettet. Zugrunde liegt, daß sie nicht imstande ist, andere zu lieben als Schwache. „Ich muß für jemand leiden, den Überschuß an Tat- und Gefühlskraft ausgeben. Meine Muttersorge hat sich gewöhnt, über ein leidendes, müdes Wesen zu wachen." Musset, bei dem sie es zuerst erkennt, weiß es zu gut. „Bedaure mich, verachte mich nicht. Ich kann eine krätzige, vollgesoffene Dirne küssen, aber meine Mutter kann ich nicht küssen." Ausschweifungen haben schon in dem Zwanzigjährigen die Empfindung abgewetzt. Sie haben ihn zum Analytiker – wenn die Ausschweifung nicht verdummt, gibt sie viel Geist –, haben ihn zum Komödianten und Pessimisten mit starken Worten im Munde gemacht. Einen solchen hatte George Sand mit dreißig Jahren zu pflegen, einen solchen nun mit sechzig. Die einsame Komödianterei der Seele, der Mißbrauch der Gefühle am Schreibtisch, die Ekstasen der Lüge haben zuletzt eben die Wirkungen wie laute Orgien, Zügellosigkeiten des Körpers und an alle Weiber weggeworfene Wollust. Künstler und Don Juan behalten dieselbe Bitterkeit auf der Zunge. „Jede Frau, die du umarmst, nimmt einen Funken deiner Kraft, ohne dir einen von ihrer dafür zu geben. Du erschöpfst dich an Phantomen." So steht es in Mussets „Beichte". Und was, außer diesem Gedanken, hat Flaubert krank gemacht? Drum sagt sie ihm auch, in die Sprache der Sechzig übersetzt, ganz dasselbe wie jenem. „Oh, ich bitte dich auf den Knien: noch keinen Wein, noch keine Mädchen!" schrieb sie an Musset; und an Flaubert: „Schone dich, mache dir Bewegung! Du irrst, wenn du meinst, wir denken mit dem Kopf: wir denken auch mit den Beinen." „Denke an deine Zukunft, die so vieler Leute lächerlichen Stolz zermalmen und so viele Berühmtheiten von heute in Vergessenheit bringen kann!" Was sie dem schon berühmten

Jungen zur Warnung sagte, sagt sie nun dem verkannt Alternden als Trost. Und die begeisterte Zärtlichkeit, die einstmals bei Worten blieb – „Ich möchte Dich auf den Thron der Welt setzen und Dich einladen, daß Du manchmal an meiner Zelle läutest und mit mir philosophierst" –, an ihrem letzten Freunde macht die seit langem berühmteste Frau Frankreichs sie, so viel an ihr liegt, zur Tat.

Sie hat die Selbstsucht abgelegt, in dem Maße, wie die Leidenschaften von ihr ließen. Was sie mit Musset bestand, war Kampf. Der gefährliche Kranke riß manchmal seine barmherzige Schwester in seinen Wahnsinn hinüber; und sie ergab sich, nicht ohne Selbstbetrug, der Wollust solcher Folterung. Übrigens hatte nicht er sie auf den Weg der krankhaften Leidenschaftlichkeit geführt; er begegnete ihr dort und sprach sie als Verwandte an mit Versen auf ihr erstes, Indiana. Das ist das weibliche Empörerbuch von 1830; der Gatte stellt darin einen rohen Sklavenhalter vor, der Liebhaber einen gemeinen Egoisten. Psychologie mit aufregenden Zwischenfällen. Männer fallen in Ohnmacht. Der Geist der soeben abgelaufenen Epoche schlägt schwül und zweideutig heraus: politische Finessen und Sophismen verquickt mit einer gewollten Gläubigkeit; Nationalökonomie und Gespensterfurcht. Sie wird allmählich gerechter und gelangt zum Frieden und zum Idyll, zu den bescheidenen, wohltuenden Reizen von La Mare au Diable. Man fühlt sich im Herzen der Natur, verspürt eine Vertraulichkeit mit ihr, die, wie bei Lafontaine, nur dem Entwöhnten nach Fabel aussieht. Unwahres ist nicht darin, obwohl das Unappetitliche ganz leicht, im Hintergrund, angedeutet ist. Aber das Land ist echt, und echt sind die Seelen. Nur die Kleider sind ausgelüftet. Die Natur duftet, der Bauer ist geruchlos. In seine dialektfreie Sprache ist hier und da ein Wort in Kursivschrift eingefügt, das wohlerzogenen Schäfern zu sagen scheint: „Mich dürft Ihr anwenden." Denn schließlich ist dies alles Schäferei für Städter, die wieder einmal zur Natur zurück sollen. George Sand hat sie aus der prunkenden Abenteuerliteratur jener Tage von Zeit zu Zeit in ihre Welt geholt, wo man auf klassische Weise, nur gerührter, um stille, schlichte Seelenvorgänge besorgt ist.

Seit Rousseau, in dessen Neuer Heloise die erste Frau des achtzehnten Jahrhunderts sich zeigt, die wieder etwas anderem dient mit Körper und Geist als dem Vergnügen, scheint „Zurück zur Natur!“ immer zu bedeuten: „Zurück zur Frau!“ In George Sand liest man keinen Schriftsteller: man erlebt das weibliche Genie selbst, mit seiner Neigung, zu versöhnen, das Gute und das Wahre in einem zu fühlen. Beim Zusammenklingen dieser beiden Worte hätte ein sehr männlicher Künstler, Flaubert, in der Zeit, als er sich noch unerschütterlich wußte, eine ungeheure Lache angeschlagen. Und später hätte er den Kopf gesenkt. Er ist nicht der Mann des Friedens und der Natur; und legt er sich auf einen Rasen, wird ihm bang, daß Gras über ihn wachse. Er ist der Mann der Kunst und ihrer Qualen. Die Frau hegt tiefe Verachtung für die Kunst. Was ist sie George Sand! Sich ihretwegen martern? Einer Vollkommenheit zu Liebe, die künftige Geschlechter bestaunen sollen? „Ein gesundes, frisches Talent ist immer fertig zur Inspiration.“ „Der Wind spielt auf meiner alten Harfe, wie er mag, bald hoch, bald tief, bald falsch.“ Im Äußerlichen darf ein bißchen betrogen, ein Roman nachträglich „mit Lokalfarbe bestreut“ werden. Was liegt daran, wenn das Herz richtig geht, wenn das Werk ihr selbst und anderen wohltut? Die Kunst hat dem Leben zu dienen. Im Schlosse George Sands geht in Winternächten, nachdem alle Dienstboten entfernt sind, bei verschlossenen Laden ein geheimnisvolles Wesen an, so daß vorüberwandernde Bauern die fremdartigen Reden und Schreie für Teufelei halten. Es wird aber Theater gespielt: was in dieser Verschwiegenheit romantisch erregt und einen Vorwand für Verkleidungen und kleine feine Soupers ergibt. Ein loses Schema wird mit eigenen Erfindungen ausgefüllt, wie jedem das Herz sie einflüstert. Die Kinder werden amüsiert, geübt, belehrt und gebessert. Mit demselben Nutzen improvisiert sie ihre Romane; und hunderttausend Leser sind um sie geschart, statt der Kinder. Die Verstiegenheit des priesterlich von der Welt gelösten Künstlers wird sie zärtlich und mitleidig belächeln, und von dem ganz Hohen, ganz Unwirklichen, vom Saint-Antoine, muß sie fassungslos geblendet werden. Wie immer, wenn Mann und Frau einander ergründen, stellt in dieser Freundschaft das weibliche Genie sich als das mehr gegenständliche, wirklichkeitsfestere heraus. In den frühesten Büchern George Sands sind schon physiologische Beobachtungen, die nie ein Mann gemacht hat: tiefe Kleinigkeiten aus dem weiblichen Wissen um Kinder, Krankenpflege, den Sinn physischer Besonderheiten. Nicht sie ist es, die sich das Leben mit unverrückbaren Idealen verstellt. Sie weist den galligen Träumer darauf hin, er scheine sich das „Glück" gar zu sehr als etwas Mögliches zu denken; sie gibt sich zufrieden, wenn sie eine seltene Pflanze findet, sei es auch neben einem Haufen Kot. Nicht für sie ist der Roman eine Zuflucht außerhalb des Lebens. Selbst im Historischen sieht sie kein Mittel zur Kunst, sondern eins zum Menschlichen. Sie zieht sich in die Geschichte nicht zurück: sie macht Gegenwart und Vorbild aus ihr. Immer wieder verfällt sie auf die Revolution und schreckt auch vor 1793 nicht zurück, denn nie handelten Menschen unerwarteter, also amüsanter als damals, und ein Gewebe wie „Cadio" nährt unerschöpflich die Neugier, die in gewöhnlichen Individuen den inneren Rückprall großmenschlicher Ereignisse zu verstehen suchen darf. Aber ihr wahres Feld ist doch 1789, dieses arkadische Verbrüderungsfest, dieses weite Morgenrot, in das eine bis zur All-Liebe verklärte Menschheit starrt. Und ihre Nanon, worin dies geschieht, ist vollkommen irdisch. Sanftmut und Güte sind nicht erschwindelt; der reine Wirklichkeitssinn hält sie uns vor. „Da seht!" Wir fühlen: wer dieses Jahr der Menschlichkeit im Innern miterlebte, kann nie mehr verzweifeln.

George Sand hat es nachträglich erlebt, vielleicht einfach, indem sie alt ward. Sie weiß, ihre jetzige Ruhe, ihre „Tugend" (ein „emphatisches, dummes Wort", das nur besagt, man sei notgedrungen unschädlich) sind kein Verdienst; aber sie können dazu dienen, daß man seine Freunde glücklicher macht, und daß man sie verbreitet durch Bücher, die auch wieder Menschen glücklicher machen. Die Kunst ist ein Weg zum Glück; nur einer. Viel besser noch, man füllt seinen Sinn mit Pflanzen und Tieren, man „trinkt die Unendlichkeit"; denn dies ist des Menschen Bestimmung, weil es sein Traum und seine Leidenschaft ist. Alles lieben, was uns umgibt, alle Meinungen, alle Geräusche. Sie bittet für die Achtundvierziger, die in die Education hinein sollen; und sie lehrt den großen Unglücklichen, den sie wartet, das Kreischen der Ketten an den Schleppschiffen auf der Seine zu ertragen. Sich einfügen in die große Ordnung, Logik, Gelassenheit noch bei Umwälzungen, die der Natur eignet. Den, der aus der Schale ihrer Wahrheit trank, erbittern keine Eintagsfragen mehr. Das Interesse am Ich, das auch nur den Tag währt, schwindet für die alte Frau; und ihre ganze Lebensarbeit empfindet sie nur noch als eine Stufe, über die ihre kleine Enkelin zu höherer Weisheit und mehr Güte steigen soll, als ihr selbst erreichbar waren ...; Beruhigt und verschönt, gerechtfertigt durch ein edles Altern, in den großen, animalischen Augen, die von der schwarzhaarigen, bleichen Liebenden übrig blieben, den Augen einer „sphinx bon enfant", nicht mehr den verdächtigen Carlo Dolci-Blick ihrer christlichen Barmherzigkeit von einst; heidnischer, mit freier, verständnisreicher All-Liebe, eine warmblütige Faunin, trägt sie Trost und Segen der Natur in das alte Klosterzimmer, wo ein durch lange Unnatur Erschöpfter ringt.

VI

Er schreibt ihr: „Gestern abend habe ich Die Andere gesehen und habe mehrmals geweint. Das hat mir wohlgetan. So. Wie das zärtlich ist und begeisternd! Mein bedrücktes Herz hat in seiner Spannung nachgelassen. Jetzt wird es, glaube ich, besser gehen!" Er prüft ihr Stück nicht als Kunstwerk. Das Erleichternde ist, daß ihm dies nicht in den Sinn kommt, oder erst später; daß die Macht ihrer Menschlichkeit die fixe Idee der Kunst für Augenblicke aus seinem Bewußtsein zu drängen vermag. Die Kunst, die ihm Absehen und Enthaltung vom Leben ist, kalte Herrschaft über das Leben, unerbittlich gegen die Menschheit, deren letzter Richter sie ist, und gegen den Künstler, den sie erschöpft: hier zeigt sie sich verbündet mit dem Leben, gütig gegen alle, leicht für den, der sie übt. Es geschieht, daß in einem Werk wirklicher Schönheit, der Novelle Marianne von George Sand, ein Mensch, der ihm ähnelt, erlöst und beglückt wird. Auch jener hatte sich, noch jung, aus dem Leben zurückgezogen, weil es dem in Unmögliches Verliebten nichts zu bieten hatte als Schmerzen. Und dennoch wird dieser Mensch glücklich; und wird es, wie die

Menschen es bei George Sand werden: umwoben von all dem Klang und Duft des Glückes, die sie zu beschwören weiß. Flaubert sieht: Das hat sie für ihn getan! Sie hat ihre Poesie aufgeboten, jene Einfachheit in der Fülle, die Ehrfurcht einflößt, um ihm zu sagen, ihn fühlen zu lassen: Du bist nicht verloren; nicht mit diesen einsamen Qualen und diesem Verzicht wirst du schließen.

Und wenn es eine wäre, die törichten, wenn auch gütigen Herzens neben seinem Schicksal herginge! Sie aber dringt ein, sie durchschaut ihn. Durch seine anscheinend so mitteilsame, spottlustige Fröhlichkeit wird sie nicht getäuscht. Darunter, weiß sie, verbirgt sich Elend und in seiner Vereinsamung neben einem hohen Stolz auch tiefes Mißtrauen gegen sich selbst, viele Zweifel, samt Scheu vor der Lächerlichkeit enttäuschten Ehrgeizes. Daß er im Grunde Furcht vor dem Leben gehabt hat, er würde es niemand verraten, ihr aber gesteht er es, weiß sie es doch schon. Wie vieles sagt er ihr, was sonst nie über seine Lippen käme! Daß er mit dem Alter immer weiblicher empfindsam wird; daß er als Fünfzigjähriger Verständnis und Sympathie für den Selbstmord Liebender hat; und sogar: „Ich bin nicht so dumm, daß ich Phrasen lieber habe als Wesen." Wozu ihr gegenüber bei der Fiktion beharren, als sei seine Härte etwas anderes denn vergewaltigte Zärtlichkeit? Längst kam sie hinter das Geheimnis seiner angreiferischen Laune. „Du bist zu zornmütig, das heißt: zu gut." Er glaubt, zu hassen, und erwidert nur, um sich Mut zu machen zu seiner Einsamkeit, vorweg den Haß, den er auf allen Seiten spürt. Lieber würde er lieben; würde schreiben wie George Sand, wenn das sein Schicksal hätte sein können. Man ahnt zuweilen, hellseherisch aus Sehnsucht, wie leicht, wie frei man sich mit Hilfe gewisser Anlagen bewegt haben würde, die ganz sicher irgendwann in uns lagen – man glaubt, den leeren Fleck zu spüren – und die uns auf nicht mehr erinnerliche Art verloren gingen. Die Neugier nach dem Anderssein, der Drang nach Vervollständigung eines auf immer beschränkten Menschentumes, das ist der Boden der Freundschaft Flauberts zu George Sand.

Er sieht, daß die Siebenzigjährige sich nicht glücklicher nur, auch jünger fühlt. Aber dazu muß man aus ihrem Blut sein; denn sie „hat ihre mütterlichen Wurzeln unmittelbar im Volk und merkt, wie sie auf dem Grund ihres Wesens immer noch leben". Sie liebt es, sich als Volkskind darzustellen. Flaubert weiß sich überall im Gegensatz zu dem Stand, aus dem er kam. Dafür entdeckten seine Feinde (und nach ihnen auch Nietzsche): Dieser Bürgerhasser ist selbst ein Bürger. Merkwürdiger wäre es, wenn er keiner wäre. Gute Satiren schrieb nie jemand, er hätte denn irgendeine Zugehörigkeit gehabt zu dem, was er dem Gelächter preisgab: ein Apostat oder ein Nichteingelassener. In Satiren ist Neid oder Ekel, aber immer ein gehässiges Gemeinschaftsgefühl. Einem Fremden gelingt keine. Flaubert behauptet das reine Künstlertum, eine Mandarinenstellung außerhalb der Klassen. George Sand weiß es besser, menschlicher: „Es gibt keine absoluten Literaten." Denn der Künstler ist kein eigener Typus; er ist nur ein Ende, das Ende eines Stammes, seine Spitze, die am zartesten schwingt. Er bildet keinen Stand; er ist nur die Verklärung dessen, der ihn hervorbrachte. Tiefe und dunkle Geschlechter, die lange in Gesundheit, guter Laune und Geduld ihren Körper betätigt, ihren Geist gespart, das Leiden geehrt, eine Vorliebe für Rührendes, für alles, was, trotz der Vernunft, zum Herzen spricht, gepflegt haben: diese steigen endlich ans Licht mit der natürlichen, gefühlvollen und wohltätigen Kunst George Sands. Die Vorfahren Flauberts sind, bis in weite Vergangenheit, sitzende Bürger, bedacht auf den Geist, der zum Schaden ihrer Körper sich anhäufte, auf die Ideen, die mit ihren Zirkulationsstockungen entstanden. Sie haben sich immer enger spezialisiert, sich immer weniger der Menschheit und immer mehr Begriffen zugerechnet, der „Wissenschaft" oder einer „Firma", sind in dem, womit sie sich umgaben und wonach sie sich bildeten, immer „historischer" geworden und damit immer unnatürlicher, denn die Natur hat nur Gegenwart; und geschieht es, daß ihre Triebe schöpferisch werden, dann formt sich, über dem Leben, im Gegensatz zum Leben und aus beginnender Schwäche vor ihm, das reine Kunstwerk. Der Ästhet, ein Unbekannter, bevor der tiers état mit sich selbst fertig ward, ist eine der letzten Ausdrucksformen des Bürgers.

Für George Sand sind „die Volksinstinkte die Offenbarungen der Wahrheit", und sie schätzt Unterricht geringer als gutes Herz. Flaubert wünscht den Papst durch die Akademie der Wissenschaften ersetzt. Auch die Regierung dürfte nichts sein als eine Sektion des Institutes, und zwar die unterste. „Das hassenswerte Fabelwesen namens Staat", sagt aus seiner anarchistischen Vereinsamung der Bürger im letzten Stadium. Für das Volkskind, die Sozialistin, ist der Staat Zusammenschluß der Guten, Nützlichen. Sie will ihn menschlich, mitleidig. Flaubert fordert erbittert Gerechtigkeit statt der Gnade und des Gefühls, er wird unablässig gereizt durch das Walten des Gleichheitsgedankens. Seine künstlerische „Unpersönlichkeit" ist eins mit seinem Bestehen auf Gerechtigkeit. „Ist es nicht Zeit, die Gerechtigkeit in die Kunst einzuführen? Die Unparteilichkeit der Malerei würde dann an die Majestät des Gesetzes hinanreichen – und an die Präzision der Wissenschaft!" Unterhalb des Zärtlichen, des nach Romantik Süchtigen, der er ist, stellen seine Voreltern, stellt sein Stand die harten Forderungen. Seine Lebensqual samt seiner Schönheit stammt aus dem Kampf dieser zwei Antriebe. Wenn jedem modernen Franzosen sich ein Ahn finden läßt in dem Geschlecht, das die Revolution machte, dann hat der Flauberts unter den strengen Konstituierenden gesessen, als zu Menschenrechten allein Freiheit und Gerechtigkeit erhoben wurden und der Gleichheit nur, als Zugeständnis an die Gasse, eine kleine vergitterte Pforte offen blieb. Die Väter George Sands aber sind, namenlos, die Gasse entlang gestürmt und haben, in einem neuen, wunderbaren Erdengefühl, einander umarmt.

Das ist in ihr selbst zurückgekehrt, sie hat es wiederholt; nicht erst in Nanon, schon Achtundvierzig. Sie hat sich heimisch gefühlt in dieser vom Gefühl gelenkten Revolution, in deren Umzügen Priester und Kruzifixe mitgingen und an deren Spitze ein Dichter stand. Damals verhöhnte sie die Bürger, denen das Volk Furcht machte. Ihr nicht; ihr Herz schlägt im Arbeiter; sie hat seine Verfassung, seine Lust am Lärm, am Gepränge und Gedränge, seine gute Laune. Die Ausfälle gegen des anderen Art zu sehen, kommen immer nur von ihm; von ihr nichts als empfundene Warnungen, die seine werde ihn krank machen. Ihr Optimismus ist nicht der kränkliche, der fassungslos aufzischt, wenn eine schwere Wahrheit hineinfällt. Sie ist gutseherisch aus Kraftbewußtsein; und sie hat es nicht nötig, sich gegen das andere zu verschließen. In Wirklichkeit hat niemand die Bedeutung Flauberts damals näher geahnt und sorgsamer zu begreifen getrachtet. „Sein Geist fällt, wie er, aus den gewöhnlichen Proportionen heraus." Sie hält ihn fast für größer als Balzac und Hugo; und hat ihre guten Gründe. Seine Fehler: daß er nicht wisse, ob er Mensch der Wirklichkeit oder Poet sei; und daß er noch nicht geruht habe, verstanden sein zu wollen. Denn er, der Gütige, könne nicht darauf aus sein, den Jungen den Mut zum Leben zu nehmen.

Das Verhältnis der Größe von Balzac, Hugo und Flaubert? Es täuscht die unten Stehenden. Sie erkennen höchstens: Flaubert verbindet die beiden anderen. Er hat die edle Phantasie, zu der Balzac sich nicht erheben konnte, und die Erdenfestigkeit, zu der Hugo sich nicht herabließ. Das Derbe seines ersten Buches kommt ihm aus den ungebrochenen Tagen seiner bürgerlichen Väter und von noch weiter her. Dieser Letzte, Künstliche, ist ein zugrunde gerichteter Riese. Er spielt mit seinen Menschen immer noch, heidnisch lachend, wie ein Wikinger mit Gnomen; er hat die traumhaft tiefen Sensationen des Barbaren, plötzliche Griffe der Sinne, zum Erschrecken. Aus alledem – und nicht aus gemeiner Lebenstüchtigkeit – ward der realistische Roman.

Aus alledem entstand noch mehr. Als Barbar erinnerte er sich alter Länder und böser Gestalten, – und dank seinen Nerven und der Erziehung, die er seinem Herzen hatte geben müssen, bekamen sie sogleich das Schillernde, Fäulnisbunte, Beunruhigende und Erschlaffende, das die Dekadenten verlocken sollte. Die fremden, stilisierten und tiefen Frauen, die seitdem, hart von Edelsteinen und schwül und ungreifbar wie Samum, über die Bühne und durch Verse geglitten sind, sie kommen sämtlich aus dem zaubernächtigen Klosterzimmer, wo die Tochter der Herodias, die Königin von Saba, Salambo ihre kleinen, fieberäugigen, bemalten Gesichter unter die Lampe gehalten haben, – und verschwinden nun, irrer und blasser, dorthin,

Où, pâle et succombant sous ses colliers trop lourds,
Aux sons plus torturés de l'archet plus acide,
L'Art, languide énervé – suprême! – se sucide.

Ein Ende. Zu einem anderen geht es über Maupassant. In ihm ist die Romantik erloschen. Er trägt seine Einsamkeit in strafferer Haltung, seine Hoffnungslosigkeit weltmännischer. Er hat vieles über die Achsel geworfen, was den Meister noch quälte, und ist unbesorgter. Auch die Fülle seines Werkes ist Unbesorgtheit eines Erben. Maupassant hat gut von Flauberts lebenslänglicher Anstrengung; seinem Stil eignet endlich die Leichtigkeit, die jener nicht mehr erwarb. Die Technik, die für Flaubert aus der Tiefe seiner Persönlichkeit mühselig hervorgezogenes Schicksal war, wird dem Schüler zur leicht faßlichen Lehre. Das neue, rein sinnliche Anfassen der Seelen, kraft dessen ihnen bei Flaubert einzelne starke Klänge entrollen, bei Maupassant ist es benutzt, um sie ganze Bravourarien hinlegen zu lassen. Die Leichtigkeit reißt ihn fort; aber wie er nicht stärker ist als der Ältere, nur schroffer, ist er auch nicht reicher, nur weniger wählerisch. Über die dreißig Bände Maupassants ergießt sich eine reiche Menschlichkeit; nicht reicher doch als die, die Flaubert, dem Ideal seiner Kunst zuliebe, allzu lange unterdrückte. (Un cœur simple beweist es.) Maupassant wäre, aus Leichtigkeit, sentimental geworden, hinderte ihn nicht Flauberts unbestechlicher Sinn für die Untergründe, für die groteske Grundlinie im Menschen. Rasse und Lehre halten ihn bei Flaubert fest. Und wie unter dem Jüngeren das Gefühl sich gemeiner macht, entarten die Grotesken manchmal schon zum Buffo, mit flüchtigen, sicheren, hölzernen Umrissen ...; Ein Stück Weges noch, wir finden Octave Mirbeau; und aus den Seelen werden, statt bloßer Erzeugnisse der Sinne, pathologische Fälle und aus der Menschheit, unter Auflösung aller Verbindungen, jeder Form, eine Prozession trister und spaßhafter Irrer. Auch ein Ausläufer des Romans.

An seinem sichtbarsten Punkt, mit Beziehungen zu allem Vorigen und freiem Ausblick bis auf seine Fernen, steht Flaubert.

VII

Der Krieg! Der letzte Schlag, den ein einst gläubig der Menschheitsidee Anhangender empfangen konnte. Sie haben ihn beide für unmöglich gehalten, sich 67 über die Preußenfurcht entrüstet. Nun heißt es: „Ach, Literaten, die wir sind! Die Menschheit ist weit von unserem Ideal!“ Gleich darauf: „Glauben Sie, daß wenn Frankreich, anstatt schließlich doch von der Masse regiert zu werden, in der Macht der Mandarinen wäre, daß wir dann an diesem Fleck wären?“ Und schon im August: „Meine Landsleute machen mir Lust, mich zu erbrechen. Sie gehören in denselben Sack wie Isidor (Napoleon). Dies Volk verdient, gezüchtigt zu werden, und ich fürchte, daß es so kommt.“ Der Krieg ist eine Schande, unter der ein Kulturmensch erbebt; aber dann muß man entdecken, daß auch das Besiegtwerden eine Schande ist. Der Sieg, was war er bisher wert? Auch die verachtete Dynastie hatte ihn noch immer für sich gehabt, wenigstens ihn: so verachtete man unwillkürlich auch ihn. Die herrschende Familie war nicht ohne Beziehungen zur Literatur gewesen, mit dieser Macht hatten der württembergische Holländer und die Spanierin zu rechnen in dem Lande, über dem sie thronten. Die Kaiserin ließ die Vermittelung Flauberts anrufen, zur Besänftigung George Sands, bei der sie eine Anspielung gespürt zu haben meinte; und schließlich war es Eugenie, die um Entschuldigung bat. Sie habe nie die Absicht gehabt, das Genie zu beleidigen. Einer der Prinzen soupierte bei George Sand und ging mit ihren Freunden auf die Jagd. Dafür lockte ein anderer einen Journalisten zu sich ins Haus, um ihn niederzuschießen. Das Halbwilde und das Abenteuerliche dieser Familie kam bei jeder Gelegenheit wieder herauf und erregte Naserümpfen. Und jetzt sind sie sogar vom Sieg verlassen! Sie stürzen: könnte man sich freuen! Aber man weiß voraus, was kommt; man hat es ja schon einmal erlebt. „Sie betrüben mich, mit Ihrer Begeisterung für die Republik. Im Augenblick, da wir vom klarsten Positivismus besiegt werden, wie können Sie da noch an Phantome glauben?“ Sie glaubt. Schon richtet sie sich auf. „Vielleicht ist das unsere letzte Rückkehr zu den Irrungen der alten Welt.“ Und: „Böses zeugt Gutes.“ Und: „Mitten im Sturm habe ich meinen Roman beendet.“ Sie kann arbeiten! „Was mich betrifft", antwortete er, „ich betrachte mich als fertig. Mein Gehirn kommt nicht wieder ins gleiche. Man kann nicht mehr schreiben, wenn man sich nicht mehr achtet." „Was mir das Herz bricht, ist erstens die tierische Wildheit der Menschheit; zweitens die Überzeugung, daß wir in eine stumpfsinnige Ära treten. Man wird utilitarisch, militärisch, amerikanisch und katholisch sein! Sehr katholisch! Sie werden sehen! Der Krieg mit Preußen beendet die französische Revolution und zerstört sie." „Die lateinische Rasse liegt im Sterben." „Was für ein Sturz! ...; Wozu denn dient die Wissenschaft, wenn doch dies Volk, das voll von Gelehrten ist, Abscheulichkeiten begeht, würdig der Hunnen und schlimmer als ihre, denn sie sind systematisch, kalt, gewollt, und haben weder Leidenschaft noch Hunger zur Entschuldigung. Warum hassen sie uns so? Fühlen Sie sich nicht erdrückt vom Haß von vierzig Millionen Menschen?" Endlich, als Gegenschlag von alledem: „Armes Paris, ich finde es heldisch!" Und er läßt sich zum Leutnant ernennen, er exerziert Rekruten; nimmt Saint-Antoine wieder vor, denn auch „die Griechen zu Perikles' Zeit machten Kunst, ohne zu wissen, ob sie morgen etwas zu essen haben würden". Dabei fühlt er in seinen Adern barbarische, urväterische Lust, sich zu schlagen, ist mit allen Bürgern darin einig, auf Paris zu marschieren, wenn es belagert wird; teilt die Illusionen aller Bürger ...; Nicht lange. Ernüchtert und beschämt sinkt er zurück. „Ich nehme es meinen Zeitgenossen übel, daß sie mir die Gefühle eines Rohlings aus dem zwölften Jahrhundert eingegeben haben!" Dann: „Nur noch darauf wird man bedacht sein, sich an Deutschland zu rächen! Die Regierung, jede, wird sich nur durch Spekulation auf diese Leidenschaft halten können. Der Mord im großen wird das Ziel aller unserer Anstrengungen, wird Frankreichs Ideal sein!" Die Zurückentwicklung der Menschheit scheint in vollem Gange. Die Pariser Kommunisten: „Was für Rückschrittler! Was für Wilde! Wie sie den Leuten der Ligue und den Streitäxtlern ähneln! Armes Frankreich, das sich nie aus dem Mittelalter losmachen wird! Das noch mit der gotischen Idee der Kommune nachhinkt, die nichts weiter ist als das römische Munizipium." Wieder geht Gnade vor Recht; die Kommune bringt die Mörder zu Ehren, wie Jesus den Schächern verzieh. „Die Republik steht über aller Diskussion" ist nicht besser als „der Papst ist unfehlbar". Wie die Freunde aus diesen gewalttätigen Tagen den geistigen Inhalt trinken, entflammen sich alle ihre Ideen, steigen ihre Temperamente fieberhaft, bekommt ihr Wesen doppelte Schärfe. In kurzem hat Flaubert sich in das Schwärzeste eingewohnt; und ihn dünkt, er habe es nie anders erwartet. George Sand braucht länger. Ihr ist es im Laufe des Lebens gelungen, manches an sich selbst zu bessern, und sie hat gewähnt, diese Zeit sei auch für die Menschheit nicht verloren gewesen. Nun ist sie „krank durch die Krankheit ihrer Nation und Rasse. Ich kann mich nicht abschließen in meiner persönlichen Vernunft und Untadeligkeit." Er kann es. Er hat Momente bitterböser Genugtuung, wenn irgend etwas vom Untersten aus dem Zeitlauf heraufkommt, zum Beispiel: das alberne Szenarium zu einem Roman, das im Schreibtisch Napoleons gefunden wird. Das hat uns regiert! Die weniger Selbstische muß mehr gelitten haben, bevor sie aus der Tiefe ihres Mitleidens Hoffnung zu schöpfen vermag. Wie? Ihr Freund will, sie solle sich damit abfinden, daß der Mensch nun einmal so sei, das Verbrechen sein Ausdruck, Ruchlosigkeit seine Natur? Hundertmal nein. „Die Menschheit ist entrüstet in mir und mit mir. Die Entrüstung ist eine der leidenschaftlichsten Formen der Liebe." Es ist, als spräche ein Mensch von 1789, der durch alle Zusammenbrüche bis 1871 hindurchgegangen und dessen letztes Wort wäre: Trotz alledem! Ferne, seltsam rührende Klänge, bei denen der gallige Moderne die Stirn senkt, weil er ihnen nicht glauben kann.

... Auch das ist aus. Katarakte von Bitterkeit sind über dein Herz gestürzt, du hast ein Weiterleben für unmöglich gehalten; und eines Tages sitzest du wieder, während hinter den Fenstern das Land besonnt und still ist, vor deinem Werk, hast nichts zu denken als nur dein Werk und fühlst, da nun bis ans Ende des Weges kein Ding mehr vor dir zu liegen scheint als die einsame Angst des Werkes, vielleicht eine Sehnsucht sich rühren nach den hochgehenden Leiden, die verebbt sind. Er läßt sogar wieder drucken, – obwohl er nicht mehr weiß, für wen. Paris ist verändert, fremd geworden, hat keinen Raum für Literatur; und es ist schwer, sich mit fünfzig Jahren noch zu häuten. Er verliert seine Mutter:

erstes Anzeichen des Endes. Gautier stirbt, nachdem Jules de Goncourt und Sainte-Beuve starben; von den Freunden bleiben außer George Sand nur Hugo und Turgeniew. Er nimmt es, mit verhaltenen Tränen, wie ein Almosen entgegen, wenn der alte Hugo ihm aus einem lateinischen Dichter hersagt, und der Gesang der Viardot muß ihn dafür trösten, daß er am Leben ist. „Niemand spricht mehr meine Sprache." „Schatten breitet sich um mich aus." Das ist der Zeitpunkt, das nahe Ziel zu ermessen und zu bedenken, wie man hierherkam. „Ich habe mehr geliebt als irgendwer; ein anspruchsvoller Ausdruck, der so viel heißt wie ›ganz wie ein anderer‹; und vielleicht sogar mehr als der Erstbeste. Alle Zärtlichkeiten sind mir bekannt. Und dann haben Zufall und Zwang der Umstände bewirkt, daß die Einsamkeit um mich her allmählich immer größer ward; und jetzt bin ich allein, durchaus allein." Ein alter Junggesell, nicht mehr reich genug, um eine Frau zu nehmen, oder auch nur, um sechs Monate des Jahres in Paris zu leben, krank von eben dem Abseits, das ehemals seine Stärke war, ohnmächtig durch dieselbe Außermenschlichkeit, die ihn früher schaffen lehrte. Seine hysterische Reizbarkeit läßt ihn sich selbst nur noch als groteske Figur sehen, als den „Ehrwürdigen Vater Cruchard, Gewissenlenker der Damen von der Desillusion"; und zugleich macht sie ihm Furcht, es mit seinen letzten Freunden zu verderben. Er zeigt sich nicht mehr, seine Briefe werden kurz. Er kam auch sonst nur selten nach Nohant, denn ein Besuch bei George Sand und den Ihren löschte für Wochen die künstliche Welt in seinem Kopf aus; ein Diner bei Fremden sogar machte ihn tagelang arbeitsunfähig. Aber zu jener Zeit opferte er sich Werken, die es ihm lohnten; und jetzt liegt er überm Werktisch in gegenstandsloser Verbissenheit. Diese Bouvard et Pécuchet nehmen ihm den letzten Atem, zermalmen ihn. Er hatte Erleichterung von ihnen erhofft; er wollte alle Galle hineinspeien, die menschliche Dummheit ihm je bereitet hatte; und die beiden Hampelmänner, die sich nach und nach das gesamte menschliche Wissen aneignen und erleben, wie es sich gegenseitig in die Luft sprengt und zu nichts verpufft, sollten ihn erheitern. Aber schon die Vorarbeiten – dieses wahnwitzig hastige Verschlingen sämtlicher Wissenschaften, zu dem einzigen Zweck, aus jeder zwanzig Zeilen Stil und eine Posse zu machen – zeigen ihm das Ende seiner Sackgasse. Er sieht selbst, aber ohne abzulassen: nur in einem, der fast allen Zusammenhang mit dem Möglichen, mit dem Leben selbst verlor, konnte solch ein geistiges Ungeheuer heranwachsen. Die trostlose Freude, eine Liste anzulegen von Dummheiten jener Verstorbenen, deren Namen die Menschheit vertreten, sie ist das krampfige Gelächter eines Verurteilten.

Verurteilt ohne mögliche Berufung, ohne Aufschub? Vielleicht, wenn man dies wüßte, gewährte es eine kindische Rache am Leben. Und, ein altes Kind, trotzt er der Stimme der Sand. Sie hat ihn immer gewarnt, vor dem Alleinsein, vor der Verkünstelung; hat ihn gefragt, ob er nicht irgendwo einen Bengel wisse, den er mit einigem Grund für seinen eigenen halten könne: er solle ihn adoptieren. Geld? Sie kaufe ihm sein Haus ab und er bleibe darin wohnen. Er solle das Leben der Mollusken studieren. „Wenn du an die Naturgeschichte anbeißt, bist du gerettet." Endlich: er solle sein Martyrium schildern; und immer wieder: er solle die Dummen, Schlechten beklagen, nicht hassen. „Beklagen läßt sich nicht trennen von Lieben ...;" Was kann er dazu sagen? Man ändert doch nicht mit bloßem guten Willen das Ergebnis eines lebenslangen Schicksals. Wie er falsch wirken würde, wenn man ihn plötzlich sentimental und als Menschenfreund wiedersähe! Sein öffentliches Gesicht ist längst fertig geschminkt, seine Rolle – und die tauscht man nicht um – allen geläufig. Ihn umgeben Legenden von Wunderlichkeiten, und gewagte Aussprüche werden ihm zugeschrieben. Er ist ein unzugänglicher Sonderling, den die Sonntagsausflügler einander zeigen, wenn er in seinem ewigen Schlafrock am Fenster erscheint. Wie viel Abneigung verdankt er seiner Art zu leben, und durchaus nicht nur bei den Philistern aus Rouen! Jemand, der von dreißig Jahren Kunstschaffens fünfundzwanzig abgesondert auf dem Lande verbringt, handelt wider die Volksnatur und erweckt den allzu Soziablen die Vorstellung frecher Überhebung. Eine richtige Manie sogar hat er, den „Haß auf die Literatur". Er sieht die Literatur überall gehaßt: von den Machthabern, denn wer spricht und schreibt, ist eine Nebenmacht; von der geistigen Trägheit, dem Konservatismus ganzer Klassen, dem Fanatismus anderer; kurz, von der Dummheit, deren natürliche Aufgabe, dem Geist die Waage zu halten, er verkennt und die er, seine Freundin hat es ihm immer vorausgesagt, nicht töten wird. Im Gegenteil: ihn wird die Literatur töten und eben sein Haß auf die menschliche Dummheit, der ihn nun in ein aussichtsloses Unternehmen verstrickt hat.

Will er es noch immer nicht einsehen? Er fängt an, die Wohlmeinende zu entmutigen. Sie selbst rafft sich mit Mühe und zum letztenmal aus Krankheit auf; und, was nie geschah, ein paar Worte der Ungeduld entschlüpfen ihr. „Das Leben ist eine Folge von Stichen ins Herz. Aber die Pflicht heißt, weiter und seine Arbeit tun, ohne die traurig zu machen, die mit uns leiden." Und, einmal im Verhältnis des Kritikers, erliegt sie der Versuchung, es dem Kranken anzurechnen, daß nun seine Pflegerin, ehe sie selbst dahingeht, ihn hoffnungsloser sehen muß als je. Plötzlich brechen alle Gegensätze stachelig hervor. Jetzt kommt von ihr die Beanstandung seiner Ästhetik, alles dessen, was er ist. Mit einem Schlage hat sie alles verloren, was sie je von ihm begriff und fühlte, und bringt dieselben fremden Widerreden vor, die ihre Partei von jeher an ihm übte. Denn diese Freunde standen jeder zu Häupten einer feindlichen Partei. Er antwortet, zuerst bestimmt; man läßt sich nicht sagen, daß man alles, was man war, durch Irrtum war; dann nachgiebig. Entstehen ihm Zweifel? So sind es beglückende. Ein süßes Erschrecken muß über ihn gekommen sein, der sich aufgegeben glaubte. Hier ist jemand, der sich noch die Mühe macht, ihn zu tadeln, mit dem Verlangen, er solle ihm folgen? Jemand, der ihn in eifervolle Behandlung nimmt, ihn von Grund aus erneuern möchte. Das wäre also noch möglich? Die Freundschaft, die er für ein verklärendes Spiel, aber im Grunde für unwirksam hielt, kann also dennoch machen, daß von zwei Wesen nicht mehr jedes in seiner Atmosphäre bleibt, und unser Menschentum braucht nicht auf immer begrenzt zu sein? Jetzt lauscht er der befreundeten Stimme, zum erstenmal jetzt. Sie will, daß er sich endlich in die eigene Güte und Zärtlichkeit füge, sich zu ihr bekenne, an der Liebe der Einfachen teilnehme, etwas von seinem Herzen zu Papier bringe. Und er sinnt zurück in die Zeiten, da er sein Herz noch gewähren ließ. Er war Kind; im

Hof des Hospitals, dessen berühmter Chirurg sein Vater war, gingen Kranke in Kragenmänteln; in den Betten seufzten sie, wenn es stürmte. Wie, wenn jemand mit stolzer Vergangenheit in Elend und Vereinsamung, an stürmischem Flußgelände ein Fährmann wäre, und es riefe ihn ein Mensch in der Nacht, der ein Aussätziger wäre, den er in seine Hütte führte, speiste, zu sich ins Bett legte, die Schwären an sich gedrückt, und der dann, aufglänzend als Heiland, mit ihm gen Himmel schwebte? Die Last seines unmöglichen Buches ist abgeworfen. Flaubert schreibt die Legende von Sankt Julian dem Gastfreundlichen. Er gibt vor, es sei ein „Kirchenfenster in seinem Dorf"; es sei „Kunst", „Stil" und nichts weiter. Wie gewöhnlich, glaubt man es ihm.

In seinem Elternhaus erzählte eine alte Magd dem langsamen Knaben, der spät sprechen lernte, die ersten Geschichten, lehrte ihn seine Phantasie kennen, die Gabe, von der er leben sollte. Und mitten in das Landwirtschaftsfest, das größte Prachtstück der Bovary, und als einzige liebevoll und dankbar gesehene Gestalt tritt eine alte Magd, um eine Medaille im Wert von fünfundzwanzig Francs entgegenzunehmen, für vierundfünfzig Dienstjahre auf demselben Hof. Da steht sie in ganzer Figur, eingeschrumpft, das Gesicht ein vertrockneter Apfel, die Hände halb offen, „als wollten sie selbst das demütige Zeugnis so vieler ertragenen Leiden beibringen". Nonnenhaft starr, stumm und friedlich wie die Tiere, die ihre Gesellschaft waren, ohne alle Weichheit oder Trauer und, ohne es zu wissen, als Anklägerin: „so stand vor diesen breit dasitzenden Bürgern dies halbe Jahrhundert Knechtschaft". So zeigte er sie vor zwanzig Jahren. Jetzt ist der Augenblick gekommen, wo sie von der Estrade der Preisrichter herabsteigen, ihr strenges Relief verlieren, die Male in ihrer Seele vorzeigen soll. Eine alte Magd, ihr Leben lang unter einer Herrin, einst von ihrem Liebsten verlassen, des Kindes vom Haus, an das ihre Zärtlichkeit sich hielt, durch den Tod verlustig, lächerlich durch ihre Glut, zu lieben, die sich endlich ganz auf einen bunten ausgestopften Papagei, wie auf ein Abbild des heiligen Geistes, ergießt: die Magd Félicité. Ein alter Einsamer, hinter sich von der Liebe nur Bitternisse, übrig geblieben nach denen, die ihm einst eine Familie vortäuschten, und, wenn er sterben wird, den letzten, mystisch sinnlichen Gedanken an das über seiner Stirn schwebende ausgestopfte, schon halb zerfressene, aber smaragdene, aber purpurne Gefieder – die Kunst! – gehängt: Flaubert.

Als er, viel schneller denn sonst irgendeine, diese Seiten beendet hatte, konnte er sie George Sand nicht bringen, ihr für die Wohltat, die sie ihm erwiesen hatte, nicht mehr die Hände küssen; denn sie war soeben gestorben. „Die gute Dame von Nohant" war von vielen Armen gesegnet worden; mit Un cœur simple erntete sie (und wußte nicht mehr darum) den reichsten dieser Segen.

So verlief eine Freundschaft. Zwei Geister verweilten beieinander: der eine vermeinte, aus Neugier; und sicher, wußte der andere, nicht ohne daß auf dem Grund seines Gefühls, wie jedes Gefühls, wieder er selbst zu finden war. Dabei gehörten sie, wo immer es feindliche Verschanzungen gab, in verschiedene Lager. Was der eine war, schien eine Verwerfung des anderen; was dieser schuf, schien gegen das Schaffen jenes gerichtet. Sogar wenn sie das Selbe haßten, unter dem Selben litten, wirkte darin ein verschiedenes Wollen. Eine nie erklärte, seltsame Nähe empfanden sie trotzdem, und daß sie mit jeder Bekundung des Andersseins den Lippen Unwesentliches überlieferten. Aus der Tiefe, wo sie zusammenhingen, wollte kein Wort heraufsteigen, oder nur, von Zeit zu Zeit, ein von ungefähr, wie unwissend, gestammeltes. Endlich, da der Stärkere, im Begriff, zu scheiden, herb wird, erschrickt der Schwächere, ob er sich auch immer allein und unberührbar glaubte, tief und zugleich beglückt; und die nie erhörten Worte, die ihr Gemeinsames ausdrücken, werden laut. Sie sind das Persönlichste, was der eine zu sagen hatte, und rufen doch dem anderen das Echo seines eigenen Menschentumes nach. Der aber hört sie nicht mehr; ein Sargdeckel fällt zu; und ratlos erhebt sich ein Weinen.

Fünfzig Jahre nach dem Tode

Fünfzig Jahre ist er tot; von der Ewigkeit, auf die er vertraute, hat er fünfzig Jahre gelebt. Das ist viel. Freilich entscheidet sich erst nach weit längerer Zeit, ob ein Autor so lange dauern wird wie unsere Kultur. Aber einem Geschlecht, das wie das heutige mit ganz kurzen Fristen rechnet, müssen fünfzig Jahre als eine erstaunliche Probe erscheinen.

Lebt er wirklich? Kaum, wenn er deutsch geschrieben hätte. Hier ist einer bald veraltet und fällt bald ab. Was ist aus dem neunzehnten Jahrhundert denn geblieben? Wer liest das Gestrige, als ob es noch wirksam wäre? Hier nimmt man gern Generalrevision vor, und am liebsten finge man immer von vorn an. Eine besonders deutsche Frage hieß kürzlich: „Ist Schiller noch modern?" Dagegen steht in einer französischen Zeitschrift die neueste Untersuchung über Corneille wie über eine Tatsache von jetzt. Das Gegenwärtige verdrängt in der Literatur Frankreichs niemals, was weniger oder mehr als gegenwärtig ist; es bleibt vollkommen sichtbar. Der französische Roman ist eine Einheit ohne Lücken oder verschüttete Stellen. Man sagt Gide und blickt zurück bis auf die Princesse de Clèves. Oder Martin Du Gard wird erwähnt, da tauchen alle je dargestellten Zusammenhänge der bürgerlichen Gesellschaft mit auf.

Von den drei vordersten Namen des Romans aus den Bürgerzeiten ist Balzac die Heldengestalt, Stendhal der immer Zeitgemäße. Aber der Heilige des Romans ist Flaubert. Er hat nicht die kühnen und ausschweifenden Eroberungszüge gemacht, wie Balzac, durch alle neuen Gebiete einer kürzlich umgewälzten Welt. Er hat auch nicht erfunden, wie Stendhal, was Frauen und Männer wenigstens hundert Jahre lang ihm und seinen Figuren nachleben, nachfühlen werden. Aber er hat an der geistigen und technischen Förderung des Romans gearbeitet wie keiner und brachte sich und sein Menschenglück ihm dar, als wäre dies eine Verpflichtung gegen das Übersinnliche.

Die Selbstachtung des geistig Gestaltenden hat in ihm einen ihrer Höhepunkte wie zur gleichen Zeit in Ibsen. Er glaubte nicht, daß irgendeine andere Tätigkeit des Menschen der seinen gleichkomme, weil er die Annäherung an das Vollkommene von sich verlangte, und wer sonst strebt danach. Er glaubte an Gesetze der Schönheit, die wie Gebote eines Gottes sind und im Geschaffenen das Ewige bewahren. Der Anblick einiger Säulen der Akropolis ließ ihn ahnen, was mit der Anordnung von Sätzen, Worten und Vokalen an unvergänglicher Schönheit erreichbar wäre.

Romantiker im Herzen, fand er die unromantische Aufgabe vor, den Roman seiner Zeit zu schreiben. Er schrieb ihn auch, aber er opferte sich einem freiwillig erschwerten Ziel. Szenen, Menschen und Gedanken des gegebenen Augenblickes sollten in voller Bewegung erhalten bleiben, während dennoch Wirkungen plastischer Größe von ihnen ausgingen wie von einer Antike. Das wurde Madame Bovary. Die Klänge und Gesichte alter Welten waren aufzuwecken in Salammbô und der Versuchung des heiligen Antonius; aber moderne Sinne empfingen sie, und dies ergab den Reiz von Toten, die wiederkehren, um uns zu lieben. Beschwörungen eines Schönheitssüchtigen, – und nichts paßt auf Flaubert wie zwei Verse Platens: „Wer die Schönheit angeschaut mit Augen, ist dem Tode schon anheimgegeben."

Mehrere seiner Stoffe haben ihn durch das Leben begleitet; es gab einen frühen „Antonius", und es gibt jugendliche Vorstufen der Éducation sentimentale. Er war gewohnt, alte Ideale in sich weiterzutragen, und hat sie wohl mehr geliebt als ihre endliche Verwirklichung. Die Éducation ist zwar aus einem halben Jahrhundert das Buch, das am meisten festhält von wirklich gelebten Tagen, von Gefühlen, die erschreckend in dir selbst nachzittern, wenn du gelesen hast und die Augen schließt. Es verewigt den Nachgeschmack eines ganzen Daseins, und wie selten ist das! Aber Flaubert ließ alles schon Getane schnell hinter sich, er floh es, um sich am scheinbar davon Entferntesten zu versuchen. Er liebte das Vollkommene genug, um zu wissen, daß es nur in den vergeblichen Vorahnungen geistere. „Wer die Schönheit angeschaut mit Augen –"

Niemand hat einen weiteren Weg zurückgelegt – von Naturstimmungen und zerfließender Seele bis zu der harten Sachlichkeit in seiner letzten Darstellung unseres unabänderlichen geistigen Unvermögens, Bouvard et Pécuchet. Er ging hervor aus Chateaubriand und reicht hinein bis mitten in das Werk von Zola, von France. Dazwischen beschäftigten ihn technische Versuche, wie das Nebeneinander des Geschehens und die

Erfindung der ungerührten Sachlichkeit im Bericht seines Ablaufes. Er ist der erste und fertigste aller Realisten unter den Autoren von Rang; aber auch was Ästhetizismus hieß, führt vor allem auf ihn zurück. Er hat überall für sich nicht nur die neue Idee, sondern auch gleich das Meisterwerk, und in einem einzigen Leben, das sechzig Jahre währte, reichen einander die Hände die Frau des Landarztes und Herodias.

Das alles ist nun durch sechs oder acht Jahrzehnte umstritten und bewundert worden; aber mehr, es wurde gebraucht, und es hat mitgewirkt am geistigen Bild von Geschlechtern. Die Bovary war die Bibel junger Schriftsteller, in Malschulen wurde laut vorgelesen aus den zauberhaften Sätzen der Versuchung. Vieles wurde komponiert, gezeichnet, gemalt. Salammbô ist verfilmt – nicht in der üblichen Bearbeitung, sondern wortgetreu, mit Texten, die das Buch feiern. So groß war die Achtung, und ein so mächtiger Name zwang sich noch immer den Nachkommen auf, während doch schon Zeiten begannen, für die er – noch längst kein Fremder, nur nicht mehr ganz ihresgleichen und teilweise doch wohl verdunkelt ist.

Ihm nimmt es etwas von seiner Gegenwärtigkeit, daß er außer der Richtigkeit auch die Schönheit und inmitten der Zeitgemäßheit das Ewige suchte. Die ferneren Grenzen seiner Art entziehen sich Blicken, die heute allein noch das Unmittelbare verstehen wollen und für ihre eigene Dauer auch recht haben. Wozu in einer Darstellung des kaum vergangenen Lebens plötzlich ein Tonfall wie aus einer Grabrede von Bossuet oder jener epische Ritt im Stil Homers? Künftig werden andere wieder begreifen, wozu. Bis dahin warten diese Herrlichkeiten unversehrt unter ihrer leichten Staubschicht und haben Zeit.

Er gehörte dem dichtesten Teil der Bürgerzeit an; einige seiner gewohntesten Vorstellungen und Begriffe sind mit ihr dahingegangen. Er glaubte an den Ruhm; „um Dauerhaftes zu schaffen, darf man des Ruhmes nicht spotten"; aber der ist seither ersetzt worden durch den Erfolg. Er fand die Literatur gehaßt vom Bürgertum, und es haßte sie wohl wirklich um der Erkenntnisse willen, mit denen sie es untergrub. Auch das hat sich geändert, und die Literatur wird höchstens noch von älteren

Literarhistorikern gehaßt. Die Gesellschaft selbst findet sich unverdrossen ab mit den Erkenntnissen, zu denen die Literatur sie nötigen möchte. Sie lebt trotz ihrer und ihnen genau entgegen.

Zola

Jugend

Der Schriftsteller, dem es bestimmt war, unter allen das größte Maß von Wirklichkeit zu umfassen, hat lange nur geträumt und geschwärmt. Ein Schöpfer wird spät Mann. Zola war der poetisierende Jüngling, der sich hingibt und der glaubt, bevor er zweifeln und sich behaupten lernt. Absichtslos mit Kinderhänden werden Vorräte gesammelt an seelischer Triebkraft, tragendem Gefühl: Besitzergreifung seiner selbst, eine Art innerer Meisterschaft vor der produktiven; und eben sie wird dann den Arbeiter unverbraucht erhalten bis zum Schluß, ihn unnachsichtig tapfer bleiben lassen in Jahren, wo andere schon nachgeben, wo andere sich schon ergeben.

In Aix zuerst die Schülerzeit, die junge Schwelgerei an Natur und Erdenweite, die ersten Freunde. Wie unermeßlich blau der windige Himmel der Provence über ihren ausgedörrten Flußbetten, wenn damals die Knaben Baille, Zola und Cézanne, erhitzt und frei, das harte Gras eines fernen Hügels zum Polster jenes Paradieses nahmen, in dem vor sie hin die ersten Dichtungen traten. Sie lasen laut; die erhabenen oder süßen Wortgestalten wehten zum Himmel auf und versprachen noch mehr als er an Höhe, Farbe und Bewegtheit. Hier geschah es, daß sie sich berufen fühlten zum Leben; und wenn sie hätten zweifeln können, daß Welt und Worte soviel halten, sie hatten doch einander und schwuren, sich nie zu lassen.

Dann mußte er fort. Die Seinen waren seit dem Tode des Vaters immer mehr verarmt, ihre Lage wurde unhaltbar in der kleinen Stadt, die ihre gute Zeit gesehen hatte. 1857 kehrt er in seine Geburtsstadt zurück, denn Paris war es, wo er siebzehn Jahre vorher, auf einer Reise seiner Eltern, geboren war. Er beendet das Gymnasium, erfolglos, weil hier in der Luft der Hauptstadt sofort die Literatur ihn allem andern fremd macht; und als Zwanzigjähriger und verpflichtet, nun seinerseits der Mutter zu helfen, sieht er sich mittellos und ohne regelmäßige Anwartschaft auf irgendeinen Platz in der Gesellschaft vor das Leben gestellt. Ein Gönner bringt ihn in den Docks unter, bis vier Uhr trägt Zola Zolldeklarationen ein, dann heim und schreiben. Abends das selbstgeschaffene Leben, am Tage die Notdurft: es verträgt sich nicht lange, der Lebensschüler muß wählen, er verläßt die Docks. Nun ist er ohne Stellung, aber frei, darf träumen nach Belieben, auch wenn er mit geliehenen Pfennigen sein schlechtes Zimmer bezahlt und, um essen zu können, im Bett bleibt, weil sein Rock versetzt ist. Er lernt die bittere Kälte kennen, nicht die des Winters der Armen nur, auch die Kälte der Welt, diese Verlassenheit von allen. Mahnend wird er umschlichen von abgehausten Wesen, die einst vielleicht waren, was er ist, von Laster und Schande. Die Säufer des Assommoir, die verfehlten Künstler in L'Oeuvre, und auch die Durchsuchung eines Absteigequartiers durch die Polizei, wie in Nana, alles liegt schon hier, ist hier schon mitgemacht und wäre hier erlebt, – wenn Erleben genannt werden darf, was Herabschauen ist aus einer entrückten Höhe, ein Mitgefühl wie das eines jungen Gottes, klarsichtig und geneigt, aber unberührbar im Innern. Denn das Elend dieser zwei Jahre, düster und vielleicht verhängnisvoll für gemeine Anfänger – einen, der sich anders und darüber weiß, kann es nur bestätigen auf seinem besonderen Weg. Je morscher der Weg, um so leichter sein Schritt. Es ist nicht Mut, wenn er aushält, er kämpft noch gar nicht. Unschuldig dem Schicksal hingegeben, läßt er sich vollziehen, was in ihm ist. Verse schreiben viele, er weiß es, und alle glauben an sich. Aber er schreibt seine Verse. Er sagt: „Machen wir lyrische Gedichte – bis auf weiteres." Er schreibt ohne Plan und sagt: „Ich weiß wohl, das ist nicht der Weg zu Meisterwerken." Rückblickend wird er einst sagen: „Wenn ich nicht den Glauben an mein Werk hatte, ich hatte doch Vertrauen zu meiner Anstrengung." Und daher hat er Zeit. „Ich bin unwissend in allem, noch lange denke ich nichts herauszugeben, sondern tüchtig zu lernen." Das Gedicht, um dessenwillen er zu streben meint, ist ohne Beziehung zu seiner Gegenwart, eins der ahnungsvollen Jünglingswerke, die vorwegnehmen, – die mehr vorwegnehmen als der Stärkste später verwirklicht. Zola hat die soziale Geschichte eines Reiches gestaltet. Der junge Zola nimmt es mit dem Werden und der Entfaltung der ganzen Menschheit auf, bis in ihre unbekannteste Vergangenheit, bis zu ihrer gottgleichen Vollendung. Die Synthese, die er plant, ist ungeheuer, die später ausgeführte wird nur groß sein. Die Geburt der Welt, der erste Teil des Jugendgedichtes, geschieht in seinem wirklichen Werk durch eine einzige Figur, Adélaïde Fouque, die Mutter des ganzen Geschlechts der Rougon-Macquart, Keim und Vorbestimmung ihrer Triebe, Laster, Krankheiten, und auch ihrer Größe. Zwanzig Jahre einer bestimmten Zivilisation werden ihm für seine ganze Manneszeit Stoff genug sein, der Jüngling braucht dreitausend. Und der dritte Gesang, vom Menschen, „der sich immer höher hinanschwingt auf der Leiter der Wesen“: auch ihn soll er einst erleben, aber dazwischen wird Arbeit und wieder Arbeit liegen, viel Düsterkeit und Schmerz der Erde, und auch, mit allem Bittern und Wirren, die Tat. Der Gealterte endlich wird, als er den guten Kampf beendet, die Gewißheit von der Vervollkommnungsfähigkeit der Menschen halten und verkünden. Aber ohne Kampf greift danach schon der Jüngling. Denn Jünglinge lieben Begeisterungen, die sie noch nicht verdient haben. Gehoben und gespannt von dem Vorgefühl künftiger Kraft, wollen sie schon den berauschenden Saft trinken aus Leistungen, die nur erst Träume sind. Ihre Ohnmacht vor dem Leben, das sie mit den Augen zu entkleiden versuchen und doch nicht besitzen dürfen, macht sie recht unglücklich.

Der junge Zola flüchtet sich zu den Freunden in den endlosen Jünglingsbriefen, die alles auf einmal sind: Selbstzergliederung des Lernenden, Selbstbehauptung der noch so unbewährten Persönlichkeit, und Reibung an dem andern, erster Kampf, erste Erkenntnis. Wie gern in solchen Briefen tut man vor dem andern stark und faßt ihn hart an, – indes man doch in all der weiten fremden Welt nur eben den einen kleinen Punkt dort hinten weiß, der vertraut ist, den Freund. Der in Paris Verlorene zittert um die beiden, die zurückblieben. Er erinnert sie an ihren Schwur, durch das ganze Leben, die Arme verschlungen, mit ihm den gleichen Pfad zu gehen! Er fühlt ihre Schwäche, und daß man unaufhaltsam auseinander gerät; in Baille stößt er schon auf den künftigen Spießbürger, in dem jungen Cézanne auf jenes Versagen, das einst, in L'Oeuvre, zu jener Tragödie führen soll; aber er klammert sich an diese Gemeinschaft von Hoffnung und Freundschaft. Die hochgespannte Zärtlichkeit des Zwanzigjährigen, sein Herz, wenn es, von sich selbst betört, in offene Arme rennen will, alles den Freunden! „Der Tag wird kommen, wartet nur, wir werden einen langen Weg hinter uns haben, werden getrennt gewesen sein, in verschiedenen Welten gelebt haben, ungleich begünstigt vom Glück, und doch werden wir nur eine Seele haben, um den verwehenden Duft unserer Jugend zu atmen!“ Und: „Ich sah Paul! Verstehst du die ganze Melodie dieser drei Worte?“ Liebevollster Eifer wird aufgewendet, um nur nicht überlegen zu scheinen. Haupt einer Schule wie Victor Hugo – er verwahrt sich schon hier dagegen, wo die Beschuldiger noch fern sind. Später werden sie auftreten, er wird sich immer verwahren. Was nicht hindert, daß er die beiden Jungen gewinnen möchte für vielerlei Einblicke und Überzeugungen. Nicht nachahmen! Die romantische Schule ist tot, trotz seiner eigenen Verse. Er möchte Jeanne d'Arc sprechen lassen, wie ein junges Mädchen wirklich spricht. Andererseits „ahnt man gar nicht“, wie wenig für die Dichtung diese Worte bedeuten: Wissenschaft, Zivilisation. (Später werden sie alles bedeuten.) Aber doch auch hier schon, das Tiefste und Zukunftsreichste in seinem Gewissen: „Der Roman soll nicht nur schildern, er soll bessern.“ „Den Menschen anschwärzen, das kann mir nicht gefallen!“ und eine Verteidigung des Volkes gegen die blöd feindseligen Begriffe der Bürger ...; Besonnene Prüfung in allem, schon hier trotz Jugenddrang, und niemals schön gefärbt. Seinen Zimmernachbar, einen untergegangenen Dichter, der seinen berühmten Altersgenossen nicht verzeihen kann, beurteilt der nachrückende Junge, trotz der unermeßlichen Überlegenheit seiner Jugend, ohne Flüchtigkeit, mitleidig höchstens, und gewiß mit Geringschätzung des Mannes, aber doch voll jenes Respektes vor der Erscheinung, der die beste Gewähr seines künftigen Talentes ist. Der Zwanzigjährige glaubt keineswegs an die sittliche Hebung der Dirne, – die er vielleicht gerade versucht, in dem Absteigequartier, wo er wohnt. Aber auch an die Existenz einer moralischen Jungfräulichkeit glaubt er nicht, und dies können nur seine platonischen Träume ihm enthüllt haben. Diese Träume eines keuschen jungen Mannes sind schwermütig und gefaßt. „Ich habe immer nur im Traum geliebt, und geliebt worden bin ich nicht einmal im Traum.“ Seine Grundstimmung außerhalb der Arbeitszeit wird unruhiger, Wechsel erfaßt sie von Sehnsucht und Trauer. Später wird es sich erweisen, daß die Arbeit, nur sie, ihm zu dem starken Lebensgefühl hilft, das er sucht. Aber die Arbeit ist noch nicht geregelt, ist unsicher und enttäuschungsträchtig. Schwere Stunden in dem luftigen Belvedere, das er eines Tages bezieht, sieben Stock hoch, und drunten ganz Paris. Einer hat hier auch gehaust, der wohl glücklicher war, Saint-Pierre, Verfasser von Paul et Virginie, eines Meisterwerkes und Ruhmestitels. Wie lange bis dahin! Alles säumt oder bleibt aus: auch die Freunde, die doch nachkommen sollten. Als Paul endlich da ist, gehört er den Malschulen. Manchmal freilich wird bei Zola gemalt, und dazwischen tanzt man, raucht Pfeifen, macht Lärm. Ach! das Tanzen räumt nur wenig schwere Stunden fort; zu bald sitzt der Ernüchterte wieder am leeren Kamin, die Einsamkeit ist wie eine Krankheit, die Untätigkeit drückt, in Kälte und Armut der Gegenwart ist er darauf angewiesen, sich mit der Vergangenheit zu unterhalten – und mit der Zukunft.

Die Zukunft? Sollte man nicht vor ihr flüchten, in eine Grotte, in ein Mönchskleid? Die Zukunft! Taumelnd groß wird sie sein, reich unermeßlich, sieghaft bis zum Wahnsinn! Ach, die Zukunft: wenn sie gut ist, wird sie die Mansarde sein, das Häuschen im Gebirge, stilles Traumvolk darin, auch zwei, drei Freunde; von weitem, mag sein, das schmeichelhafte Gemurmel der Menge, nur kein Kampf, kein Lärm und Kampf. Aber wie die bedrängte Jugend das Zimmer durchmißt, das enge Gehäuse so vieler Stürme, da liegt drunten, atmend wie ein Wesen, Paris. Atmend und wartend – auf den Armen, der in seine Flanke hinabsteigt, irrt und sucht, nach Brot, nach Erfolg, nach Chimären. Er selbst, Zola Emile aus Aix in der Provence, ein Armer, keinem Bekannter, hat schon in hundert Gassen, dort und dort, die Leute angegangen um Stellungen, irgendeine, um das bißchen Leben. Er ballt die Faust: und vor ihm sein Vater! Schon sein Vater war dort unten atemlos nach Geld gelaufen, und als es ihm endlich versprochen war, als sie ihm erlaubt hatten, in Aix den Kanal zu bauen, da starb er, François Zola, Zivilingenieur, zweiundfünfzigjährig, hinterließ die unkundige Frau und den Sohn von sieben Jahren. Was hatte er gehabt, was hält das Leben? Ganz jung hatte er in den Napoleonischen Armeen gedient, ein Venetianer, zur Befreiung seines Vaterlandes. Dann umhergereist und vom Zufall gezehrt, ein Abenteurer eigentlich. Von großer Lebenskraft wohl und mit Phantasie, denn später, als Leutnant in der Fremdenlegion, hat er eine Leidenschaft bestanden, die ihn auch die Ehre hätte kosten können. Endlich sah er seine Familie doch glücklich, aber dafür mit fünfzig Jahren noch immer kämpfen müssen wie am ersten Tag. Das war alles. Der Sohn lehnt sich auf: wenn das alles ist, wozu dann; und er wirft den Blick hinab, in Grauen und Haß, auf dies Paris, dies fressende Tier, Sinnbild des Lebens, das ihn selbst nun erwartet. Eine Regung des Stolzes, er rafft sich zusammen. Wenn die Gefahr so furchtbar wäre, wie schön dann die Leistung, wie ergreifend dann der Mut aller der Kämpfer dort unten! Dies ist ein ewiges Schlachtfeld, dies ist eine lebende Epopöe! Dort unten vollziehen sich allstündlich, laut oder namenlos, Triumphe und Vernichtungen. Von dort unten steigt in einem ungeheuren Zusammenklang Schluchzen herauf und Frohlocken, der Atem der Gier, der Geruch der Angst, das Qualmen vieler Laster, der Schwung jedes Ehrgeizes, und mit allem, in allem ein Flügelschlag von Unschuld. Sie sind unschuldig dort unten, denn sie erfüllen die Bestimmung dieser Erde, sie arbeiten. Das Wort der Riesenstimme, die heraufsteigt aus Paris, ist Arbeit! Jede der Figuren im Gewimmel ist die Summe der unermeßlichen Arbeit aller! Dem Zuschauer hier oben zittert die Brust vom Drang der Brüderlichkeit. „Ich bin der eure, gleiche noch dem letzten von euch, und mein Schicksal, wäre es selbst herausgehoben, wird, wie eures, die Arbeit sein. Ihr wißt noch nicht, wie dies groß ist, wie dies schön ist: fühlen, daß unsere Anstrengung die Anstrengung aller ist, daß jeder tut, was alle wollen, und daß ich nur ausspreche, was unschön seid. Dennoch ist dies etwas Vereinzeltes und Schweres …;“ Sein Blick vertieft sich. Vorahnungen durchrauschen ihn, von Werken ohne gleichen, deren Held dies Paris sein wird, diese Zeit, diese Menschheit; deren größerer Held die Arbeit sein wird, die Anstrengung vorwärts, aufwärts. Er wird sie sich auferlegen und wird sie ihnen auferlegen, sie sollen ihm folgen …; Und aus den heißen Gesichten des Jünglings hernieder senkt sich feierlich in sein Herz das Gewissen einer Verantwortung, die Sendung einer Führerschaft. Er läßt die Muskeln seines starken Körpers spielen, er stemmt die viereckigen Schultern gegen einen Druck von oben, seine breiten Hände greifen zu, wie nach dem Inbegriff des Lebens; forschend und planend umfaßt er mit den Augen nochmals dort unten das weite Gebiet seiner Zukunft. Sein Blick ist sanft und durch Kurzsichtigkeit ungewiß, sein Mund schmollend wie bei einem Knaben, der Ausdruck ernst, unruhig und bekümmert; – aber dies ist der kurze Schädel mit den rund und genau angewachsenen Haaren und der eigensinnigen Stirn, Zeichen einer Rasse; dies auch ihr Gesicht, Marmorglätte und leichte Erregbarkeit. Hier ist der Typus jener Menschenführer, die vom Mittelmeer herkommen, Cäsar, Napoleon, Garibaldi. Diese sind stark, wenig heiter, aber von warmer Seele. Ihre Taten sind machtvoll, und ihre Phantasie eilt immer über ihre Taten hinaus. Sie legen der Welt ihre Macht auf, gewiß um der Macht willen, aber auch zum Ruhm einer Idee. Sie sind Eroberer, und dann Zivilisatoren. Sie führen die Menschen, wie jeder sie führt, durch Wirrnis und Leiden; aber sie glauben, daß sie sie zum Glück führen …; Der junge Führer unter seinem Mansardenfenster, im Angesicht von Paris, 1860 in einer Schicksalsstunde, schließt die Augen, spricht vor sich hin: Emile Zola, – lauscht, und möchte erraten, ob so die Welt einst lauschen wird.

Arbeit

Er tritt in den Verlag Hachette ein und wird bei der Reklameabteilung beschäftigt, – was er als Förderung anerkennt; denn er weiß, für ihn heißt es, von unten hinaufdrängen und nicht verschmähen, auch den Betrieb der Literatur zu erlernen, bevor er sich ihrem Geist nähert. Am Abend zu Haus schreibt er zarte kleine Novellen, Übergänge von der Lyrik, aus der er herkommt, zu seiner künftigen Prosa. Als die Contes à Ninon fertig und erschienen sind, wagt er den Schritt vom Buchhandel zum Journalismus. Villemessant, Gründer des Figaro, wird von ihm gewonnen, Zola sieht sich auf dem Weg zum Erfolg; da erfüllt sich zum erstenmal seine lebenslange Bestimmung: Haß zu erregen. Er hat Manet und die jungen Impressionisten gerühmt auf Kosten der Romantiker, die die Macht hatten. Genötigt, seinen „Salon" abzubrechen, versucht er es im Figaro noch mit einem Roman, wieder zu zart, um aufzufallen; dann ist die Gunst seines Herrn erschöpft, er muß weiterziehen. Er tritt in andern Blättern auf, aber nichts konnte gelingen, solange er Meinungen oder Werke, die ihr fremd waren, in die Presse einschmuggelte. Den anderen Weg zeigt der Herausgeber eines Marseiller Blattes, der ihm die Akten von lokalen Sensationsprozessen zugänglich machen will, damit der junge Mann ein Gegenstück zu den berühmten „Geheimnissen von Paris" schreibt. Zola, entschlossen, sich den niedersten Arbeiten des Handwerks zu unterziehen, nimmt an; und der Segen der Arbeit, an den er glaubt, geht schön in Erfüllung. Das Handwerk, die marktgängige Arbeit ist es, die seinem Willen zur Gestaltung die erste, fest weltliche Grundlage gibt. Hier in diesen Akten sind Menschen, die wirklich gelebt, die begehrt, genossen, sich schuldig gemacht und furchtbar gelitten haben. Hinter diesen Antworten vor Gericht steht mehr, als so dürre Worte sagen; die innere Vorgeschichte der Tat war schwieriger und stärker; weit grausamere Bußen werden erlebt als die, die ein Richter auflegt. Und neben den Mystères de Marseille, gleichzeitig Tag für Tag mit diesem Feuilletonroman, schreibt Zola das erste Werk seines eigenen Gepräges, Thérèse Raquin, ein pathologischer Dämonenspuk von Liebe und Verbrechen, hinter Gaslaternen im Alltag eines Pariser Durchgangs. Noch mehr, die Marseiller Akten liefern ihm den ersten Stoff der Rougon-Macquart. Sie zeigen, straffer beisammen und in einen entscheidenden Augenblick gesammelt, was auch im Leben sich ihm immer am stärksten aufgedrängt hat, das Überlaufen der Begierden, den Sturm des Zeitalters, der neuen Geschlechter auf die Genüsse. 1852, vor siebzehn Jahren, führte es zu allen Genüssen der Welt, wenn man Bonapartist war. Die Bonapartisten, das waren, menschlich gesprochen, die Lebensgierigsten:

darum siegten sie. Zola stand auf bei diesem Gedanken, er staunte; auf einmal war die Formel gefunden für jene Menschen, die, jeder an seinem Platz und Anteil, ein Reich gegründet hatten. Die Spekulation, wichtigste Lebensfunktion dieses Reiches, die zügellose Bereicherung, der gigantische Genuß, alle drei theatralisch verherrlicht in Schaustellungen und Festen, die allmählich an Babylon mahnten; – und neben diesen blendenden Massen der Apotheose, hinter ihnen, von ihrem Strahlen noch unterdrückt, dunkle Massen, die erwachten, die hervordrängten. Das Erwachen der Masse! Auch das konnte eine Aufgabe sein? Ja, eben dies! Auch für die Literatur sollte die Masse erwachen! Der Auftrieb und Zukunftsdrang der Masse, dies war das Unerhörte, jetzt zu Bewältigende. Wie es begeisternd war, da es so schwierig war! Nicht nur darum. Diese Masse kam herauf mit Idealen, die Erfüllungen von morgen waren. Sie war die Menschheit von morgen! Auf ihr, auf ihr mußte das Licht der Apotheose liegen, das eine abgehauste Genießerbande sich anlog. Keine Ausnahmen darstellen, so sehr sie uns Künstler reizen. „Meine Thérèse und meine Madeleine sind Ausnahmen. Ich war durch den Gedanken an Stendhal zu dem Irrtum verführt, daß durch Ausscheiden aus dem Alltäglichen das Werk Rang bekomme. Und fort mit dem aristokratischen Künstlerstil, er liefert Kunstleckerbissen, die menschlich nicht mitzählen. Starke Werke wären mir lieber.“ „Aber starke Werke?“, überlegt der Tastende. „Wo sind sie noch übrig nach den Meistern? Balzac hat alles analysiert, die ganze Gesellschaft, Typ für Typ. In Madame Bovary ist sogar das unendlich Kleine der Gefühle zerlegt ...; Also keine Analysen mehr, keine Seltenheiten! Nur noch durch die Menge der Bände, die Macht der Schöpfung, kann man zum Publikum sprechen.“ Und er erkennt, daß die Masse, Gegenstand und Ziel seines Werkes, auch formal sein Prinzip werden muß. „Fest gebaute Massen müssen die Kapitel sein. Logisch und natürlich gewachsen, folgen sie, wie geschichtete Blöcke, die ineinandergreifen. Atem der Leidenschaft beseelt alles, von einem Ende des Buches zum andern. Aber jedes Kapitel, jede Masse muß sein wie eine Kraft für sich, die der Lösung zutreibt.“ Damit dies vollbracht werde, trage der Romancier in sich das rhythmische Wogen der modernen Demokratie, das Balzac nur erst heranrollen sah. Er sei endlich wieder der

Sänger aller, sei Homer! Sein Buch sei geschrieben wie von der Masse selbst! ...; Im Grunde gab es nur sie. Die einzelnen zeigten, innerhalb eines Reiches und Zeitalters, alle so deutlich die gleiche Herkunft, als wären sie aus einer einzigen Familie gewesen. Eine Familie! Dunklen Ursprungs, nicht wahr? – wie die Bonaparte selbst; und vom Volk ausgehend, verzweigen sie sich in der ganzen zeitgenössischen Gesellschaft, steigen auf zu allen Stellungen, sind Minister oder Millionäre; aber in ihren weniger begünstigten Exemplaren bleiben sie mager und stecken im schmutzigen Laster, statt im eleganten. Alle Vettern! Geht, ihr habt euch nichts vorzuwerfen! Alle von derselben unbedachten Gier, Geschöpfe eines Augenblicks, den Keim des Todes schon in euch, wie euer Herr und Meister in den Tuilerien. Was soll nachkommen? Das Reich verbraucht wie sein Kaiser, und die typische Familie des Reiches – die Rougon-Macquart – zum Schluß so verdorrt, so zum Untergang reif wie die Dynastie. Verdorrt und verbraucht durch ihre Überanstrengung, – die nicht ohne Verdienst war; denn dies Reich, diese Dynastie und diese Familie haben in Krisen und Krämpfen eine neue Welt geboren, die nun bevorsteht, die Demokratie. Das wird sie rechtfertigen. Das wird auch die innerste Rechtfertigung und Weihe dieses nachsichtslosen Werkes sein, der Romanreihe, ihrer furchtbaren Geschichte. Wie aber wird der Ausgang des Werkes sein? Das letzte Wort? Wenn es nicht Zusammenbruch heißt, dann hat es kein letztes! „Für mein Werk, um seiner Logik willen, brauche ich den Sturz dieser Leute! So oft ich das Drama zu Ende denke, ihr Sturz ist immer das Ende. Wie in Wirklichkeit die Dinge stehen, ist es nicht wahrscheinlich, daß er bald eintritt. Aber ich brauche ihn.“

Dies sagte sich Zola 1869, indes er an seinem ersten Band schrieb. Und dann stürzte das Reich. Es stürzte auf einmal, über Nacht, und mit der vollen künstlerischen Rundung einer Katastrophe. So und nicht anders hatte ein Erfinder von Romanen sie vorhergewußt. Wer noch? Sie schien fern, schien undenkbar. Die sie wünschten, glaubten kaum an sie. Nicht einmal jenseits der Grenze, dort wo man sie vorbereitete und belauerte: jene fremden Persönlichkeiten, die zu Weltausstellungen und politischen

Freundesbesuchen nach Paris kamen, die hochstehende Sonne der Zivilisation genossen, am Hof des Kaisers charmant plaudern lernten in der Sprache des Beneideten, und unter der Hand Erkundigungen einzogen, ob dies alles nun bald reif sei für die Schlachtbank: auch sie hatten nicht diese Vorstellung vom Ausgang ihrer Wünsche, gewiß nicht diese. Die Katastrophe, allen unbekannt und ohnegleichen, fand sich vorweggenommen in Plänen zu einem Romanwerk. Einer, der äußerlich nichts vor Augen hatte, als was alle vor Augen hatten, Macht, Glanz und Erfolg, hatte diesem Reich und dieser Zeit dennoch stärker und tiefer in die Augen gesehen als alle. Die Geschichte vollzog sich im Sinn eines noch ungeschriebenen Buches. Die Katastrophe trat ein, als sei sie eine ästhetische Notwendigkeit, – als wäre er selbst, der sie vorherbestimmt hatte, der Richter, und sein Werk das Ziel des Geschehens gewesen. Ihm schien wahrhaftig eine mystische Bestätigung geworden. Er sagte später, daß er keinen Willen habe, nur die fixe Idee seines Werkes. Tatsächlich war dies Werk zu einer Sendung geworden und die Arbeit daran, die Arbeit in Krankheit, die Arbeit in Erfolglosigkeit und Armut, war auferlegt, war gut, war das einzige Gute. „Sich einem Werk geben", sagt er „ich versichere Ihnen, in dem Nichts aller Dinge ist dies noch die Unnützlichkeit, der wir am meisten Lebensgefühl verdanken." Und gegen Ende seiner Tage: „Die Arbeit, der Gedanke an mein Werk, an die Pflicht, die ich erfüllen mußte, hat mich immer aufrechterhalten." Wobei es sicher ist, daß das Gefühl der auferlegten Pflicht allen Schöpfern gemein ist. Aber es wartet doch immer auf Bestätigung.

Da das Werk Sendung und Pflicht war, war es Kampf. Während des Krieges mit Deutschland, genötigt, sich mit Politik zu befassen und im Begriff, Unterpräfekt zu werden, sah Zola zuweilen seinen angefangenen zweiten Band an, voll der Frage, ob es denn wirklich hiermit aus sei für immer. Er überlegte noch einmal das schon Hingestellte, überzeugte sich wieder von seiner Notwendigkeit, entdeckte im instinktiv Geschaffenen die allgemeinen Ideen und legte jetzt die theoretische Grundlage für das Werk seines Glaubens. Er sagte sich, wenn er sein Buch las: „Ich habe die Gabe des Lebens." Mit Stolz setzte er hinzu: „Denn ich habe die tiefste

Leidenschaft für das Leben!" Er ging weiter. „Was ist das, die Gabe des Lebens? ...; Es ist die Gabe der Wahrheit!" Die Wahrheit lieben: anders wird keiner groß. Alle ihre Mächte lieben, Wissenschaft, Arbeit, Demokratie: diese große, arbeitende Menschheit, die hinauf will, los von den Beschönigungen und Ungerechtigkeiten der Vergangenheit. Sich als einen der ihren fühlen und als nichts weiter; im Leben stehen wie alle Welt, dann kann man schildern, was alle Welt erlebt. Nur nicht sich abseits und besonders dünken; teilnehmen als einer unter vielen an der großen Untersuchung über das Jahrhundert, über das moderne Leben. Seine Zeit lieben! Wer sie nicht geliebt hat, die Romantiker etwa, geht bald niemanden mehr an. „Wer heute nicht mit der Wissenschaft ist, lähmt sich selbst. Man ahnt gar nicht, was für eine unbezwingliche Kraft es einem Mann gibt, wenn er das Werkzeug der Zeit in Händen hat und mithilft zu der natürlichen Entwicklung der Tatsachen. Dann trägt es ihn. Er kommt so schnell und so weit voran, weil er die Leidenschaften seiner Zeit hat, und weil seine Leistung vervielfacht wird durch die Arbeit der kreißenden Menschheit. In der Wissenschaft, vielmehr in dem wissenschaftlichen Geist des Jahrhunderts, findet sich der Geistesstoff, dem die Schöpfer von morgen ihre Meisterwerke entnehmen werden!" So die Idee der Vererbung: beim ersten Hinsehen nichts als ein Faktor der materialistischen Methode. Thérèse Raquin? Sie und ihr Liebhaber sind Menschentiere, nichts weiter. Erst auf die Länge, wenn man die erhabene und rührende Anstrengung des Menschengeschlechtes würdigen lernt, das aus seiner Tierheit und trotz allen Klammern, die es darin festhalten, nach anderem langt: da ändert die Idee der Vererbung ihr Gesicht und ihre Bedeutung. Sie interessiert jetzt nicht mehr bloß medizinisch, sondern soziologisch und moralisch, als eins der Bande zwischen den Menschen, mit deren Hilfe sie gemeinsam ihrer höheren Bestimmung entgegengehen. Von der modernen Moral hat Claude Bernard, erster Meister der modernen Physiologie, gesagt, daß sie die Ursachen suche, sie erkläre und auf sie einwirke. Sie wolle bestimmen über Gut und Böse, wolle das eine pflegen, das andere ausrotten. Und wir? „Wir erweitern die Rolle der Experimentalwissenschaften, wir dehnen sie aus auf das Studium der Leidenschaften und auf die Schilderung der Sitten. So entstehen unsere Romane, experimentelle Romane, naturalistische Romane, die Natur zerlegend und auf sie einwirkend. Über den Lügen der sogenannten Idealisten läßt sich keine Gesetzgebung gründen. Auf Grund aber der wahren Dokumente, die wir Naturalisten herbeibringen, wird man ohne Zweifel eines Tages eine bessere Gesellschaft errichten, die leben wird durch Logik und Methode. Da wir die Wahrheit sind, sind wir die Moral.“ Er erhebt sich. „Höre dies, Jugend Frankreichs! Habe den Mut zur Wahrheit! Folge dem Physiologen Claude Bernard, laß hinter dir die mutlose Skepsis derer, die, wie Renan, nur den Ruf von Flötenbläsern haben, da sie doch den unvergänglichen Ruhm großer Denker hätten erstreben können.“ Und im höchsten Glaubenseifer, durchdrungen von dem Heil, dessen Träger sein Werk ist: „Wir, die Frankreich wissend wollen, entlastet von den lyrischen Deklamationen, gewachsen im Kult der Wahrheit; die wir die wissenschaftliche Formel anwenden überall, in Politik wie in Literatur, wir sind die wahren Patrioten! Die Herrschaft der Welt wird der Nation gehören, die am klarsten beobachtet und am stärksten zerlegt!“

Ist dies noch eine Propaganda für Romane gewisser Art? Ist es nicht politische Agitation? Zola hat sie begonnen, als er den ersten Gedanken seines Werkes gegen das Kaiserreich richtete, und auf die kommende Republik. Wie die Republik dann da ist, betätigt er ihr Ideal, das in seinem Sinn das Ideal der Wahrheit ist. Er weiß, sein Werk wird menschlicher dadurch, daß es auch politisch wird. Literatur und Politik, die beide zum Gegenstand den Menschen haben, sind nicht zu trennen in einer Zeit von psychologischer Denkweise und in einem freien Volk. Wenn um den Naturalismus die Welt leidenschaftlicher streiten wird als um andere literarische Formeln, so deshalb, weil der Naturalismus nicht nur der Kunst, sondern der Welt gehört. Zola, Darsteller und Inbegriff der arbeitenden Menschheit, lebt in derselben heißen, streiterfüllten Luft wie sie. Man soll ihn hören! Sein Werk ist ein Kampf, und um sein Werk her kämpft er in den Zeitungen, hämmert „den Nagel“ täglich etwas tiefer in die Köpfe, schont niemand, kein fremdes Ideal, keinen verhaßten Ruhm, und „hat die Sucht, immer von sich selbst zu reden“. Aber die es nicht gern sehen, die Freunde selbst und auch Flaubert, durchschauen wohl kaum, daß er nicht unbescheiden ist, sondern nur hart, und daß er nicht überheblich kämpft, sondern eben nur kämpft wie das Leben selbst. Er feiert den Kampf um das Dasein, und er führt und besteht ihn. Der Überschwang seiner Selbstbehauptung ist neunzehntes Jahrhundert, ist rauher Darwinismus, – und eben daher sein unzartes Trumpfen auf das Recht der naturwissenschaftlichen Bloßstellungen, mit eingeschlossen, was pornographisch hieß. Hätten sie Recht gehabt und wäre es ihm gleichgültig gewesen, daß eben diese Teile seines Werkes den Absatz erhöhten, was weiter. Das Schicksal des Ganzen war wichtiger als das von Teilen; und der Kampf des Lebens blieb geheiligt, ob keusch oder nicht. Er ist nie keusch, die Vehemenz der öffentlichen Leidenschaften, die den Grundton dieser Bücher gibt, macht ein Bacchanal aus der unsinnlichsten Szene. Allgegenwärtig ist die Zeitseele, die Seele der dargestellten Epoche. Der gesteigerte Ausdruck, die ständige Nähe des Äußersten in diesen Romanen sind mehr als französisch, sind gärende Demokratie, zweites Kaiserreich, sein Lebenstempo, kurz und gewaltsam, umwälzende Genußsucht, Gründungswut, die blind in die von ihr aufgerissenen Straßen stürzt. Den Gegensätzen des Stils hier, der nun flammt und nun sich wälzt, entsprechen dort die gesellschaftlichen Kontraste, die jähe Unmäßigkeit des Luxus und eine Not ohne Maß und Scham, der Kapitalismus noch im wilden Zustand, keine soziale Gesetzgebung, – und dieselbe Handlung umschlingt den Palast des Goldes und des Wahnsinns, wo ein Vater wohnt, wie die tierische Herberge seines unehelichen Kindes, jene Cité de Naples, Vision aus Lehm und Unzucht ...; Hier sucht Ihr Seele, zergliederte Seele? Eine andere als die der Zeit und des Reiches, Einzelseelen, in einsamer Ergriffenheit? Der Raum ist nicht groß, im Ganzen des Menschlichen, wovon diese Dichtungen leben, für die Vorgänge des Herzens und des Gewissens. Wer lebt überwiegend mit der Seele? Einige Einsame und manche Luxuswesen. Die anderen handeln, sorgen und ertragen; das nutzlose Gefühl ist beschränkt auf Stunden ihres ganzen Daseins, und die Stunden zersplittern in flüchtige Blitze. Nicht anders aber vollzieht es sich bei Zola. In dem massigen Mechanismus des Lebens schluchzt manchmal eine Menschenstimme auf: sagt nicht mehr kollektive Rollen her, spielt nicht Zeitleidenschaften, nackte Triebe oder Klassenbeschränktheiten ab, sondern schluchzt auf, wie Menschen eh und je. Dies ist, als sei man dem verschlingenden Triebwerk einer öffentlichen Straße überliefert, wo alles ineinander arbeitet, strebt und Zweck hat, – und plötzlich, hinter einem Fenster im Halbdunkel, kniet einer, ist allein und betet. Ergreifender so, als würde die ganze Straße beten.

Aus der Arbeit die Idee, aus der Arbeit auch der Kampf. Sein Vorgänger Flaubert wußte es noch nicht. Denn Flaubert hat nicht gekämpft, er hat verachtet; und die Idee erwuchs ihm nicht aus der Arbeit, sondern aus der Form. Er stellte nicht die arbeitende Menschheit dar, nur die Dummheit der Menschen. Er liebte nicht sein Jahrhundert, nicht die Mitlebenden; so umwälzend er wirkte, „nie wollte er zugeben, daß alles vereint marschiert, und daß die Nachrichtenpresse die jüngere, wenn auch vielleicht verwahrloste Schwester von Madame Bovary ist". Denn er, romantischem Empfindungsprunk zu tief noch verpflichtet, hatte sich wohl durchgerungen bis zur Wirklichkeit, aber unter Opfern, aber mit Murren. Er würde die Wirklichkeit gern verlassen haben, er verließ sie, wo es anging. Dem alten, unfruchtbar gewordenen Spiritualismus entwachsen, verharrte er in Skepsis und gelangte unter allen zum tiefsten Einblick in das Nichts. So wert war ihm niemals die Wirklichkeit, die er doch bemeisterte, daß er ihr die Hervorbringung neuer Ideale zutraute. An solchen aber schuf Zola. Flaubert schrieb um des Schreibens willen. Wozu sonst? Er schrieb unter dem Kaiserreich. Er stellte es nicht, wie der Jüngere, dar, als es überstanden war; es drückte auf ihn und bestimmte ihn. Ästhetizismus ist ein Produkt hoffnungsloser Zeiten, hoffnungtötender Staaten. Flaubert war berühmt, war dabei ohne Feierlichkeit und hilfsbereit, ein guter Mann, und schuf doch um sich her weder Bewegung noch Wärme. Gealtert, war er nicht einmal ehrwürdig. Denn der Ästhet hat kein Alter. Autorität, Ehrwürdigkeit, jede hoch menschliche Wirkung ist bei dem Moralisten ...; Wird Zola so hoch steigen? Bald zehn Jahre seit seinem ersten Auftreten als Naturalist, und im Grunde kennt immer noch kein Mensch ihn. Er kämpft all die Zeit ohne Waffenstillstand. Sein Journalismus ergänzt ihm, wie es geht, die unzulänglichen Einnahmen aus seinen Büchern, und überdies trainiert er ihn; denn Zola hat sich verpflichtet, zwei Bände jährlich zu liefern. Er hat geheiratet, in dem schwierigsten Augenblick, gerade vor dem Krieg; wohnt seither bürgerlich, in Gartenhäusern mit Gelegenheit, sich im Freien körperlich zu üben; und unter Arbeit, Kampf, Enttäuschung vergehen Jahre, unter drängenden Sorgen, Bankerott des Verlegers, neuem Kampf vergehen Jahre. Welche immer zunehmende Spannung, was für ein erbittertes Warten vor einer noch verschlossenen Tür! Der Erfolg war ihm geschuldet! Nicht er allein, die Zeit, das Leben selbst forderten Erfolg für ihn, ihren Verkünder! Damals fanden Beobachter ihn so ruhelos, angstvoll, verwickelt und tief, so schwer zu fassen und zu durchschauen, daß sie ihn für das melancholische und erbitterte Opfer einer Herzkrankheit hielten. Die feine Modellierung seiner Züge fiel auf, die Skulptur der Lider, die merkwürdige Nase, vorn gespalten und beweglich wie die eines Jagdhundes – und dabei der bebende Zorn vor der verschlossenen Tür des Erfolges, dieses Pochen auf seine Jugend, das ewige Zurückkommen auf sich. „Die Sache ist die, ich habe so viele Feinde. Und es ist so schwer, von sich reden zu machen." Wo war das Dachstübchen, darin er ehemals reine und unverwendbare Verse schrieb. Die hatten freilich keine Feinde. Jetzt waren die Fallstricke der Welt entdeckt, ihr Mangel an Gutherzigkeit und ihre Neigung, selbst zum Guten, gerade zum Guten, sich immer nur zwingen zu lassen. Der Gewitzigte übertreibt noch die Neigung. Da wir kämpfen müssen, stellt er sich auf einen äußerst gewaltsamen Kampf ein, – den die Welt vielleicht manchmal nicht weniger belächeln wird, als sie zuviel Naivität belächelt. Denn die Welt ist selten irgend jemandes vorgefaßter Feind; sie ist nur träge und mittelmäßig.

Und endlich der Erfolg. Er kam, wie er immer kommt, wenn Unerhörtes durchdringt: mißverständlich und mit bitterem Beigeschmack. Am Meeresstrand, vor der großen, einfachen Linie des Horizontes, hatte ein Träger einfacher und großer Menschlichkeit geahnt und gesucht. „Ich müßte etwas finden wie dies." Dann schrieb er das Leben einer Frau aus dem Volk, ihren Weg in das Elend, mit einem Mann, der zum Trinker wird. Die Zeitung aber, die den Roman brachte, mußte ihn abbrechen, der Lärm ward zu groß; und dieser Lärm behielt auch noch beim Erscheinen des Buches ebensoviel von einem Skandal wie von einem Triumph. Es ist wahr, L'Assommoir war ein Volksroman nicht nur dem Stoff zufolge, sondern dem Sinn nach und in der Arbeit selbst. Sogar die erzählenden Stellen waren in der Sprache der Personen gehalten, von denen erzählt wird; und nicht feiner als ihre Sprache waren ihre Handlungen. Fast alle diese Arbeiter lebten zu nahe am Laster hin, wenn sie ihm nicht schon gehörten, und von der untersten Klasse des Proletariates, seinen verlorenen Söhnen, waren sie nicht entschieden genug getrennt. Auch fügte es sich, daß die Untersten, diese Zuhälter, Drohnen des Proletariates, die, genau wie die oberen Drohnen, für jede Macht zu haben sind, wenn die Macht sie bezahlt, in L'Assommoir Revolutionäre waren. Doppelter Genuß! Dem bürgerlichen Leser ward geschmeichelt in seinem Haß auf das Volk und in seiner Lust am Gemeinen. Das Buch, in allen Bürgerhänden, ward von der bürgerlichen Kritik mit sämtlichen Dingen verglichen, die man nicht anfaßt. Hilfe und der erste Beifall, der nicht beleidigend war, kamen dem Urbild des naturalistischen Romans von einem Ästheten, Catulle Mendès. Auch dieser genoß; denn die Poesie der Demokratie, hier zeigte es sich das erstemal, ist üppiger und hinreißender als jede andere. Hier waren Bilder kraftgesättigt, das Erwachen von Paris, der Schritt der Arbeiterbataillone, Coupeau und Gervaise machen Hochzeit, und die schnell berühmte Prügelszene in der Waschküche. Hier war mehr. Nicht die realistische Literatur nur, wie vorher in einem Roman der Goncourt, ergriff Besitz von den Arbeitern und ihrer Welt: das moderne Menschentum tat es im Namen des sozialen Gewissens, Miterlebens, im Namen seiner tiefen Brüderlichkeit. Das Bittere des Buches und seine Härte waren agitatorisch, bedeuteten Zorn und Aufruf. Einseitig war die Idee aus Leidenschaft, und die Gewaltsamkeit war verklärt, weil ein Mensch, bürgerlicher Literat seines Standes, mit seinem Innersten die Grenzen überschritt der Barbaren, der noch nicht Nachgerückten, des unbekannten Volkes. Barbaren – er verheimlicht es nicht, er gibt noch darauf, zu ihrer Barbarei, er scheint zu verleumden, so sehr will er wahr sein. Aber in solcher Inbrunst der Wahrheit, die sich nie genug tut, ist Protest und Forderung, ist Führerwille. „Hinauf, Menschen! Heraus aus eurem Schmutz, den ich nachmale, eurem Elend und eurer Schande, die ich nackt hinstelle; hinauf mit mir, arbeitend ihr und ich! Wir sind Brüder, nicht viel Worte davon. Es heißt seine Pflicht tun.“ Geistige Liebe ist hier die Wahrheit, geistige Liebe, und der Tatwille des Geistes in ihr schon beschlossen. Herangereift während der langen Anstrengungen der Rougon-Macquart, worin das Volk überwiegt, erklärt er sich eines noch fernen Tages ohne Scheu und Rückhalt. Man gebe acht auf einen großen Künstler, der liebt.

Dieser Erfolg, heiß erkämpft, spät heimgetragen, konnte nicht betören. Der Siebenunddreißigjährige sieht dem Erfolg, wenn er ihm endlich begegnet, weniger harmlos in sein fragwürdiges Gesicht, als ein angenehmes junges Blut, dem die Mitwelt, weil sie gut gelaunt ist, den unverdienten Kranz aufsetzt. Was blieb, was immer nachzitterte, war das Gefühl einer überstandenen Gefahr. Auch diesmal hätte es gehen können wie sonst: von dem und jenem entdeckt und wieder fallen gelassen; gelesen oder auch nicht. Ein Band schien kühn und ärgerte oder warb; ein anderer enttäuschte; weil er gewissen Politikern nicht gefiel, galt der dritte für erledigt. Eine so geringe Macht war dieser Autor, noch nach sechs Bänden seines Werkes. Er stand im Begriff, endgültig eingereiht zu werden, nicht unter die Mittelmäßigkeiten, aber wohl unter die Talente, die gruppenweise auftreten und auch gruppenweise wieder verschwinden. Er war ein Realist, im Gegensatz zu dem Nachtrab der Romantik. Nirgends, außerhalb einer kleinen und einflußlosen Freundesschar, hat ihm gegenüber Verständnis aufgeblitzt, Vorgefühl eines einzigen Vorganges: das Heraufkommen eines Führers. 1877, als endlich L'Assommoir entschied und Raum schaffte, stand alles auf der Schneide. Noch einer oder zwei von diesen Auftritten in halber Öffentlichkeit, und dem Namen Zola war für die Dauer des lebenden Geschlechts, wenn nicht für immer, die Schwungkraft genommen. Er selbst war damals durchdrungen von seiner Lage und blieb immer unfähig zu vergessen, daß das Leben auf der Schneide stehen kann. Der Erfolg wiegt ihn nicht in Sicherheit. „Niemals wieder werde ich einen Roman schreiben, der aufrührt wie L'Assommoir, einen Roman, der geht wie Nana." Der Erfolg steigert seine Unruhe bis zu Zweifeln, ob er verdient sei. „Unsere Erfolge hängen immer auch mit dem Lyrismus zusammen, der sich trotz allem einschleicht in unsere Werke ...; Das Beste sind vielleicht meine kritischen Schriften ...; Denn die Kritik ist für mich einfach eine Art historischer Roman, Anatomie einer Persönlichkeit, die gelebt und Dokumente hinterlassen hat." Das Beste ist vielmehr diese Fähigkeit, ganz zu vergessen, was schon erreicht ist, im Geheimsten sich noch immer arm und verkannt zu fühlen, und wenn die Siege zu leicht fallen wollen, neue Kämpfe herauszufordern. Sein Kampf um den Eintritt in die Akademie war vor allem eine Erweiterung der Lebensgebiete, auf denen er kämpfte. Er hatte sie redlich verachtet. Als aber sein Ruhm und seine Macht sie überholt und sie ihm nichts mehr zu bieten hatte außer einer offiziellen Bestätigung seines tatsächlichen Besitzstandes, da gerade würdigte er sie dieses aussichtslosen Kampfes. Er hatte „zu viel Sinn für das Leben", um Ehren auszuschlagen. Alles erobern im Namen der Wahrheit! ...; Auch mit dem Theater kämpfte er im Namen der Wahrheit, und ebenso zwecklos. Er kannte das Theater, er hatte ihm seinen Rang erteilt. „Das ganze Genie der Zeit erscheint gesammelt im Roman, er nur wird die Literatur des neunzehnten Jahrhunderts einst kennzeichnen." Da er die Breite und die Fülle hatte, das umfassende Leben einer arbeitenden Demokratie, was suchte er in einem abgesonderten Raum, wo nur gesprochen ward, und wo Episoden privater Natur stattfanden? Sein Reich war vom Menschlichen das Allgemeine. Wenn es nicht höher war, ganz sicher war es mächtiger. Die Dramatisierungen seiner Romane blieben Romane. Ihr großer Bühnenerfolg bewies gerade so wenig wie der geräuschvolle Mißerfolg der Kleinigkeiten in drei, vier Akten, die er beiseite und ohne große Überzeugung, noch für das Theater schrieb. Aber nach der triumphalen Premiere von Nana war er tieftraurig, und nach dem Durchfall einer Komödie bleich, betäubt, gramversunken. Und eben dies, die ewige Leidenschaft des Anfängers, der Krampf der Entscheidung, die Verzweiflung nach Niederlagen, waren Bürgschaften einer nie verbrauchten Kraft des Erlebens und eines Weges, der immer noch hinanging. Er kämpfte, also wuchs er. Jeden Morgen sich an den Tisch setzen mit dem einzigen Glauben an die Arbeit, an den Willen zur Arbeit – und mit der Furcht, man könne keine zwei Zeilen mehr schreiben. In diese drei Arbeitsstunden alles zusammenpressen, was du hast, was dein Leben hergibt. Nichts fühlen als die Arbeit; nachher nicht wissen, daß die ganze Zeit ein Hund geheult hat oder daß Gewitter war. Entnervt nachher bis zu Krisen wie die eines jungen Menschen, der in der Angst des Examens, nun gilt es, seinen Aufsatz beendet hat. Er ist fertig, das Tagewerk ist getan, man geht umher, zerstreut, ohne jemand zu erkennen, aber doch nicht in Gedanken; denn man denkt heute nichts mehr. Man denkt nur, wenn man schreibt. Man liest nicht einmal, außer für seinen unmittelbaren Gebrauch. Alles Verwendete vergißt man sofort, und auf Unverwendbares verzichtet man achselzuckend. Was wir nicht kennen, werden wir nie darstellen: wozu sich Gedanken machen über Gott und Jenseits. Zola hat nur mit Mühe eine abstrakte Idee festgehalten. Wenn eine Wissenschaft ihm nahe kommen sollte, mußte sie sich auf den Menschen beziehen; und er gehörte nicht zu denen, die bei dem Begriff „Wirtschaft" sich Zahlenreihen vorstellen, sondern er sah bewegte, getönte Menschenmengen, er roch sie sogar. Jeden Augenblick, solange er Le Ventre de Paris schrieb, konnte er den Geruch wachrufen, den in den Markthallen die hoch aufgeschichteten Hühner haben. Er sah, was er sich vor Augen rief, in Farben, in verstärkten Farben, – indes die Linien durcheinanderliefen unter den Schlägen der Bewegung, die immer in ihm war. Bewegung, das ist Ursprung, Haupttugend und Endziel der französischen Romane, die er schrieb ...; Ach! Niemand verschließt sich ungestraft gegen alles, was ihn hemmen will in seiner Leidenschaft, was ihn zerstreuen und an der Oberfläche erhalten will. Auch hier ist der Mißbrauch einer einzigen Fähigkeit gebüßt worden. Zuerst mit Vereinsamung. Menschen gewähren selten das gehobene Lebensgefühl, zu dem das Werk verhilft. Nicht einmal Nutzen kann man aus ihrer Erscheinung ziehen; man hat sie, wenn man darstellte, schon längst übertroffen und hinter sich gelassen. Und der Alleingebliebene verfällt in Wunderlichkeiten und Nötigungen, die abergläubische Vorliebe für gewisse Zahlen, oder das Berühren von Gegenständen, die Glück bringen sollen: wiederaufgelebte Elemente aus den Köpfen längst entschwundener Südländer, die seine Vorfahren waren, Rache der Unvernunft an seiner allzu hohen Vernünftigkeit. Was aber ist dies? Mitten in Glück und Gelingen beschleicht ihn Trauer. Noch soeben, bei der Arbeit, während einer Diskussion mit den Freunden, hat sein Glaube geflammt; plötzlich, da das Räderwerk des Geistes abgestellt ist, tritt Zweifel ein, Versuchung, sich zurückzuziehen aus der Öffentlichkeit, – vernehmbar werden die Zuflüsterungen des Nichts. Sinnestäuschungen erscheinen, und es kommt Todesangst. Die Furcht, nicht fertig zu werden, legt sich um jedes Werk, legt es wie in ein Leichentuch. Seine Mutter stirbt, der Sarg ist breiter als die Tür, er wird durch das Fenster hinabgelassen, – und fortan zieht dies Fenster ihn grauenvoll an bei Tag und bei Nacht: wer von uns Übriggebliebenen wird zuerst dort hinausfahren? Die Mutter war es, die ihm ihre nervösen Störungen vererbt hatte. Gegen das dreißigste Jahr brechen sie aus, verschlimmert durch die Nachwirkung des vergangenen Elends, des trockenen Brotes, fruchtlosen Ehrgeizes, und nachhaltig gemacht durch eine Überanstrengung, die zur immer strengeren Regel wird. Die Arbeit ist nachgerade wie ein Laster, das nur so lange aufrecht hält, als man es vollzieht. Zwei Tage ohne zu arbeiten, eine verdammte Seele. Acht Tage, er würde krank werden. Er ist krank. Sein Herz täuscht ihm ein schweres Leiden vor, er hat kurze, schlechte Nächte, matt und mit Zagen sitzt er schon eine Stunde nach dem Aufstehen, denn der frischen Stunden sind wenige, vor seinem Werk. Dies war der selbstgewisse Büffler und Geldmacher, den seine Gegner beschrieben. Schwer trug er an seiner Arbeit, dieser Sendung.

Und trug doch leicht. Die Arbeit hatte selbst in sich alle Heilmittel für ihre unvermeidlichen Folgen. Die Manien verloren ihr gegenüber den Ernst, vergessen waren alle Schmerzen, und der Tod war fern. Für die Arbeit kämpfte man, nie entmutigt, gegen jeden Schatten, der herbeiwachsen wollte. Wenn der ungeübte Körper sich verfettete, ward ihm dieselbe geduldige Anstrengung gewidmet wie der Arbeit, für die er tauglich bleiben mußte. „Er hat die Kraft“, hatte Flaubert gesagt. Die Kraft aber war auch hier gemacht aus Entsagung, Willen und Intensität. „Das Genie gibt die Natur wieder, aber intensiv“, so dachte Zola; so dachte er wohl von sich selbst. In guten Stunden hat er mit Zuversicht der „strotzenden Schöpfer“ gedacht, „die eine Welt mit sich tragen“, und die schließlich immer weiterkommen als Subtile und Angenehme. Dies war in Wahrheit sein Grundbewußtsein, – da es das Grundbewußtsein der strotzenden Schöpfer ist. Zweifel trafen nur die Gegenwart, die kleine Leistung dieses Morgens. Aber alle die kleinen Leistungen zahlloser Morgenstunden aufeinandergelegt, ergaben ein Werk und eine Zukunft, die ohne Zweifel waren. Freilich sah er doch lieber in kein früheres Buch hinein, aus Furcht vor peinlichen Entdeckungen. Denn wir sind vielfältig, und gläubig und ungläubig in einem. Dieser hier, Neuropath und morbid, streift, wenn es gilt, alles ab und ist gesünder als die Gesunden, von einer Gesundheit höheren Ranges. Seine kurzsichtigen Augen, die sich unermüdlich über alles neigen, was dienen kann, nehmen genauer wahr als die meisten anderen Augen. Alle seine Sinne, mit ihrer Unbestechlichkeit, nötigen ihn, wahr zu sein, stellen ihm fortwährend als unausweichliches Gesetz die Wahrheit hin. Hätte er die Neigung, starke Farben zu geben und, einer überwältigenden Bewegung zuliebe, zu vergröbern; möchte er schwül und brutal sein, womit man modern ist und nichts weiter: die Wahrheit ruft ihn vom Irrweg fort. Die Wahrheit, Seele seiner Arbeit, bürgt ihm dafür, daß nicht weniger Glück als Leiden dem wird, der arbeitet. Wie fest stand er da, dieser Mann, seine Wahrheit im Herzen, und im Hirn die Kraft, sie durchzuführen! Wie stand er fest in der Zeit, ihrer so sicher wie seiner zwanzig Bände, in denen sie darin war, unweigerlich: die Natur selbst, gesehen durch ein Temperament. Glücklicher Standpunkt, an jener Stelle, wo Romantik zusammentraf mit Wissenschaft, die Romantik unschädlich, nur noch Diktion, nur noch Mittel zur Wirkung, der wissenschaftliche Geist aber jung, lebenumspannend, stark wie seither nie. Da ließ er denn aus Dokumenten, die ihm alles brachten, Plan, Charaktere, Handlung, eine Wirklichkeit sich bilden und vollenden, die dennoch nur seine war, – aber die Zeit nahm sie entgegen, sie bestätigte seine Wahrheit! Warum? Er konnte das größte Gedicht des materialistischen Jahrhunderts, konnte La

Terre schaffen, und es konnte totgeboren sein, weil in seiner Stadt, seinem Land die meisten nicht sehen wollten, was war. Er hätte den Anfang eines Reiches, La Fortune des Rougon, und in dem Anfang schon den Keim des Endes erschauen und doch in einem Volk schreiben können, wo Konsequenzen nicht eintreffen, alle Halbheiten weitergeschleppt werden, und wo die Wirklichkeit ihn nie bestätigt, ihm nie auch La Débâcle nachzuschreiben gegeben hätte. Aber der vollkommene Beruf und die restlose Organisiertheit für eine zu leistende Arbeit bedeuten vielleicht, daß hier die Zeit einen Auftrag erteilt hat, und verbürgen schon das Glück. Und so hatte er Glück, schuf im Glück, litt sogar im Glück. Er hat sich immer als braven Mann empfunden, – denn alles stimmte, und ein braver Mann ist der glückliche Mann. Die großen Ängste, die großen Gefahren blieben, er wußte sie bereit wie je; dennoch hat man sich auf der Lebenshöhe nachgerade bei ihnen eingewöhnt und fühlt sich auch unter Raubtieren zuweilen nicht unbehaglich. „Ich bringe hervor und bin gesund." Dies war nicht mehr der tief Unruhige, der ausgezehrt wie von einer inneren Krankheit, unter eine Gesellschaft trat, sich in den Stuhl fallen ließ wie erdrückt, und das Glück für nichts erklärte, – indes draußen die Welt von seinem Namen voll war. Das Leben, das er arbeitend so leidenschaftlich feierte, war manchmal auch dann gut, wenn er sich ihm einfach hingab. Sein Haus, das erarbeitete Haus in Médan, fortwährend vergrößert, war ein Bild der Wahllosigkeit eines großen Arbeiters vor den Früchten seiner Arbeit. Marotten und kostspieliges Gerümpel; Wappen aller Städte, wo seine Vorfahren gehaust hatten, im Billardzimmer; sein Arbeitszimmer eine Kirche, ungeheuer hoch und so voll Mittelalter, daß Flaubert, ergriffen, darin das Zimmer Sankt Julians des Gastfreundlichen sah; – in der Dämmerung aber spielte der Verfasser von Germinal auf dem Harmonium. Der Typus des reich gewordenen Bürgersmannes ward in diesem Fall ausgebaut durch den Ungeschmack des Genies. Er wollte das Moderne, aber schön, wollte das Schöne, aber klar und bestimmt, und so wollte er als erklärtes Ideal: eine Maschine aus Diamant. Geld freilich schien ihm vor allem den Wert seiner Launen zu haben; er schätzte es nicht nach der Arbeit, durch die es hervorgebracht war. Alle andern Werte des Lebens bestanden neben der Arbeit, in ihrem Schatten nur, so wert sie waren. Die gute Frau, die die seine war, ging so leise, wie er es brauchte, die weite Straße mit, die er sich baute. Er dachte sie nicht nur für sich zu bauen, er hat geglaubt, viele würden nachkommen, „Naturalisten“ wie er, und ihn ablösen. Freundschaft ist immer für ihn der reine Bund geblieben, der sie einst in seiner frühen Zeit gewesen war; nie wurde sie zur Verknüpfung von Interessen. Schüchtern vor Menschen, weil er von ihrem Wert gerade so überzeugt war wie von seinem, vollzog er jede Annäherung immer nur wie eine ernste Handlung. Freundschaft hatte das Gewicht der wahren Liebe. Flaubert, der noch lebende Goncourt, Daudet und Zola: Vertrautheit und Freimut. Keine starren Individualitäten, jede eine verhandelnde Macht; sondern biedere Mitkämpfer. So wenigstens empfand er seine besten Erinnerungen aus dem literarischen Leben, wenn sie zusammen gesessen hatten, wenn die Geister aufeinander stießen, einander für mehrere Tage Bewegung mitteilten, und man dabei gewiß war, im Grunde sei man einig. Flaubert tot, Daudet mißtrauisch, halb feindlich: als Trost blieben einige Altersgenossen, die ihm anhingen, und dann die Jungen. Sie sollten zu ihm kommen als Gleichberechtigte, nicht zu einem unantastbaren Meister, nur zu dem Kameraden, der als Beispiel dient. Ein großer Mann, wohl; aber ein demokratischer großer Mann! So hatte er, wie in jener frühen Zeit, Gesellen, mit denen er gemeinsame Arbeit zu tun meinte, hatte Gesinnungsgenossen, die er für unwandelbar hielt, strahlte aus, indem er lebte, und liebte, weil er reich war. Dann entfremdete sich ihm dieser und jener, andre versagten, es gab auch welche, die verrieten. Selbst Eckermann stirbt, der gute Alexis, die ergebene Seele, die nie fehlt, wo so viel Kraft ist. Allein zum Schluß, keine nachrückende Truppe, nur ein General; aber sein Name, dieser Name aus zwei hellen Noten, verkündet wie ein nahendes Hornsignal immer lauter, was er tut, und daß er lebt. Kein anderer wird so laut, das Jahrhundert hat keinen aus Arbeit gemachten Ruhm, der diesem gleicht. Sein Werk, alle die aus seinem Zimmer hervorgegangenen Bände, millionenfach in den Händen der Welt, der Welt, so weit sie ist, bestätigen ihr die höchste Macht, der sie anhängt, die Arbeit. Zola in seinem Zimmer, abgeschieden und doch öffentlich, liebt in seiner Macht, die er von allem am meisten liebt, die

Macht der Arbeit, den Aufstieg der arbeitenden Menschheit. Da er sich vom selben Wesen weiß wie sie, wird er eines Tages, als ihr Gefahr droht, alles was er ist und vermag, für sie einsetzen. Im Namen der Wahrheit, die sein Werk beseelt hat, wird er die Demokratie retten. Seine Tat wird der Abschluß seiner lebenslangen Arbeit sein. Aus Arbeit ward ihm Kampf, Idee, Erfolg, Leiden und Glück. Aus ihr auch Macht. Und aus ihr, was von ihm bleiben soll, sein Werk, dies große Gedicht.

Erdengedicht

Homerische Landschaften, und darin griechisches Idyll, viel Leidenschaft auf öffentlichem Markt, hohe Unschuld und große Abgefeimtheit, heroische Ziele, die Verwirklichungen aber erbärmlich zugleich und tragisch: dies ist der Beginn des zwanzigbändigen Gedichts. La Fortune des Rougon setzt ein als Hoheslied des Volkes, eines Volkes im Süden, denn Plassans liegt, wo Aix liegt, – seiner Wärme, Triebkraft, seines liebreichen Menschentums und Willens zur Erhebung gegen Herren und Erniedriger. Diese Gegend ist weit und frei wie diese Seelen, mit Mondlicht jetzt eben auf den Abhängen fernhin, und gegen den fernsten, hinter der letzten Wolke grauen Öllaubes, rollt das Meer. Ein Blick von oben! Durch eine Erdfalte, verloren in der Weite, wimmelt es von Wesen, die herbeistreben, Menschenwesen, Seelen eines gemeinsamen Dranges. Sie mehren sich, aus Seitenwegen kommt Zulauf rottenweise, Waffen blinken auf, bäurische Geräte, die Waffen sein sollen. Der Geruch der Armen zieht mit ihnen; über ihnen, getragen von einem Mädchen in rotem Mantel, schwebt ihre rote Fahne, und auch ihr Gesang steigt auf, die Hymne der Revolution. Dennoch sind dies keine Revolutionäre mehr, sie waren es vor drei Jahren, 1848; heute heißen sie nur noch Insurgenten. Die Zeit geht vorbei an ihnen mit fremdem Gesicht, zielbewußte Begierden siegen über ihre unsichere Begeisterung. Nach einer kurzen Wallung des sittlichen Wollens ist wieder einmal der Sinn für das Wirkliche bei den Menschen obenauf gelangt, und die härteste Militärmacht kündet sich an. Sieger noch vor kurzem und einig mit dem Herzen des Landes, sind diese nun überlebter, irrender Aufruhr, der im Mondlicht durch schlafendes Land zieht, das wandelnde Ideal, hochherzig und unwissend, dem Tod schon geweiht, bevor es kämpft. Im Schatten der Stadt aber wachen jene, die das gemeine Leben verstehen wie einen Kumpan, mit ihm verbrüdert sind und dasselbe Geschäft haben. Das sind die „Bürger“. Ihnen sagt ihre Natur: eine idealistische Republik kann nicht leben; geboten ist es, den Gewalten beizuspringen, die sie umbringen. Der neue Imperialismus wird Macht und Genuß zu verteilen haben, nicht früh genug kann man sich ihm nützlich erweisen: unter der Hand, versteht sich, und mit Vorbehalt, falls es anders käme. Die Familie Rougon, schäbig bisher trotz Bedenkenlosigkeit, und von allen Begierden gehetzt, macht sich zum bonapartistischen Agenten, kanalisiert Haß und Furcht der Spießbürger vor dem Volk, und arbeitet auf hundert Schleichwegen für den einen großen Augenblick, in dem Blut fließen soll. Denn nur Blut trifft die Einbildungskraft und macht unwiderruflich. Nur auf schlüpfriges Blut werden die festen Reiche gegründet. Der Ordnung hilft man am sichersten zum Sieg durch ein Verbrechen. In Paris tun die Bonaparte es, in Plassans die Rougon. Was in Paris Geschichte ist und Staatsstreich heißt, in der kleinen Stadt ist es lumpige Schufterei; die Tuilerien, die erobert werden sollen, sind hier das Haus des Steuereinnehmers. Aber der Aufstieg der Rougon hat den gleichen Ursprung wie der jener andern Familie, auch sie haben verraten, auch bei ihrem Siegesfest liegt vergessen unter dem Bett ein Schuh mit blutigem Absatz. Sie haben fette, schlaffe Körper, verunstaltet durch Beschäftigungen, die weder geistige noch körperliche Arbeit sind. Es scheint, daß sie kein Recht auf Furchtbarkeit haben. Auch werden sie nur fruchtbar um eines kleinen, gemeinen Nutzens willen. Man möchte sie nicht fürchten müssen, wie man die großen Menschenschlächter fürchtet. Wenn aber die Stunde kommt, gleichen sie diesen. Hier wie dort treibt die Angst dem Verbrechen zu: „Not kennt kein Gebot“, sagen auch sie, bevor sie es begehen; und im Schlummer, wenn das Geschehen zum Gleichnis wird, macht es nichts aus, daß es nur Krämersleute sind, die träumen. Fahl und schwitzend in ihren Laken, sehen sie einen Blutregen fallen, dessen Tropfen sich am Boden in Goldstücke verwandeln. Ein Kaisertraum. Wer sagt, daß sie nicht auch wachend mit großen Gedanken einhergehen können? Einige sind Träumer der Macht, unvergleichbar jenen elenden Begierden, deren sie sich bedienen. So ist Félicité, Rougons Frau: der Weib gewordene Wille eines Geschlechts, hinaufzugelangen. So ihre Söhne, der Minister und der Spekulant. Der dritte Sohn aber, Doktor Pascal Rougon, spricht: „Ich werde beschuldigt, ich sei Republikaner. Gut, das kränkt mich nicht. Ich bin es wohl wirklich, wenn man damit einen Menschen meint, der das Glück aller herbeiwünscht.“ Denn diese Familie und diese Menschheit sind eingeteilt in solche, die an die Macht glauben, und andere, die das Glück wollen. Diese bilden das Volk, jene sind Bürger. Dem Bürger stehen nicht, wie noch bei Flaubert, nur die Geistigen gegenüber. Auch die Geistigen stehen ihm gegenüber, aber mit dem Volk. Die Gegenspieler des Bürgers sind größer geworden, denn er selbst ist gewachsen. Das scham- und hemmungsloseste aller Reiche, die er sich bis damals schuf, öffnete seine Schwelle. Die Fähigkeit, die einzige, mit der er sich erheben kann über sich selbst, die Spekulation, wird grenzenlos. Schon hier, im ersten Band dieser Geschichte eines Bürgerreiches, fühlt man einen Hexensabbath kommen ohnegleichen; und fühlt, auch die Stunde kommt dann, da alles fortgefegt wird und reinere Kräfte wirken dürfen. Geschrieben ward dies, als sie nahe war; die leidende Ungeduld hat mitgeschaffen, wann stürzt das Reich? Das Volk, dessen Tag bevorsteht, ist hier verklärt, wie nur Sehnsucht verklärt. Gegenüber dem Bürger, kifflich-verbrecherisch und mißlungen in seiner halben Denkfähigkeit, erhebt das Volk sich ganz aus einem Stück, wie der Sturm einer einzigen, nur gefühlten Idee. Die Volkskinder lieben einander rein, mit der Reinheit antiker Liebender; Schmutz und Geruch ihrer Arbeit sind verflüchtigt, als seien sie zurückgekehrt aus Jahrtausenden. Immer ist Poesie für Zola nur in den rauhen Lebenskreisen, unter Menschen, die sie nicht suchen. Ihnen folgt seine Sehnsucht. Und seine Erinnerung. Denn Zola hat es noch in sich und wird es immer in sich behalten, wie frei, gütig und vom Adel der edelsten Natur beseelt jenes Volk war, das Volk am Mittelmeer, dem er angehört hatte, bevor er Großstädter ward. Ein Idealbild des Volkes, der wahren Menschheit, wird ihn heimlich begleiten durch sein ganzes Werk, bis in seine hoffnungslosesten Schilderungen des Wirklichen. Im Alter endlich wird es alles überstrahlen, alles Wissen, alle

Bitterkeit, und allein übrigbleiben. So kam es, weil er ein Grieche war. Grieche – das ist ein Auge, das in reine Ferne zu sehen gewöhnt und Erdenräume zu überblicken fähig ist. Er wird in die Abgründe der Gesellschaft tauchen, wird sich zu Leidenschaften versteigen, die sowohl die Welt als Gott vergessen haben, – und wird doch immer alles Menschliche umfangen wissen von weitem Himmel, bestimmt sich aufzulösen, Schicksale, Familien, Reiche, und einzugehen in die ewige Erde. Er dichtet aus der Höhe; das rasendste Leben sieht er doch nur in kleinen Erdfalten vor sich gehen. Sein Gedicht gilt der Erde.

Und so erblickt er Gleichnisse, schafft in Gleichnissen. Der Roman der Pariser Markthallen wird zum Sinngedicht der Mageren und der Dicken, der triumphierenden Menschheit und der besiegten. Die Geschichte eines Ministers rollt sich ab, wie ewig auf Erden das Wesen der Macht sich abrollt, typisch bis zur Ungreifbarkeit, und wieder sinnlich durch die Kraft der Idee. Dies ist der Machtmensch, der Herr schlechthin, und ganz unnütz, wenn er nicht Herr sein darf. Die zwecklose Wucht der massigen Schultern! – bei einem gestürzten Machthaber, der auf seine Rückkehr wartet und nur wartet, ohne geistige Interessen, ohne eine Tätigkeit außer der Macht, und zu allem bereit, damit er sie wieder ausüben darf, bereit zur Verleugnung seiner ganzen Vergangenheit, ja, käme es darauf an, zum Spiel mit dem Leben seines Fürsten, – denn der war immer nur der Vorwand für den Machttrieb seines treusten Dieners ...; Was ist Nana? Zuerst ist sie „das Gedicht der männlichen Begierden". Zum Schluß „fehlt nicht viel", daß ihr mit Blattern bedeckter Körper das gegen den Tod kämpfende Frankreich des zweiten Kaiserreiches bedeute. Und nichts fehlt, daß sie mehr bedeute, „eine Naturkraft", unwissend über das Böse, das sie tut. Großstadt; die Tochter des ausgesogenen Volkes rächt es an den Reichen, kraft ihrer vergifteten Schönheit. Die Gosse spritzt ihnen in das Gesicht, und sie krepieren daran. Kreislauf des Lasters, Kreislauf des Todes; Menschengetriebe, großartig wie Natur; Poesie des Äußersten; im dumpfigsten Winkel atmet noch immer Pan; Großstadt, aber Stein ist Erde. Der Jüngling, der davon träumte, die Menschheit aller Zeiten zu schildern, die Jahrhunderte, nicht das Jahrhundert, hat mitgeschaffen hier. Er hat immer mitgeschaffen; „das Erhabene, das mein verdammter Schädel nicht lassen kann zu träumen"; – und einmal, auf der gebieterischsten Höhe des ganz gereiften Mannes, ist der Jüngling von einst seinem Traum näher gekommen, als Menschen hoffen dürfen von sich und ihren Träumen. Dies Wunder heißt La Terre – und ist das Werk der äußersten Wahrheit, unnachsichtig wie Evangelien sind, und nicht weniger gewaltig als sie. Was wäre noch zu verklären oder zu erkämpfen, hier, wo das Handelnde die Erde selbst ist, sie, die ihre Geschöpfe gebiert und frißt, sie, die ihnen keine Spanne Freiheit zuläßt von ihrem Gesetz, keine Begierde, die nicht Erde, keinen Gedanken, der nicht Erde wäre, Mutter und Anstifterin sie, jeder guten Tat und jedes Verbrechens. Je näher bei ihr, um so unerbittlicher der Mensch. In diesen Bauern lebt nur das eine: Erde besitzen, – und wären dafür die Eltern totzuschlagen. Noch wenn sie lieben, hält die Erde ihre Kinder in ihrem Schmutz fest, eine Verlobung geschieht in einem Bach von Jauche; und rührend wird der Mensch nur eben durch seine Untrennbarkeit von ihr, seine Hingebung an diese gefräßige und undankbare Erde. Denn was gibt sie zurück, für so viel Arbeit, so viel Leidenschaft? Was stillt sie, von allen Hoffnungen auf ein besseres Leben, auf Glück, Emporstieg, Veredlung? Sie stillt nur gerade den Hunger und gibt nur gerade das Brot. Sie läßt sich befruchten, und in alle Ewigkeit ist ihre Frucht die gleiche. Fruchtbarkeit, die zwecklose Unzucht ist: so lebt sie, so leben ihre Kinder. Wo ein armes menschliches Arbeitstier im Tod zusammenbricht auf der weiten gefurchten Erde, die es nicht sieht, da, einige Heuhaufen weiterhin, hat ein anderes Weib sein erstes Geschäft mit dem Mann. Schicksale von Tieren! – und eine Kuh und eine Frau entbinden gemeinsam Wand an Wand, in dem durchdringendsten Erdengeruch, den beschriebene Seiten je ausgeatmet haben. Ein Esel aber betrinkt sich wie die Menschen. Das Erdenleben ist grotesk, idyllisch oder furchtbar, in allem aber gefühllos, dies ist die Wahrheit. Die Erde hat die Gefühllosigkeit eines Riesenrückens, worauf Insekten wimmeln. Im ungeheuren Raum verschwinden Jammer und Gier der Insekten. Was bleibt, ist Weite. Was bleibt, ist Ewigkeit. La Terre zieht hin wie durch Zeitlosigkeit, episch ohne Grenzen; die Kapitel sind Atemzüge der Ewigkeit, die Kapitel der

Jahreszeiten, die Kapitel des Unwetters, der Sonne, der Feste, der Verbrechen, das Kapitel vom Winter und vom Tod. La Terre spielt immer und endet nirgends.

Gleichwohl ist auch dies ein Roman der Zeit, das Kaiserreich wird auch hier gerichtet. Man fürchtet und haßt es, wie die beiden bösen Hunde, die „Kaiser“ und „Massaker“ heißen. Die Agrarkrise, die das Land erschüttert, ist das Werk dieses Reiches der Spekulanten. Das schlimmste aller denkbaren Regimente, der kapitalistische Militarismus, treibt dies Volk einer Katastrophe zu, und ist es nicht der Krieg, dann wird es die Revolution sein. Die Drohung der Revolution geht mit der Handlung mit, steigert sie und wird genährt von ihr. Die Bauern, zuerst nur belustigend und des Mitleids wert in ihrer Erdgier, bekommen die erste Mahnung nur im Rausch und scheinbar sinnlos zu hören, von einem der Ihren, der verlumpt ist und der pfeift auf die Erde, der sie vertrinkt, weil sie ein schlechtes Geschäft ist, eine Falle, ein Aussauger. Dann verdüstern sich die Dinge, die Irrungen der Erdgier scheinen unentwirrbar: da spricht ein Wanderredner von der Enteignung, dieser gewaltsamen Rettung aus aller Not. Endlich steht einer auf, der alles mit angesehen hat, was unter Menschen vor sich geht, und der immer vorsichtig geschwiegen hat, steht auf in ausbrechendem Fanatismus und schreit nach Blut; aber da ist schon der Mord da, der Mord aus Erdgier. Was wollt ihr, verstrickt wie ihr seid in eure Schicksale, und bestimmt, euch immer tiefer zu verstricken bis an das Ende, das nur eures ist? Denn verstrickt wie ihr, und ohne Ausblick zurück oder vorwärts, wie ihr, werden eure Kinder sein! Wieder und wieder wankt über die Erde, die er zu sehr geliebt hat, der alte Bauer, ein Opfer seiner Kinder. Er trat sie ihnen ab, nicht früher, als bis die Kraft ihm versagte, und wird nun gehetzt von ihnen um der geringen Ersparnisse willen, des Ertrags eines ganzen Lebens im Kampf mit der Erde. Sie aber, was bietet sie ihrem abgenützten Liebenden? Verstecke, nichts weiter, Verstecke, wenn er dahinflieht in der Scham des Entblößten, im Zorn des Ohnmächtigen. Das Mitleid der Kleinsten selbst verwandelt sich in Gelächter. Und der nicht sterben kann, wird umgebracht, in einem wüsten Entsetzen, von seinen Kindern. Seht ihn an, die ewige

Menschengestalt, und sagt, was euch zu hoffen bleibt. Welche Auflehnung, welche Umwälzung könnte euch erlösen von der Erdgier, eurer irdischen Gier! Die Bauern sitzen beisammen des Abends, alle bei derselben Kerze, und lesen sich aus dem Kalender ihre Geschichte vor, die Geschichte ihrer vergangenen Leiden und ihres langen Ringens. Alle Tatsachen, die sie hören, rechtfertigen die Revolution, die dann kam, aber das tiefe Gefühl ihres unheilbaren Elends entwertet sie ihnen. Notwendig und vergeblich ist unser Kampf. Der Kalender, den die Bauern lesen, ist eine Propagandaschrift für das Kaiserreich. Das Kaiserreich soll das Glück bringen. Aber kein Reich bringt das Glück, und jedes Reich und jeder neue Auftrieb der Geschlechter hat nur gerade den Wert eines Erdkrumens, den du in die Hand nimmst, zerreibst und fallen läßt. Die Erde ist zu groß für euch, ihre Unempfindlichkeit widersteht eurem Eifer, euer Hasten bricht sich an ihrer Langsamkeit. Tausend eurer Geschlechter verschlingt sie, und nichts ist geschehen. Dennoch müßt ihr weinen und bluten für sie, wie Hagel und Reif auf ihre Ernten niedergehen. Dennoch müßt ihr arbeiten und hervorbringen wie sie. Einmal, wer weiß, wird die Unsterbliche, die noch aus unseren Verbrechen und Erbärmlichkeiten Leben schafft, ihr unbekanntes Ziel enthüllen.

So ist es, der Weg ist dieser, für Geister wie diesen. Der werdende Mann faßt Fuß, bewältigt Bruchstücke der Wirklichkeit, nimmt Richtung im Leben, haßt, fordert und kämpft zweckhaft. Dann werden die Gebiete größer, die er sinnvoll beherrscht, Vergeistigung durchhellt seine Welt. Der Stoff scheint, erreicht man einen Punkt, nur Vergleich noch für Dinge, die hinauslangen über Stoff und Zeit, hinaus über unsern Willen; man bildet, als ob man spielte. Der Geist, der Menschenglück plante, lebt nun so sehr ins ungemessen Weite, daß Glück und Elend der Menschen, wechselnd und sich ergänzend, ihm zu Einem werden. Stunden kommen, da ist er bloß noch schauend da, nicht mehr wollend, es sei denn das All, und den Tod nicht weniger als das Leben. Dann hat er vollbracht.

Dann hätte er vollbracht, – wenn es nicht Ereignisse und Gesichter des Lebens gäbe, in die auch ein so erhöhter Geist nicht mehr von oben herab, gelassen hineinsieht; sie greifen ihm bis an das Herz, und seiner Hand, die nachformen möchte, graut es. Eine Katastrophe kann das eigene Land treffen, von dem auch ich lebe, und mit dem ich untergehen würde. La Débâcle war für Zola, bevor er daranging, kaum ein Roman; zu furchtbar quälte ihn der Drang, alles zu sagen, alles zu bewältigen; es sollte nur „ein Gang“ – welch ein Gang! – durch den Krieg und den Bürgerkrieg sein. Die Gewohnheit der Meisterschaft hat dennoch gesiegt, die tausend übermenschlichen Abenteurer scheinen endlich nur da, damit Menschentum durch sie erhärtet werde. Schlachten des Lebens, er hatte niemals anderes dargestellt; dies aber ist der Kampf um das Dasein, ohne Maske, mehr, ohne Haut; nur ein Herz, das gefaßt und ernst ist, soll diesen auf sich nehmen. Er hat es auf sich genommen, ihn durchzuleben, tiefer und bewußter als zwanzig Jahre früher jene Menschen, denen er auferlegt ward. Horch! Hier ist der ungeheuerste Zusammenklang, den Schicksale geben können; und mitten hinein! – da hat jedes eine Stimme, wie ein verirrtes Kind.

Das Land ist weit, wie je, wenn Insurgenten oder Bauern in den Erdfalten wimmelten; auch hier trifft das Licht, aus großen heroischen Wolken schräg hinschießend, einen langen Zug von Wesen, ein wanderndes Volk: die Armee, eine der Armeen, die durch das Land ziehen, das sie verteidigen sollen. Die Armee zieht Wälder entlang, durch die Täler von Flüssen, zwischen Äckern, die in der Weite Samtstücken gleichen, zieht dahin, macht halt und geht den gleichen Weg wieder zurück. Offiziere sprengen durcheinander, die Generale halten auf Hügeln und suchen vergebens zu begreifen. Aus der Truppe steigen muntere Prahlereien auf, und nicht lange, so sind es Verwünschungen. Die Soldaten fiebern danach, dem Feind zu begegnen, fiebern nur, nichts geschieht, und nicht lange, so verwandeln sich die heroischen Wolken, wie von selbst, in den schweren und angstvollen Himmel der Niederlage, der vorbestimmten Niederlage. Sie fühlen sie kommen, unsichtbar, wie der Feind selbst, – und können sich nicht wehren, können nur hungern, wenn man sie hungern läßt, sich erschöpfen in Hitze und Entmutigung, können nur Flüche mitnehmen aus Dörfern, die sie sinnlos aufgeben, und den verstörten Gebärden der Flüchtlinge nachsehen. Mißtrauen in die

Führer, Auflehnung, Angst, Entsetzen sogar, und kein Feind war da. Aber sie ahnen sich umgangen von ihm, eingefangen und ihm ausgeliefert. Warum sehen nur die Führer es nicht, wenn zuletzt alle es sehen? Und sie marschieren, marschieren wie gebannt, ohne Glauben, ohne Hoffnung, sie sagen: zur Abschlachtung. Gerüchte unerkennbaren Ursprungs greifen um sich, von verlorenen Schlachten, einem Hinterhalt, einer Übermacht, gegen die kein Heldenmut aufkommt. Was geht denn vor? Es stand doch fest, daß Preußen überrumpelt, von allen Seiten angefallen und in wenigen Wochen erdrückt sein würde? Statt dessen rühren sich weder Österreich noch Italien; der Kaiser soll leidend sein und unentschlossen. Keine Vorräte in Belfort; von den vierhunderttausend Mann, die wir vorgeblich haben, fehlt fast die Hälfte, und der Feind hat das Fünffache. Ihm hilft ganz Deutschland, uns nicht einmal die eigenen Armeen, die nie zur Stelle sind. Wir können nach jedem neuen Schlag nur sagen: hätten auch wir hundertzwanzigtausend Soldaten gehabt, und genug Geschütze, und Führer, die nicht solche Pinsel wären! Sie meinen es wohl nicht bös, aber war es nicht einfach und logisch, gleich im Tal der Marne die festesten Stellungen einzunehmen? Sie haben keinen Plan, keine Einfälle, ja, nicht einmal Glück. Wir machen uns etwas vor, aber Frankreich wird umgeschmissen von einem kleinen Volk, das man verachtet hatte ...; Und während ein Gesetz und ein geheimer Wille sie immer enger zusammentreibt in dem Kessel, worin Sedan liegt, geht ihr Marsch nicht nur durch ein gekrampft harrendes Land, er geht durch das Reich, das Reich der Machthaber, Verdiener, Genießer, das so lange geprunkt und gelärmt hat, und über das jetzt endgültig gerichtet wird. Der Marsch des bewaffneten Volkes führt in es selbst hinein; es geht in sich, sein Innerstes soll nun herausgewendet werden in den Krisen, die es erschüttern werden. Aus allen Winkeln kommen Menschen herbei, bekannt und ähnlich wie eine Familie, Bauern aus La Terre, Großbürger aus l'Argent, Frauen aus La Curée. Sie leben alle noch einmal auf, sie, deren Wesen und Zusammenwirken das „Reich“ war, und begleiten seinen Abtanz mit ihren letzten Bewegungen, gesehen durch Pulverdampf und Blutdunst. Der Bauer ist noch einmal hart und geizig, patriotisch auch, wenn er es dadurch werden kann, daß er dem Feind verreckte Tiere verkauft. Der

Großbürger, eine Stütze des Kaisertums, solange es die Geschäfte beförderte, verleugnet es, da es zusammenbricht. Der Hofgeneral, über dessen Karriere es zusammenbricht, sprengt nur wütend davon. Aber ein Oberst ist da, er bittet seine Leute wie ein Vater, sich gut zu halten; steht weithin sichtbar mit seinem großen Pferd im Feuerregen der zum voraus verlorenen Schlacht; und dann stirbt er aus Gram, nicht über das Reich, nur über Ehre und Vaterland. Unter den Frauen findet sich im Licht der Katastrophe nicht nur die, deren leichte Liebe noch schnell den eleganten Offizier beglückt in der Nacht, bevor er fällt; hervor tritt jene, die ihre ganze Seele gibt. Sie ist sanft, und sie hat die Klugheit und den Mut der Liebe. Ihr Kapitel, ihr wunderbarer Lauf durch das unsichtbare Gitter fliegender Geschosse, ihren Mann zu suchen, den sie dann wiedersieht an der Mauer, im Augenblick, da er füsiliert wird: ihr Kapitel steht jenem anderen gegenüber in La Terre, als der alte Bauer über die liebeleere Erde wankt. Auch hier Untergang, aber was weiterlebt, ist nicht nur dunkle Erde, es ist Liebe, und sie wird aufbauen. Das Heer enthält gieriges, idealloses Volk, Geschöpfe des sterbenden Reiches, es enthält den Offizier, der für wenig mehr ins Feuer geht, als für die Vorrechte seines Standes; aber auch die Helden der Arbeit und der Vaterlandsliebe sind schon darin, die hinüberleben sollen in die Republik. Auch zeigt sich, hager und hakennäsig wie Don Quichotte, der Ritter der alten napoleonischen Siegeslegende. Nie wird er sie zerrissen sehen von der neuen, so furchtbaren Wirklichkeit, wie er selbst am Ende die Fahne zerreißt, damit sie gerettet werde. Für ihn ist immer noch und bis in die tiefste Niederlage, „dort drüben der Sieg“, er bleibt kindisch tapfer, erhaben beschränkt, und muß sterben, um zu ahnen, was vorgeht: kein forsches Abenteuer, wie er immer geglaubt hatte, sondern grauenhafter Daseinskampf, nur Herzen angemessen, die gefaßt und ernst sind.

Herzen wie Jean Macquart, der die Heimaterde bearbeitet hat, bis sie ihn entmutigte, und sie nun verteidigt. Herzen wie Maurice, der verlorene Bürgerssohn, der sich darbringend alles sühnen will, seine eigenen Vergehen und die des Reiches; denn er ist das nervenerschöpfte Erzeugnis des Reiches. Ihm steigen nach der ersten Begeisterung des

Kriegsausbruches Zweifel auf, wer recht habe; aufrecht bleibt ihm nur das Gesetz, das zu gegebener Stunde ein Volk gegen ein anderes wirft. Sie stehen beieinander, ganz vorn, in allem was geschieht und erlitten wird, der Bauer und das Stadtkind, der Einfache und der Feine, jener, der kämpft, weil er stark ist, und der andere, der im Krieg das Leben der Völker und seine eigene Heilung sieht. Dieser haßt zuerst den; das gleiche Gewissen führt sie zueinander; am Ende scheinen sie ein einziges Wesen aus Qual und Mitleid. Indes sie aber um ihren Kalvarienberg ringen, besteigt dort hinten ein anderer den seinen. Es ist der Kaiser. Er war schon immer, geheim und hinter Schleiern, der zusammengefaßte Sinn seines Reiches, wie es glänzte, wie es sich zersetzte; und auf Höhepunkten, selten und kurz, erschien er. Hier nun erscheint er oft. Hier geht das Reich unter, da ruft es seinen Meister, es wird ihm erst recht ähnlich und verwandt, nun es untergeht. Er besteigt seinen Leidensberg. In Durchblicken ist er zu sehen, wie er, jedesmal ein Stück höher, ganz allein dahinwankt, um endlich den Gipfel des Leidens zu erreichen. Er wird mitgeführt von der Armee wie ein unnütz kostbares Gepäckstück, er und seine silbernen Küchengeräte. Er ist noch immer der Verschwörer von einst, der Träumer, dem die Kraft ausgeht im Augenblick des Handelns. Er ist krank; ein Kiesel im Fleisch eines Mannes, und Reiche stürzen ein. Er soll als Held sterben, damit das Reich vielleicht nicht stürze. Die Armee wird in das Verderben geschickt, zur Rettung einer Dynastie; und auch ihn treibt man hinein. Er weiß es, er hört hinter sich, von Paris her, eine Stimme: „Vorwärts, ohne dich umzusehen, unter dem Regen, im Schmutz, der Vernichtung entgegen, und spiele die letzte Karte aus für das Reich! Vorwärts, und auf den gehäuften Leichen deines Volkes stirb als Held, denn bewundern muß die Welt und ergriffen sein, soll sie den Deinen verzeihn!" Er hört die Stimme und gehorcht, er hat diese fatalistische Größe. Geschminkt sitzt er zu Pferd, reitet hinaus in das Feuer der Schlacht, und hält. Er hält und wartet, trüb und gleichgültig. Die Kugel kommt nicht, der Kaiser kehrt um, ergeben in sein Schicksal. Wie ein Gespenst sehen die Truppen ihn vorbeireiten. Gegenüber, auf einem Hügel in der Ferne, wohnt der König Wilhelm der Schlacht bei, aller Gefahr entrückt und wie auf dem Thronsessel einer Galaloge. Für ihn arbeiten Menschen und Dinge; Napoleon handelt einsam, er will sterben. Er ist ein Mensch und steht für sich; wenn er ausgekämpft hat, tritt Schweigen ein. Der andere rechnet mit Generationen, er glaubt sich wohlaufgehoben im Plan der Jahrhunderte. Den Kaiser kennt nur noch dies Schlachtfeld. Dem Gang des allgemeinen Unheils folgt auch seins; Wegmale sind sein inneres Leiden, die unterdrückten Schmerzen, die Schminke auf seiner Leichenblässe, und seine Tapferkeit trotz allem, unnütz wie die Tapferkeit seines Heeres. Die volle Auflösung ist da, die Verzweiflung und Übergabe. Da hat auch er sich aufgegeben, verhehlt nichts mehr und schreit. Er schreit vor Schmerzen, – aber ihrer der größte ist, daß weiter die Kanonen donnern, daß immer noch zwecklos Menschen sterben. Der König Wilhelm sieht reuelos zu, bis er müde wird; denn dies heißt Sieg. Napoleon fährt hin zum König, er hat ihm seine Person angeboten, in dem einzigen Gedanken, seinen Truppen bessere Bedingungen zu verschaffen; und nach der Unterredung weint er. Er nimmt in das Elend und in die Gefangenschaft sein armes Herz mit, das niemals ganz einem Imperator gehörte, und das heute im Leiden wohl mehr als jemals das Herz des Träumers ist, des Menschenbeglückers und Sohnes der Revolution. Er war nicht fest und fühllos genug für das vollkommen unmenschliche Militärreich, zu dem er verpflichtet war. Vielleicht war auch das Reich nicht sich selbst gewachsen, nicht seinem eigenen Ideal? Zu viele Keime von Menschlichkeit durchbohrten, aufsprießend, seinen Panzer. Es war recht, daß es stürzte; aber in La Débâcle, zwanzig Jahre nach den Ereignissen, herrscht nur Schicksal, und kaum noch Haß. Was ist denn gestorben? Reiche, die Schranken aufrichten vor dem Glück ihrer Völker, Reiche, die unter Panzern das Gewissen ersticken, verderbte und gewalttätige Reiche, sie mögen hinsinken, sie geben den besten Dünger für die Saat einer verjüngten Menschheit. Jean und Maurice bleiben, als der Kaiser entschwindet. Sie bleiben umarmt, überwunden ist Fremdheit und Feindschaft; sie tragen, jeder der Retter des andern, den Freund durch den Wirbelsturm der Gefahren bis an die Schwelle eines erneuten Vaterlandes. Wohl ist, als sie es erreichen, der eine gestorben, grausam gestorben von der Hand des andern in dem Bruderkrieg, der letzten Wendung der Katastrophe.

Gleichwohl bleibt, daß sie die Lager der Not und ihr teures Brot geteilt haben miteinander und vermischt sind ineinander, Bürgerssohn und Volkskind, bis über den Tod. Über den Tod hinweg gehen diese beiden in das verjüngte Leben hinein, das Demokratie heißt.

Geist

Demokratie aber ist hier ein Geschenk der Niederlage. Das Mehr an allgemeinem Glück, die Zunahme der menschlichen Würde, Ernst und Kraft, die wiederkehren, und eine Geistigkeit, bereit zur Tat: Geschenke der Niederlage. Was besagt das, Niederlage? Wie der König Wilhelm auf seinem Hügel das unausbleibliche Ergebnis der Schlacht erwartet, die Augen auf dem ungeheuren Schachbrett und dem Menschenstaub, den er zu lenken meint, da steigt aus dem Acker vor ihm ein Schwarm Lerchen, steigt in den Himmel, wie Seelen steigen. Sie hat er nicht gelenkt, die Seelen lenkt er nicht; wehe denen, die sich lenken ließen. Was besagt das, Sieg? Dem unbekannten Ziel der ewigen Erde nähern wir uns vielleicht ebensosehr durch unser Leiden, wie durch unseren Kampf. Gleichwohl müssen wir kämpfen. Wir dürfen nicht zugeben, daß in Weite und Ewigkeit zuletzt alles sich aufhebe, dürfen nicht im Schauen verharren, und müssen kämpfen. Die Wahrheit ist da, wir tragen ihren Keim in uns, wir entwickeln ihn durch Arbeit. Wer die Wahrheit hat, erwirbt den Sieg. Niederlage ist eine Bestätigung, daß ihr in Lüge lebtet. Was entscheidet in La Débâcle? Daß dem Heer der Glaube fehlt. Niemand im Grunde glaubt an das Kaiserreich, für das man doch siegen soll. Man glaubt zuerst noch an seine Macht, man hält es für fast unüberwindlich. Aber was ist Macht, wenn sie nicht Recht ist, das tiefste Recht, wurzelnd in dem Bewußtsein erfüllter Pflicht, erkämpfter Ideale, erhöhten Menschentumes. Ein Reich, das einzig auf Gewalt bestanden hat und nicht auf Freiheit, Gerechtigkeit und Wahrheit, ein Reich, in dem nur befohlen und gehorcht, verdient und ausgebeutet, des Menschen aber nie geachtet ward, kann nicht siegen, und zöge es aus mit übermenschlicher Macht. Nicht so verteilt die Geschichte ihre Preise. Die Macht ist unnütz und hinfällig, wenn nur für sie gelebt worden ist und nicht für den Geist, der über ihr ist. Wo nur noch an die Macht geglaubt wird, eben dort hat sie aufgehört, zu sein ...; Und seht, wohin sie euch bringt! Viele hatten ihr im Frieden widerstanden, hatten gehöhnt, gehaßt und sich zurückgezogen; die Herren des Reiches waren weithin verachtet. Jetzt, da die Feinde dastehen, die eure Herren euch gemacht haben, müssen noch die Letzten sich unterwerfen. Denn jetzt sind die Unterdrücker wirklich, was zu sein sie so lange frech behaupteten: das Vaterland! Nicht nur mit kämpfen müßt ihr für sie, die das Vaterland sind, ihr müßt mit fälschen, mit Unrecht tun, müßt euch mit beschmutzen. Ihr werdet verächtlich wie sie. Was unterscheidet euch noch von ihnen? Ihr seid besiegt, schon vor der Niederlage.

Aber das hätte nicht kommen müssen, und darf nicht wiederkommen! Zola verlangt: „Die Lüge soll abgetan sein, zusammen mit dem falschen Glanz des abgetanen Reiches. Seit unseren Niederlagen sind wir gewachsen und wachsen täglich durch die Pflege der Wahrheit. Besiegt wurden wir damals von dem wissenschaftlichen Geist. Jetzt, zwanzig Jahre später, besitzen wir ihn, wir, es ist ein großer Sieg über uns selbst, niemand taste ihn an! Wir haben die Republik, – und sie ist nicht nur eine Form, sie ist das Wesen der politischen Wahrheit selbst, die voraussetzungslose Anerkennung alles dessen, was werden will, des wirklichen Lebens. Sie ist offener Kampfplatz für das Bedürfnis nach Gleichheit, das herandrängt mit der siegreichen Demokratie. Sie erlaubt endlich, den Prozeß einzuleiten, der über die Zukunft jener Schicksalsmenschen und Genies entscheiden soll, der großen Männer. Sind sie denn notwendig zum Glück aller? Sogar in der Kunst war der Schöpfer zuweilen ein Volk. Jähe Antriebe von oben her bewirken um so tiefere Rückfälle; die Aufwärtsbewegung sollte von unten kommen, der geistige Fortschritt sollte in breiterer Front geschehen, die mittlere Fläche höher liegen. Das Glück sei ein Ergebnis des Gleichgewichts! Keine zu geistige Auslese, kein zu unwissendes Volk! Keine großen Männer! Sie sind eine soziale Gefahr, sind ein Ungeheuer, das Entsetzen der Kleinen, deren Anteil es frißt. Die Natur muß alles tun, es auszurotten, es auf das gemeine Maß zurückzubringen, Bruder unter Brüdern. Und eben an dieser Einheit arbeiten vielleicht, ohne es zu wissen, die Demokratien. Sie arbeiten, anstatt für große Männer, an menschlicher Größe. Sie sind ergreifend, durchwühlt wie sie sind von den Problemen der Arbeit und ihrer Gesetze, und so überströmend von menschlichem Leiden und Mut, von Mitgefühl und Liebe, daß ein großer Künstler, der sie schildern würde, nie leer werden könnte in Hirn und Herz ...; Und sie arbeiten an der Versittlichung. Die Republik beweist es noch durch ihre Skandale. Die schroffe Öffentlichkeit eines Panamaskandals straft das schöne Ideal der Massen vom Staat weit weniger Lügen, als die Monarchie es tut mit ihrer Fassade aus Anständigkeit, Ordnung und würdigem Gedeihen. Eine Monarchie wird freilich kein Panama haben, sie unterdrückt den Skandal, schafft die Leichen beiseite, und die Fassade strahlt weiter in der Sonne. Laßt sie aber einstürzen, und dahinter klafft Fäulnis. Die Lügen der Monarchien werden beendet durch Revolutionen, wie keine Republik sie gekannt hat ...; Der Volksstaat ist das Leben und die Gesundheit. Wollet doch nicht hören auf die leidigen Propheten des Niederganges, die meinen, daß ohne Lüge und Unterdrückung nichts Menschliches Bestand habe. Es sind Menschen, die an das Leben nicht glauben. Sie wissen nicht, daß es weiterblüht und Recht behält gegen alle Gewalt. Die Anschläge der Gewalt gegen das Recht des Lebens sollen immer unzulänglicher werden, das verdient die Menschheit, die so viel gelitten hat. Manches ist erreicht zum Sieg der Wahrheit. Es darf nicht wieder verlorengehn!“

Manches ist erreicht, denn wir haben gearbeitet, haben zwanzig Bände geschrieben und wenigstens Teilsiege erkämpft für die Wahrheit. Der Anfänger Zola sagte einst zweifelnd: „Ich leugne nicht die Größe der Anstrengung, die heute gemacht wird, ich leugne nicht, daß wir der Freiheit, der Gerechtigkeit mehr oder weniger nahekommen können. Nur ist mein Glaube, daß die Menschen immer Menschen bleiben werden, Erdengeschöpfe, bald gut, bald böse, je nach den Umständen. Wenn meine Personen zum Guten nicht durchdringen, liegt es daran, daß wir erst am Anfang unserer Vervollkommnungsfähigkeit stehen.“ Denn er selbst stand damals am Anfang, und die Anstrengung, die er vorhatte, konnte lange währen. Freiheit, Gerechtigkeit? „Ich glaube eher an einen stetigen Marsch, der Wahrheit entgegen. Aus der Kenntnis der Wahrheit allein können bessere soziale Zustände entstehen.“ Denn dies war sein eigener Weg. Im Beginn schien er düster. Der frühe Naturalismus wirkte so packend, weil er an der undurchdringlichen Stofflichkeit des Lebens zu verzweifeln schien. Er machte leiden in agitatorischer Absicht – und wurde tröstlicher in dem Maße, wie er geistiger ward. Vergeistigt aber wurden Zola und sein Werk durch Arbeit, Arbeit am Wirklichen, den Willen zum wirklich Wahren. Sein Werk wiederholt, indem es wird, das Werden der Welt selbst: zuerst die Materie, und aus ihr, durch Arbeit, durch Bewegung, erwächst der Geist und die Herrlichkeit des Menschen. Wir kämpfen, nichts ist also unmöglich. Rührend und groß: im Augenblick, da er selbst beginnt, beginnt die Vervollkommnungsfähigkeit. Und die Menschheit kann nicht zurückgeblieben sein, als er selbst auf seinem Gipfel steht. L'Assommoir ist noch nichts als eine Predigt der Tatsachen. In Germinal klingt überall das Evangelium der künftigen Menschheit an, es wird hörbar im Erdboden selbst, aus dieser doch so langsamen und gleichgültigen Erde ertönt es von den Hammerschlägen der Bergarbeiter, und am Ende will es ausbrechen und Wirklichkeit werden. „Menschenkeime trieben dort unten, ein schwarzes Heer von Rächern keimte langsam in den Furchen, wuchs herauf für die Ernte des kommenden Jahrhunderts; sein Keimtrieb war daran, die Erde zu sprengen.“ – Auch in L'Argent will es sie sprengen. Hier arbeitet nicht mehr nur der dumpfe Drang der Proletarier und nicht mehr nur die Rache eines Nihilisten; jemand ist da, der das bevorstehende Menschenglück in ein System bringt. Es könnte bevorstehen; das System scheint lückenlos, ein Traumbild steigt daraus auf, die glückselige Stadt, der entgegen die Menschen wandern seit so vielen Jahrhunderten. Dabei ist dies der Roman des Geldes, die kurze Herrlichkeit eines Börsenpiraten, heftig aufflammend in der schrankenlosen Apotheose des Kaiserreichs als seine treffendste Erfüllung. Aber „jedesmal, wenn ich mich jetzt in einen Stoff vertiefe, stoße ich auf den Sozialismus“. Auf die Möglichkeit des Glückes trotz allem, des Glückes jenseits der Katastrophen. Die Menschheit ist für Katastrophen gemacht, so sehr liebt sie das Leben. Mut! Das Geld bewirkt Zusammenbrüche wie diesen, Schande und Elend wie diese hier, – und schafft doch Leben. Seht die Liebe: viel unnützer Schmutz, aber ohne sie wäre es mit der Welt aus. Das Leben will geliebt werden, obwohl es böse und gewalttätig ist. Der Weg der Menschheit führt zu etwas sehr Schönem, durchaus Heiterem – aber durch Katastrophen. Hier angelangt, ruft Zola aus: „Optimist, oh! mit all meinem Wesen, gegen den dumpfen Pessimismus, die schimpfliche Ohnmacht zu wollen und zu lieben." – Selbst La Bête humaine ist keine Unterbrechung der anschwellenden Kraft des Hoffens. Dort waltet das Urböse; aber sein Dasein scheint Wahnsinn. Fühlbar wird, daß alle jene Verzerrung, jener Sklavenaufstand des Untermenschlichen etwas Vorläufiges ist, ein düsterer Zwischenfall auf dem glänzenden Weg zur Höhe, den der Mensch geht. Wohl sind wir umdroht von Wahnsinn, Verderbnis und den tödlichen Gefahren unseres Zusammenlebens. „Wenn ich mich auf die enge Regel des Positivismus versteife, so darum, weil sie die Brustwehr ist gegen das irre Schweifen der Geister." Der wissenschaftliche Geist ist der große Erneuerer, der Zukunftbringer und Vorbote eines gesunden Menschentumes. Seid wahr, ihr werdet leben! verheißt noch La Débâcle. Und den Kreis des großen Werkes beschließt Le Docteur Pascal, Arzt und Glaubensheld der Wissenschaft. Der ewige Wiederbeginn des Lebens, dem er dient, die Hoffnung auf die Zukunft, auf das stetige Bemühen der arbeitenden Menschheit, dies steht am Ende. Es ist kein Ende. „Mir schien es tapfer, wenn ich aus der entsetzlichen Familie Rougon-Macquart am Schluß ihrer Geschichte ein letztes Kind geboren werden ließ, das unbekannte Kind, vielleicht den Messias von morgen. Eine Mutter, die ihr Kind stillt, ist sie nicht das Bild der Welt, die gerettet weitergeht?"

Die Welt geht weiter, das Werk aber ist beendet. Was nun? Das Werk von dreiundzwanzig Jahren, empfangen in der Jugend, hinausgewachsen wohl über den ersten Plan, aber doch immer noch dies Werk, in dem man wurzelte, jetzt hat es sich losgelöst, der Zweiundfünfzigjährige muß allein weiterziehen. Wohin? Er ist gefeiert worden. Die Tatsache des Vollendeten, das so ungeheuer ist, hat ihren Eindruck gemacht. Bei dem Bankett, nach dem Erscheinen des letzten Bandes, hat ein Freund gesprochen: „Freuen Sie sich, lieber, illustrer Freund, denn voll der Geniekraft, Neues zu verwirklichen, haben Sie schon ein riesenhaftes Denkmal errichtet. Die Männer meines Alters hat es zuerst zum Staunen genötigt, dann mußten wir uns neigen in Bewunderung. Und wieder Staunen, aber mehr noch Geistesfreude, wird es für Menschen aller Zeiten bedeuten." Aber Vollendung und Feier entsprechen so wenig als jemals seinem inneren Gefühl. Vor dem Abschluß des Werkes dachte er manchmal, daß es dann weiser sein werde, nichts mehr zu schreiben, auszuscheiden aus der Literatur, zu einem anderen Leben überzugehen und das bisherige als beendet anzusehen. Die Ermüdungen der Arbeit waren schwer, zuletzt wurden sie zu schwer. Beim Herannahen der Fünfzig kamen dem alten Arbeiter Zweifel, ob er sein Leben gut angewendet habe. War es nicht ein Martyrium gewesen, das viele nicht wert, das um seinetwillen versäumt war? „Ja", gestand er damals, „ich kann kein junges Mädchen vorbeigehen sehen wie das dort, ohne mir zu sagen: ist dies nicht besser als ein Buch?" Tiefe Unruhe; und in dieser Umwälzung, der Gefahr seines Lebensalters, kehren, jetzt zu Ende des Werkes, die Schrecken der Nerven wieder, die den Anfang bezeichneten. Neues erleben! Früher hätte er frei sein wollen, um für das Theater zu schreiben. Jetzt ist er frei, und so oft er ein Theater betritt, kommt ihm Überdruß an der Körperlichkeit des Dargestellten, an den fortwährenden Vergewaltigungen des Geistes. Er möchte über Ideen schreiben; schon an seinem Doktor Pascal reizt ihn fast nur, daß er die Leidenschaft des Geistes befriedigen darf. In dem Nebelstern aber, woraus ein neuer Plan werden soll, bilden sich die ersten festen Punkte, als er nach Lourdes kommt. Die Umstände waren schlecht, er wollte abreisen, aber „der Anblick dieser Kranken, dieser Bresthaften, dieser sterbenden Kinder, die man vor das steinerne Bild trug, dieser flach zu Boden geworfenen Beter! Der Anblick dieser Stadt des Glaubens, erstanden aus der Halluzination dieses vierzehnjährigen kleinen Mädchens! Der Anblick dieser mystischen Stadt im Jahrhundert des Unglaubens!" – „Ja", sagte Frau Zola, „es hatte Farbe." Und er, mit Schroffheit: „Auf Farbe kommt es nicht an. Was hier zu schildern ist, sind aufgewühlte Seelen." Dies war das erste. Vormals begann er mit dem Anpacken eines Stoffes; heute ergreift ihn das

Ungreifbare. „Romane! Immer dasselbe!“ Auch die Massenregie der kranken, irren und verlorenen Menschheit hat er in seinem Roman von Lourdes geübt, und mit der alten Meisterschaft. Dennoch ist dies nur der Beginn einer Untersuchung über den Geist. Les Trois Villes sind die Untersuchung über den Geist, wie Les Rougon-Macquart die Untersuchung über das Leben waren.

Der wissenschaftliche Geist – wie wirkt er auf die Welt? Wo findet er die günstigsten Bedingungen? Welche Mächte stehen ihm entgegen? Wie verhält es sich mit dem Wiederaufleben des Glaubens, das jetzt, 1892, den Mystizismus herbeiführt, in der Literatur und anderswo? ...; Hier ist Lourdes, dumpfer Zauber des alten Glaubens, modernisiert und herabgesunken bis zur Spekulation auf Krankheit, Schmutz, Elend, die alle in Geld umgesetzt werden von dieser Bank der Unwissenheit und der Hoffnung. Welche Hoffnung bliebe hier dem, der die Wahrheit will? Tiefes Mitleid scheint die einzige Brücke. Lassen wir alles sich abwickeln wie in einer Oper, die Verstiegenheiten des malerischen Massenleidens, diese Prozessionen, die um Wunder beten, dies Bad der gequälten Seelen in schlechtem Schmutzwasser. Hoher Lyrismus des Mitleidens ist Lourdes. – Rom ist weniger. Dorthin entrichtet das Elend den Tribut; der Vatikan braucht allzusehr ein Lourdes. Er aber steht entfernt und unbeteiligt, er hat ein kaltes Amt. Die Hemmnisse der Wahrheit sind hier nicht Leiden und Verzückung: es ist die Macht. Dem wahrheitsuchenden Priester antwortet der Papst: „Die Wissenschaft muß die Magd der Religion sein.“ Die Wahrheit und die Macht sind Feinde. Die Wahrheit hat auf Erden nur eine befreundete Stätte, die neue Demokratie, öffne dich, Paris! Zeig schnell, denn wir haben nicht nochmals Zeit für zwanzig Bände, das Brodeln her in deinem Kessel, diese bewegte Menschheit, unweise, leidenschaftlich, grauenhaft, aber bewegt und darum Gebärerin des Geistes. Zerstörung schafft! Die Hand, die Bomben formen wollte, schafft ein wissenschaftliches Instrument. So vielen wütenden Kämpfen der Selbstsucht entsteigt dennoch die Liebe, das Ideal der künftigen Menschenwelt, das gelobte Land, das nicht wir, aber unsere Kinder erreichen werden. „Mein Kind“, dachte Zola, denn er hatte mit fünfzig

Jahren nochmals geliebt und war endlich fruchtbar geworden. Er sollte also hinausleben über sich selbst: nicht nur in den Geschöpfen seiner Kunst; mag sein, sie sind stärker, flammender, folgerichtiger, und sie dauern länger; – aber fortleben in einem Wesen, das um ihn weiß, und das lieben kann! Das Bewußtsein des Fortlebens hat ihn damals erfüllt bis zu reiner Gläubigkeit. In seinem Roman von Paris ist er sozialistischer Apostel und Verkünder des demokratischen Glaubens. Er selbst, der Kenner und Eroberer des machtvollsten Lebens, und nicht mehr, wie in L'Argent, irgendein unwirksamer Träumer, setzt sich ein. Er singt sein Hoheslied zum erstenmal aus ganz befreiter Brust. Seine Lyrik ist nicht länger beschwert und verdunkelt durch Mitleid und durch Wissen. Er ergibt sich einem inneren Wissen, das über die Erfahrung hinausgeht Er hat vor Augen die Gewißheit, vom Himmel, wo sie so lange versteckt gehalten waren, die Wahrheit und die Gerechtigkeit herabzureißen auf die Erde. Der wissenschaftliche Geist, der jenen Himmel zerstört hat, wird ihn wieder aufbauen auf Erden. Hierfür haben wir zu leben, hierfür zu kämpfen.

Da steht nun Zola! Er hatte doch nur geformt und gemacht, und ist nun dahin gelangt, daß er aufruft und prophezeit. Der „Sinn für das Leben" war sein fester Boden gewesen, von ihm aus gewann er sein Reich; jetzt aber erstreckt sich sein Sinn für das Leben auf Dinge, die noch ungeboren hinter dem Leben sind, in der Zukunft, im Geist. Er ist so geworden im Schaffen. Er ist so geworden durch Schaffen. Die Erfahrungen der Weltbeherrschung vermittelst Kunst haben ihn die Weltüberwindung gelehrt, die Geist heißt. Die größte Kunst war doch nur der Weg des Geistes. Geistige Liebe war, unerklärt, schon in der ersten Menschendarstellung dieses Künstlers. Sie erklärt sich, und es ist Wille zur Vergeistigung. Wer auf so großen Vorgängen fußt, wer den Geist erlebt und erfahren und in langer Arbeit den Willen erworben hat, aufzustehen für ihn, ist von einem Geschlecht, das Zola nachfolgte und ihn ansah, ein geistiger Mensch genannt worden. Keineswegs die selbstgenügsame Erkenntnis macht den geistigen Menschen aus, sondern die Leidenschaft des Geistes, die das Leben rein und den Menschen ganz menschlich will. Er erkennt Vergeistigung nur an, wo Versittlichung erreicht ward. Er wäre nicht, der er ist, wenn er Geist sagte, ohne Kampf für ihn zu meinen. Er ist gewillt, Vernunft und Menschlichkeit auf den Thron der Welt zu setzen, und ist so beschaffen, daß sie ihm schon jetzt als die wahren Mächte erscheinen, als jene, die, Zwischenfällen zum Trotz, zuletzt doch jedesmal allein aufrecht bleiben. Die Geschichte gehört in immer steigendem Maße ihnen; schon haben sie für sich den stärkeren Teil der Wirklichkeit; wer ihnen entgegentritt, erleidet Niederlagen, die immer schimpflicher werden. Selbst die äußersten Entscheidungen können nur in ihrem Namen getroffen werden. Ein Krieg könnte notwendig und sittlich sein; aber er sei die Krönung eines langen Ringens nach Wahrheit. Besiegt wird der Ungeistige ...; Dies war der gemeinsame Glaube des höchsten Europas in dem Augenblick, bevor es imperialistisch ward. Kurzer Höhepunkt; aber Ibsen und Nietzsche stehen auf ihm, mit Zola. „Freiheit und Wahrheit sind die Stützen der Gesellschaft“, sagt der eine, und der andere ruft Voltaire an, um über das Menschliche, Allzumenschliche zu philosophieren. Jene haben dann wohl zweifeln gelernt, und haben sich abgewendet. Der Geist, für den sie einstanden, war zuletzt nur ihrer, sie hatten nur sich, dem Menschen mißtrauten sie. Zola war er selbst, wenn er ihm eine Zukunft zutraute, die erhaben zugleich und rein wäre. Er war in Übereinstimmung mit der Geistesart seines Volkes, wenn er sowohl gütig für den Menschen wie Dämon der Vernunft war. Er war gütig; jemand, der ihn gehaßt hatte, hat es ihm in das Grab nachgesagt; war tief sittlich, Erzieher zur Arbeit, Erzieher zum Glück; und hat uns Menschen eine der beiden idealen Städte erbaut, die an den äußersten Enden des europäischen Gedankens stehen. „Alle beide sind hochherzig und voll Frieden. Aber die Stadt Tolstois ist die Stadt der Entsagung. Die von Zola erbaute ist die Stadt der Arbeit.“ Und er war Dämon der Vernunft, reizbar überaus gegen die Lüge, und am reizbarsten, wollte sie ihn selbst und die Seinen beschleichen. Groß geworden von innen heraus, durch das Bemühen um die Wahrheit, verstand er auch die Größe und Vollendung seines Volkes nur so, daß sie vom Innern her geschähe. Es sollte in der Wahrheit leben und nur für die Wahrheit kämpfen. Kampf nach außen hat selten gereinigt, er ist die

Gelegenheit der Oberflächlichen und der Vorwand niedriger Leidenschaften und Gelüste. Gereinigt und erhöht werdet ihr durch inneren Kampf! Der Krieg, der euch, gilt es das Äußerste, helfen mag, ist der Bürgerkrieg! …; So hat er empfunden, denn er hat danach gehandelt. Der geistige Mensch empfindet so. Er lebt für keine schwachblütige Mittelmäßigkeit. Der Geist ist kein Wiesenbach, entschlossene Menschenliebe geht nicht friedlich in Gartenwegen. Ereignisse können machen, daß er Klüfte aufreißt und daß sie tötet. Durch die Leidenschaft des Geistes war der Großbürger Voltaire eine Naturkraft; – und Zola, bürgerlicher Arbeiter, Verächter politischer Schaukämpfe, sieht sich eines Tages dämonisch getrieben, einzugreifen in das Gefüge der Wirklichkeit, zu sprengen, Haß zu peitschen, Handlungen zu begehen, deren Folgen er nicht zügeln könnte, und Menschen vor starrende Abgründe zu führen: die nächsten Menschen, sein Volk, seine Freunde, sich selbst …;

Tat

Er war soeben reif geworden, vorzutreten aus seinem Werk und zu handeln, da gelangten die um den Hauptmann Dreyfus treibenden Dinge auf den Punkt, wo sie eines handelnden Geistes bedurften. Niemanden hätte es überraschen dürfen, daß Zola handelte, es war bedingt durch alles, was man über ihn hätte wissen müssen; der zusammenfassende Abschluß seines Werkes war diese Tat. Und das Glück dessen, der von der Zeit einen Auftrag hat, wollte es, daß er und die Dinge sich fanden. Er ging ihnen entgegen, schon lange bevor sie sichtbar wurden. 1891, er schrieb an La Débâcle, wunderte ein Beobachter sich, wie er in Schritt und Sprache etwas rücksichtslos Tatkräftiges mitbringe, als sei er vor einer Schlacht. Das Jahr darauf gesteht er, daß er sprechen möchte und sich übe. Ein Schweigen, und dann die Klage, daß ihm die Gabe fehle; er müsse sich vorbereiten, und er scheue sich, plattes Zeug zu reden. Man will ihm den leidenschaftlichen Wunsch anmerken, es wäre anders, er könnte das Glück seiner Laufbahn vervollständigen und zu seinem Dichterruhm noch die Volkstümlichkeit des Politikers fügen. Ohnmächtiger Ehrgeiz also! – denn wann hätten Zeitgenossen sich um eine Erklärung bemüht, die nicht die billigste wäre. Eben damals hatte er es abgelehnt, sich in die Kammer wählen zu lassen. Das Mandat sei eine zu schwere Pflicht für ihn, er müsse sein Werk beenden. Um leichten Erfolg war es ihm niemals zu tun gewesen; wie hätten rednerischer Glanz oder Siege, die nur äußerlich waren, ihm genügen sollen. Sprang er in die Politik ein, dann mußte schwerer Sinn und Ideenkampf werden, was zu lange nur das Getriebe der Mittelmäßigkeiten gewesen war. Der Zweifel aber war für ihn eben, ob der Mittelmäßigkeit hier beizukommen sei. In der Politik war sie vielleicht sogar geboten? Die Erfahrung sprach dafür; Männer von geistigem Rang, berühmt durch Leistungen anderer Art, waren in ihr erfolglos geblieben. Man wollte sie nicht, man hatte ihnen nicht Zeit gelassen, irgendeinem Unternehmen die Spur ihres Geistes aufzudrücken. Wahrscheinlich konnten sie es gar nicht, – weil sie nicht hatten, was der Politiker braucht: die Unbesorgtheit um das Ganze und Endgültige, die Anbequemung an ein mißliches Hinleben von einem Tag zum andern, in der Hoffnung auf ein Ergebnis, das nie erreicht wird. Wir andern waren gewohnt, abzuschließen und unsern Namen darunter zu setzen. Die Tat, für die wir geschaffen wären, mußte komponierbar sein wie ein Werk, und mußte den symbolischen Wert eines Werkes haben. Wo war diese Tat? Zola fragte sich umsonst, wie der Graben auszufüllen wäre, der verhängnisvolle Graben, der immer breiter ward zwischen der geistigen Auslese der Nation und denen, die sie regierten. In seinen Anfängen hatte er das politische Handwerk verachtet, wie nur je ein Literat. Jetzt sah er wohl, was die Politik in Wirklichkeit war: „das leidenschaftlich bewegte Feld, auf dem das Leben der Völker ringt, und wo Geschichte gesät wird für künftige Ernten von Wahrheit und Gerechtigkeit." Literatur und Politik hatten denselben Gegenstand, dasselbe Ziel und mußten einander durchdringen, um nicht beide zu entarten. Geist ist Tat, die für den Menschen geschieht; – und so sei der Politiker Geist, und der Geistige handle!

Aber eines Herbsttages im Jahr 1897 erfuhr Zola, es sei so weit gekommen, daß die Politik ihre Handlungen gegen den Menschen richte, und der Geist bleibe fern und unbeteiligt. Der Mensch trug einen Einzelnamen, was der Greifbarkeit des Vorganges nützte; es war der Hauptmann Dreyfus, deportiert seit drei Jahren nach der Teufelsinsel für einen Verrat militärischer Geheimnisse, den mit höchster Wahrscheinlichkeit ein anderer begangen hatte. Lange hatte man zweifeln können; Zola war zu Beginn der Sache in Rom und gab nicht acht; und auch dann noch blieb ein einfacher Irrtum des verurteilenden Kriegsgerichtes zu vermuten. An jenem Herbsttag 1897 sah er in Schriftstücke, die seine Überzeugung, hier geschehe ein großes Verbrechen, sofort unerschütterlich machten. Dennoch wurde damals, er bemerkte dies später selbst, vor allem der Fachmann des Romans „verführt, ja begeistert“ durch eine Fabel von solcher Stärke. „Und Mitleid, Glaube, Wahrheits- und Gerechtigkeitsdrang sind hinterher gekommen.“ Er bemerkt dies, und ohne Scham spricht er es aus. Wir sind von einer Art, daß das Leiden des Menschen uns zuerst nur die Erregung beibringt, als sollten wir schaffen. Aber es ist dieselbe fruchtbare Erregung, die hilft ...; Er sieht einen Greis, und fast nur ihn, für die Wahrheit einstehen. Scheurer-Kestner, Elsässer und Senator, arbeits- und ehrengesättigt, wagt alles, nimmt auf sich, was kommen will, lieber als daß er das Grauen trüge, zu wissen und nicht gesprochen zu haben. „Ihm war nicht unbekannt, welche Stürme er aufregen würde, aber Wahrheit und Gerechtigkeit gehen über alles, denn sie allein sichern die Größe der Nationen. Es kann geschehen, daß politische Interessen sie für Augenblicke verdunkeln, aber jedes Volk, das nicht sein einziges Daseinsrecht gründen würde auf sie, wäre heute ein verurteiltes Volk.“ Der Leitsatz ist gesprochen, die Dinge können ihn nur steigern. Zehn Tage später ruft Zola schon aus: „Ich habe in Erbitterung gelebt und im Haß auf Dummheit und Unehrlichkeit, ja in einem solchen Durst nach Wahrheit und Gerechtigkeit, daß ich eine Vorstellung bekommen habe von dem großen Seelenschwung, der einen friedlichen Bürgersmann mitten in das Märtyrertum schleudern kann.“ Das Unerträglichste an diesen Zeitpunkt ist, daß man nicht herausfahren darf mit der Wahrheit, solange noch die Untersuchung schwebt gegen den wahren Verräter Esterhazy. Man muß zusehen, wie die Schmutzpresse und der Antisemitismus das Hirn der Öffentlichkeit zerrütten, wie die Vaterlandsliebe ausgebeutet wird, um das am Falschspruch schuldige Kriegsgericht zu decken, und wie in der öffentlichen Schande und dem allgemeinen Überdruß die Regierenden doch nichts zu tun wagen. Und allem würde man vielleicht zusehen, nicht aber der neuen Jugend, die alles dies mitmacht. Zola hatte schon auf ihr Kommen ein Auge gehabt. Es hatte angefangen mit zu viel Lilien und weißen Jungfrauen in den Gedichten und zu wenig Sinn für das moderne Leben, die arbeitende Demokratie. Literarischer Ästhetizismus war auch hier der Vorbote politischer Laster. Vergebens hatte er sie beschworen, hatte mit aller Leidenschaft und der bittersten Ironie geworben bei seinen jungen Verächtern für seine Sache, die Wahrheit: jetzt gingen sie hin und huldigten einem Lehrer, der den Bankrott der Wissenschaft ankündigte, gingen hin und pfiffen auf Scheurer-Kestner. Es war traurig, die hochherzige Jugend, die ihren Überschwang an Herzenskraft zu Betrügern trägt. Gleichwohl bleibt sie die Hoffnung, denn in der Jugend, wenn überhaupt, soll doch sein absterbendes Geschlecht über sich hinaus leben, freieren Geistes noch und mit noch mehr Liebe zum Leben, zur Arbeit, zur Fruchtbarkeit des Erkannten.

Inzwischen aber standen die Dinge so, daß schon der Aufruf an die Jugend einzeln erscheinen mußte; die Zeitungen hatten sich ihm verschlossen. Der Ruhm seines Verfassers war nicht mehr Entschuldigung genug für den Kampf, den er der Welt aufzwang. Der Ausgang der Untersuchung gegen den wirklichen Verräter war klar vorauszusehen. Das Kriegsgericht sprach ihn denn auch frei. Zola hatte sogleich gesagt: „Der erste Akt ist aus, der Vorhang ist gefallen über dem grauenhaften Schauspiel. Hoffen wir, daß das morgige uns den Mut zurückgibt und uns tröstet.“ Er hatte dies nicht nur gehofft. Er war sicher, dem ersten Akt folge ein anderer, worin das Maß der Leiden voll ward und die Wendung kam. Denn hier war nicht nur eine notwendige Tat des Gewissens, hier war die komponierbare Tat, ersehnt von dem Künstler, der sie eines Tages fertig sehen wird wie ein Werk. Und die Wahrheit, die aus diesen begrenzten Tatsachen hervordrängte, war ein Gleichnis der ewigen Wahrheit selbst. „Die Wahrheit ist unterwegs, nichts hält sie auf. Ein erster Schritt ist getan, ein weiterer wird getan werden, und noch einer, und dann der entscheidende – mit mathematischer Sicherheit.“ So tat er den nächsten, – und der war revolutionär, das Aussprechen der Wahrheit, die viele kannten und die niemand zu nennen wagte, das Aussprechen mit aller Gefahr für ihn selbst und für das Land. Das Blatt hieß L'Aurore, und es war der 13. Januar 1898, als man die Wahrheit las, dreihunderttausendmal: die selten vernommene Wahrheit des Geistes über den Staat, des Menschen über die, die es nicht sein wollen. Zola schrieb an den Präsidenten der Republik, Felix Faure, den gewesenen Gerber, der für seine Person den Vorreiter eingeführt hatte. Er schrieb ihm, nicht um die Ehre des Heeres handele es sich, denn das Heer ist das ganze Volk. „Wir wollen seine Würde, wenn wir die Gerechtigkeit wollen.“ Es handelt sich um Generale und Obersten, die ungesetzlich geurteilt und ihr falsches Urteil gegen einen Unschuldigen aufrechterhalten haben mit Lügen und Fälschungen; die es verstärkt haben durch den Befehl an ein zweites Kriegsgericht, den Schuldigen freizusprechen. Und Zola nannte alle Namen, klagte jeden an, nach dem Maß seiner Teilnahme an dem Verbrechen. Ihm sei nicht unbekannt, welchen strafrechtlichen Folgen er sich aussetze. Aber er greife ein, um den Ausbruch der Wahrheit und der Gerechtigkeit zu beschleunigen. Eile sei geboten. „Wenn man die Wahrheit eingräbt, ballt sie sich zusammen unter der Erde, und ihre Sprengkraft wird so groß, daß an dem Tag, da sie ausbricht, alles mit ihr auffliegt.“ Er sagte noch: „In meinen Nächten würde das Gespenst des Unschuldigen umgehen, der dort drüben in grausamster Marter büßt für ein Verbrechen, das er nicht begangen hat.“ Und: „Ich habe nur eine Leidenschaft, die des Lichts, und handle im Namen der Menschheit, die so viel gelitten und ein Recht auf das Glück hat.“

Dies waren seine Gründe, aber wessen noch? Ein Mensch leidet. Wenn er der einzige wäre! Sein Leiden vollzieht sich eindrucksvoll und malerisch auf jener Teufelsinsel, fern in einem violetten Meer, wo eine gewisse Anzahl Wächter Tag und Nacht um ihn herumsteht. Andere leiden mit weniger äußerem Aufwand, aber ebenso empfindlich – und können vielleicht auch nichts dafür. Unschuldig! Das ist ein sozialer Begriff, er hat der Verteidigung der Gesellschaft zu dienen. Man wird niemanden für unschuldig erklären, dessen Unschuld die Gesellschaft bedrohen würde. Dieser Unschuldige müßte, da zwischen ihm und der obersten Leitung des Heeres zu entscheiden wäre, höchst gefährlich werden: das ist offenbar das einzige, was gesunder Sinn zu sehen hat in der Sache. Gesunder Sinn läßt sich nicht irreführen von dem Übereifer eines literarischen Geistes, Systemmachers und Auf-die-Spitze-Treibers. Dem Ideologen folgt doch niemand? Man hat doch von der Gabe der Selbsterhaltung genug, um ihn allein zu lassen? Unmenschlich muß niemand sein, auch der Staat nicht; wenn die schädliche Agitation für den Gefangenen nachläßt, wird auch die Strenge seiner Behandlung nachlassen. Und der Wiederholung seines Falles wäre vorzubeugen durch die Abschwächung der Mißstände, die möglicherweise zu seiner falschen Verurteilung geführt haben. Es geschehe sachlich und ohne Berufung auf seine ungelegene Unschuld. So wäre es überall, kein lebenskräftiger Staat läßt sich ins Unrecht setzen. Mitgefühl und Wahrheitsdrang in Ehren, aber auch der Wortführer der Unschuld hat nicht das Recht, die Gesellschaft aufzustören und ihre Wehrkraft zu schwächen, er darf den Bürger nicht in Zwietracht stürzen und in seinen Geschäften beunruhigen. Dies wäre unvermeidlich, wenn jeder, dem es einfiele, gewissen Verantwortlichkeiten nachgehen könnte, bis sie zu Höhen führen, die um der Staatsvernunft willen über der Gerechtigkeit und über der Wahrheit bleiben müssen. Moral hat nichts mit Macht zu tun. Möchte es selbst zu erweisen sein, daß Generale gelogen und gefälscht haben, so können bekanntlich Schurken ein Volk zu Siegen führen. Die Vernunft des Staates ist höherer Art als eine Einzelvernunft, die sich wichtig machen will und schreit. Man lasse sie schreien! Zola wurde gewiß allgemein durchschaut als ein unruhiger Streber und Reklamesucher auf Kosten des öffentlichen Wohles? Außer den selbst Beteiligten nahm doch wohl niemand ihn ernst? Zweifellos schwieg man ihn tot? Grub um so tiefer die Wahrheit ein, nach der er schrie, und ihn mit? ...; Nein! Nicht hier, nicht diesmal. Menschen waren da, denen die Macht nicht über ihr Gewissen ging, und ihre eigene Ruhe nicht über Herz und Gesinnung.

Menschen waren da, Parteien fanden sich, ein Volk stand auf. Viele prüften sich, wie Zola es verlangte in seinem Brief an Frankreich. „Prüfe dein Gewissen: war es wirklich dein Heer, das du verteidigen wolltest, da doch niemand es angriff? Hattest du nicht vielmehr das jähe Bedürfnis, dem Säbel zuzujubeln? Nimm dich in acht, du gehst auf die Diktatur zu. Und weißt du, wohin noch? Zur Kirche." Die innere Knechtschaft mit der äußeren, dies verbarg sich unter dem Vorwand der Staatsvernunft und des Patriotismus; viele sahen es, die ihr Volksheer liebten. Sie glaubten nicht, daß man lügen und Knecht sein müsse, um stark zu sein. Sie glaubten vielmehr, das Stärkste sei die Wahrheit. Sie hatten Beweglichkeit, Wohlwollen und heiteres Vertrauen in das Leben genug, um die Wahrheit für heilsam und schöpferisch zu halten, sollte sie auch Krisen bewirken. Manche waren ohnehin so gesinnt, daß weder Heer noch Staat ihnen erlaubt schienen, wenn es denn ihr inneres Gesetz war, daß sie uns erbärmlich machten. Die meisten aber wurden sich durch dieses eindringliche Beispiel der Natur ihres eigenen, besonderen Staates bewußt. Wenigstens er stand also auf der Wahrheit, – da der Versuch, zu fälschen, ihn so sehr erschütterte. Königreiche konnten nach ihrer Meinung mit der Lüge auskommen, ihre Republik nicht. Dies wurde ihnen zum Anlaß, sich klar und grundsätzlich von denen zu trennen, die auch in Königreichen hätten leben können. Zola stellte fest, was vor allem sein Werk war: „Derart sind nach und nach zwei Parteien aneinander geraten: einerseits die ganze Reaktion, alle Widersacher der wahrhaften Republik, die wir haben sollten, alle Geister, die, ihnen selbst vielleicht unbewußt, für die Autorität sind, sei sie religiös, militärisch, politisch. Drüben aber sammelt sich der ganze Zukunftsdrang, alle durch die Wissenschaft befreiten Gehirne, alle, die nach Wahrheit und Gerechtigkeit streben, die glauben an den immerwährenden Fortschritt und gewiß sind, daß seine Eroberungen eines Tages endlich verwirklichen werden, was irgend möglich ist an Glück." Die meisten von diesen waren durchaus alltäglich, Bürger oder Arbeiter, durch ihre Lage auf die nächstliegenden Sorgen verwiesen und ihretwegen vielfach geschieden. Diesmal waren sie einig. Die Bürger und das Volk dieser Klassenrepublik waren einig in einer Sache der Sittlichkeit. Arme und auch Reiche glaubten nicht, daß es genug sei, wenn sie verdienten und sogar selbst die Steuergesetze machten: höchst merkwürdig, sie bestanden auf Werten, die man nicht sieht. Die wichtigsten Interessen des auch hier regierenden Kapitalismus konnten es doch in dieser Bourgeoisrepublik nicht hindern, daß alles, Geschäft, Politik und die Sicherheit des Landes selbst, überrannt wurde von einem erbitterten Idealismus. Von nun an stürzte jedes Ministerium, das Ruhe herzustellen dachte, wenn es die Wahrheit tiefer eingrub. Das Heer zerrüttete sich durch Widerspruch von innen. Die Familien spürten in sich die öffentliche Erschütterung, den Geschäften drohte sie mit einer Katastrophe. Überall Mißtrauen, Unsicherheit, Wühlerei und Aufbegehren: eben der Zustand der Geister, der hundert Jahre früher Blut gefordert hatte, gedämpft nur durch die Erfahrungen der hundert Jahre und weil die Vernunft fortgeschritten war, sogar bis in das geheime Herz ihrer Feinde. Die Revolution schien auferstanden, vielmehr, man sah, sie war nie tot gewesen, und sie war aus einem Stück; heute wie je waren ihre Menschen zur Stelle und erkannten einander. Erkannte man Zola nicht wieder? Er hatte, sein eigener Rousseau, sein eigener Condorcet, den Vernunftrausch erlebt von Gleichheit und unbegrenzter Vervollkommnung und ging nun jenen bitter ekstatischen Weg, auf dem man begreifen lernt, warum Danton fallen mußte, und wie Robespierre ward. Niemand vertrat auf so festem Lebensgrund wie er den Inhalt dieses Zeitpunktes; die Leidenschaft seines Geistes war genährt wie keine; das Weithingültige des Kampfes war in ihm. Ihn vor allen sahen die Völker an, die den sittlichen Kämpfen Frankreichs so ergriffen zusehen, als seien es ihre eigenen und sie hätten sie nur nicht gewagt. Er hatte wie je die Gabe der großen Wirkung. Seine Tat, wie ein Werk mit seinem Namen darauf, war millionenfach in den Händen der Welt.

Dafür trug er die größte Verantwortung und opferte am meisten. Denselben 13. Januar, als sein Brief an den Präsidenten erschien, beschloß die Kammer seine gerichtliche Verfolgung. Der Kriegsminister, einer der von ihm angeschuldigten Generale, mußte die Klage einreichen, beschränkte sie aber vorsichtig auf fünfzehn ausgesuchte Zeilen.

Während fünfzehn Gerichtssitzungen stand Zola vor den Geschworenen, und als er am Schluß der Verhandlung das Wort an sie richtete, wußte er längst, sie würden ihn verurteilen. Der Vorsitzende des Ministerrates selbst hatte in öffentlicher Parlamentsrede es ihnen zur nationalen Pflicht gemacht. Zu diesem Druck auf ihr Gewissen kam ein anderer, die Kundgebungen vor dem Gericht, auf der Straße, wo der Angeklagte und seine Freunde bei seinem Erscheinen umlärmt, beleidigt, bedroht wurden. Von der Reaktion bezahlte Lumpe in Gemeinschaft mit den Mitgliedern klerikaler Vereinigungen täuschten eine Volksbewegung vor, und die Polizei griff jedesmal erst dann ernstlich ein, wenn es erwiesen schien, daß nur eine Art Schlacht den Angeklagten schützen konnte vor der gerechten Entrüstung des Volkes. Die Geschworenen sahen dem zu mit Gefühlen, die zweifellos bestimmt wurden durch ihre eigenen Interessen. Zola sagte es ihnen in das Gesicht. Er hielt sich nicht lange auf bei dem Vorwurf, er sei ein Verräter am Heer. Einst hatte er geschrieben: „Der Krieg ist nachgerade eine zu ernste, zu furchtbare Angelegenheit, als daß er noch Lügen vertrüge. Ich bin tief überzeugt, wenn das Gelüge des falschen Patriotismus wieder anginge, würden wir wieder geschlagen werden.“ Die Volksrichter nun dort vor ihm dampften von falschem Patriotismus. Idee und Wahrheit wären nie zu ihnen eingedrungen durch all den Dampf, es galt, sie selbst anzupacken. Er sagte ihnen zuerst, daß sie das Herz und die Vernunft von Paris seien und natürlich kein Wort glaubten von den erbärmlichen Fabeln, die über ihn und seine Sache im Umlauf seien. Sie seien gewillt zu der Wahrung ihrer durchaus berechtigten Interessen, die sie begreiflicherweise für die Interessen der ganzen Nation hielten. Die Einnahmen sänken, gab er ihnen zu, Geschäfte würden immer schwieriger, eine Katastrophe drohe; und so lese er in ihren Gesichtern den Entschluß, den sie fertig mitgebracht hätten: der Sache ein Ende zu machen. Denn was bedeute ein Unschuldiger auf der Teufelsinsel gegen die Interessen eines großen Landes. „Wenn Sie mich verurteilen, liegt Ihrem Wahrspruch der Wunsch zugrunde, die Geschäfte möchten sich wieder heben.“ Er sprach zu diesen Richtern aus der Demokratie mit leidenschaftlicher Schonungslosigkeit, wie niemals, weder zu einem Volk noch zu seinen Chorführern, gesprochen ward. Sie sollten nicht glauben, ihm und seiner Sache könnten sie etwas anhaben! Möchten sie ihn treffen, sie würden ihn nur größer machen! „Sehe ich aus wie ein Verkaufter, Lügner oder Verräter?“ Und er scheute sich nicht, ihrer mittelmäßigen Denkart seine Leistung vorzuhalten, seine vierzig Bände, werbend mit Millionen Zungen für den Ruhm Frankreichs. Ihr Werk dagegen, was sei ihr Werk? Seine bei ihnen schon beschlossene Verurteilung vertiefe noch die Erschütterung und stelle alles in Frage, was Frankreich bedeute an Rechtlichkeit und menschlicher Gesinnung. Die Wahrheit aber schreite fort unaufhaltsam. Die sogar, die ihn anklagten, wüßten um sie. Er aber beschwöre sie. „Dreyfus ist unschuldig, ich schwöre es. Zum Pfand setze ich mein Leben und meine Ehre.“ Er wiederholte den Schwur und gab jedesmal mehr hin. „Bei allem, was ich erobert habe.“ Bei seinem Namen, bei seinem Werk. „Alles das soll stürzen und vergehen, wenn Dreyfus nicht unschuldig ist! Er ist unschuldig.“ Zu diesem äußersten Bekenntnis sah er auf von dem Papier, woraus er las, und sah wohl in betroffene Gesichter. Seine Stimme, gewohnt zu schweigen, während das von ihm geschaffene Leben sich laut abspielte um ihn her, seine Stimme trug nicht genug, um die ganze Leidenschaft seines Geistes zu tragen; man hörte nur das abgeschwächte Echo. Hinter seinen kurzsichtigen Augen, dieser turmartigen, gefurchten Stirn erschien ihnen von der Macht und Ewigkeit der Idee nur ein fernes, blasses Spiegelbild, und nur einen Augenblick lang. Kaum daß sie, während er alles, alles hingab, von einer Ahnung berührt wurden und erschraken, als zeigte sich ein Geist. So kommt zu den Menschen der Geist. Aber die Lichter brennen, gleich sehen sie wieder die Wirklichkeit, ihre sogenannte Wirklichkeit, und haben sich zurück ...; Zola war verurteilt.

Er geht zum Kassationshof, der das Urteil aufhebt; wird von neuem angeklagt, diesmal nur noch auf Grund von drei Zeilen seines Briefes, und wieder verurteilt. Am selben Abend fuhr er, damit das Urteil ihm nicht zugestellt und nicht rechtskräftig werden konnte, nach London. Es war die notwendige Taktik, er und die Seinen mußten Herren der Sache bleiben und sie hinziehen, bis sie neue Ereignisse zum Ausbruch brachte. Aber es war das Schwerste, was er auf sich nahm: die Verbannung, und den Verdacht, er fliehe das Gefängnis. Er ging in einer dunkeln Nacht, sah die Lichter seines Vaterlandes verlöschen, und erwog, daß er es nun fliehen mußte, weil er es ehrenhaft und gerecht gewollt hatte. Sich verstecken müssen in fremdem Land, lächerliche Abenteuer bestehen aus Unkenntnis der Sprache, der Neugier ausweichen und nur bestehen durch die Verschwiegenheit: dies war nun der Hintergrund für seine einsamen Gedanken, den tiefen Schmerz des Ausgestoßenen, der die Nachrichten der Heimat nur noch vernimmt wie den Widerhall von Wahnsinn und Entsetzen. Er wartet auf das unbekannte Ereignis, das ihn zurückruft; glaubt es gekommen, als einer der Verbrecher, die unter seinen Gegnern sind, Selbstmord begeht; wartet weiter, aber wartet fruchtbar. Er arbeitet. Da er nicht handeln darf, keine Stimme mehr hat und verschollen sein muß, bekämpft er schaffend das Nichts, das herandrängt und ihn verschlingen möchte, ihn, die Wahrheit, den Menschen, – kämpft mit aller Leidenschaft seines Herzens für die Rechte des Lebens. Gleichnishaft und überwirklich malt er Fécondité hin, das Traumbild schrankenloser Lebensfülle, die Forderung nach all dem Leben, das abfällt, das die Menschen verschwenden und im Keim töten. Sie sind geizig, sind ungläubig und meinen ihren Leiden vorzubeugen, wenn sie es sich versagen, fruchtbar zu sein. Sie sollen wissen, daß Ungläubigkeit schon Ohnmacht ist. Habet die Kraft, die Erdteile zu bevölkern, die noch leer liegen! Kein menschlicher Fortschritt, der nicht durch Übervölkerung erzwungen wäre! Das Gewimmel der Elenden hat die Völker aufgerüttelt bis zur Eroberung von Wahrheit und Gerechtigkeit. Aus Fruchtbarkeit Zivilisation. Aus ihr in Zukunft auch die Gleichheit; denn unter einer demokratischen Verfassung kann ein Volk nur glücklich sein, wenn die Sitten einfach und die Lebenslagen fast gleich sind. Die möglichste Lebensfülle bringt die möglichste Menge Glück. Wir sind nur da, das Leben zu verbreiten; jede eurer Empfängnisse ist erhaben, heilig, und vielleicht die entscheidende …; Einige Jahre früher hatte am andern Ende Europas eine nicht weniger große Leidenschaft die Tötung alles Lebens gepredigt: aus Liebe, und um des Geistes willen, wie diese hier das Evangelium der Fruchtbarkeit. Zola war sehr allein damals, doch lebte sein ferner Bruder Tolstoi.

Aber wenn er dann aufsah von seinem Werk der Menschenverklärung und um sich her ein englisches Dorf sah und nun, wandernd und immer allein, von fern noch einmal die Krise durchlebte, die sein Land niederwarf: wie überwältigend der Abstand zwischen dieser Wirklichkeit und seinem Traum! Wann kam wohl sein Buch zu dem Volk, für das er es schrieb. Welche noch furchtbarere Katastrophe mußte vielleicht eintreten, bevor sie das tiefste aller Übel erkennen konnten in der Unterdrückung der Fruchtbarkeit? Wirkungen ohnegleichen waren sein gewesen, und doch hatte Vergeistigung ihn nun so weit über die Volksgenossen hinausgeführt, daß gewisse nationale Ereignisse ihn abgesondert erscheinen ließen wie einen Feind. In Zeiten, die aufgeregt sind und sich darum groß fühlen, gilt es, um seinem Volk vertrauenswürdig zu scheinen, nichts mehr, daß man ihm Meisterwerke geschenkt hat. Man schreie Hoch! Man lasse ein Stück aufführen, worin Fahnen geschwenkt werden. Zola erinnerte sich wohl, einst kritisch aufgestanden zu sein gegen die Tyrannei der vaterlandsseligen Nichtskönner, die auch in ruhigen Zeiten auf gewissen Bühnen sich austoben durften. Jetzt, in den aufgeregten, war das gesamte Land eine patriotische Schmiere. Kein Raum mehr für den, der nicht die ganze nationale Größe auf die Anbetung des Säbels beschränkt. Man sucht nach dem Wurm in seinem dastehenden Werk, es muß von je schon brüchig und eine Gefahr gewesen sein. Man untergräbt den Boden ihm selbst: ist er auch nur ein echter Volksgenosse? – und noch in dem längst vergangenen Leben seines Vaters müssen Flecken entblößt werden, die man hineinfälscht. Zola hat alles Leiden durchgemacht dessen, der, zur Achtung vor den Erscheinungen geboren, sie eines Tages verachten lernen muß, verachten von Grund aus, verachten, was gegenwärtig ist, alles was nicht unter den wohltätigen Schleiern der Vergangenheit oder Zukunft liegt und nicht zu träumen erlaubt oder zu hoffen. Oh! sein Volk verachtet niemand, es ist ewig, es hat Zeiten gehabt, für die wir ihm danken, und wird groß sein, wenn das kleine Geschlecht, dem wir durch Zufall beiwohnen, lange vorbei ist. Aber dies kleine Geschlecht unserer zufälligen Zeitgenossen stellt uns nun einmal die nächsten, erkennbarsten Vertreter des menschlichen Geschlechtes. An seine Geistesform sind wir hundertfach gebunden. Seine Geistesform zu entwickeln und zu erhöhen, sind wir hundertfach verbunden. Sie wollten ihn ausschließen! Die Unglücklichen, sie vermaßen sich, ihn zu einem Abtrünnigen zu stempeln, – und waren selbst bestimmt, seinen Stempel zu tragen. Wenn anders seinem Volk eine Zukunft gehörte, bestimmte auch er sie. Mehr, als es ihm mitgegeben hatte, sollte er diesem Volk hinterlassen. Lange nach ihm mochten Züge von ihm national heißen, die es ohne ihn nicht geworden wären. So durfte er empfinden: Euer Volkstum wird mehr als heute es selbst sein durch mich, ich lebe euch vor, was ihr werden sollt. Ich, ein Abtrünniger? Ob ich das Vaterland liebe oder nicht: ich bin es selbst. Daß ich mich jetzt ausschließe, verbannt bin und schweige, ist ein großes Zeichen, und mein Land selbst richtet es sich auf. Nicht ohne den Widerstand seiner besten Kräfte überläßt es sich diesem verwickelten Rückfall in untermenschliche Zustände, der ihm heute bereitet wird. Die Wortführer und Anwälte des Rückfalls, seine Logiker, Propagandisten, Drauf- und Durchgänger mögen sich später verantworten, wenn sie es können; jetzt haben sie es leichter. Ihre Gesinnung verlangt nicht, daß sie Verbannung und Schweigen ertragen. Im Gegenteil ziehen sie Nutzen daraus, daß wir andern schweigen und verbannt sind; man hört nur sie, es ist ihr günstigster Augenblick. Man müßte sie sich ansehen, ob es nicht auch sonst schon die waren, die das Profitieren verstanden. Waren solche Schriftsteller etwa Kämpfer? Oder lag es vielmehr in ihrer Art, was die Macht – die Macht der Menschen und der Dinge – herbeiführte, zum Besten zu wenden, und auch zu ihrem eigenen Besten? Wie, wenn man ihnen sagte, daß sie das Ungeheure, das jetzt Wirklichkeit ist, daß sie das Äußerste von Lüge und Schändlichkeit eigenhändig mit herbeigeführt haben, – da sie sich ja immer in feiner Weise zweifelnd verhielten gegen so grobe Begriffe wie Wahrheit und Gerechtigkeit. Wir waren zu duldsam. Im äußersten Fall, nein, dies glaubten wir nicht, daß sie im äußersten Fall Verräter werden könnten am Geist, am Menschen. Jetzt sind sie es. Lieber als umzukehren und, es zurückbannend, hinzutreten vor ihr Volk, laufen sie neben ihm her und machen ihm Mut zu dem Unrecht, das es tut. Sie, die geistigen Mitläufer, sind schuldiger als selbst die Machthaber, die fälschen und das Recht brechen. Für die Machthaber bleibt das Unrecht, das sie tun, ein Unrecht, sie wenden nichts ein als ihr Interesse, das sie für das des Landes setzen. Ihr falschen Geistigen dreht Unrecht in Recht um, wenn es durch eben das Volk geschieht, dessen Gewissen ihr sein solltet ...; Mit Zorn und mit Schmerz nahm Zola damals die Trennung vor von denen, die er trotz allem für seinesgleichen gehalten hatte. Dulden und Hinfristen war nicht länger erlaubt, die äußersten Prüfungen waren angebrochen und verpflichteten die Geister, streng und endgültig gesondert hinzutreten, die einen zu den Siegern das Tages, die anderen zu den Kämpfern für die ewigen Dinge. Kameraden bislang, gleich auserlesen, wie es schien: plötzlich aber vertiefen alle Züge sich, und auf jenen steht Untergang, auf diesen Leben. Die rechtlichen Geister, die ihre Zeit nicht belügen wollen, weil sie an die Ewigkeit glauben, sie sind nun bei uns als Trost und Gemeinschaft, auch wenn sie früher nicht unsere Freunde waren. Anatole France schien unversöhnlich in seiner Gegnerschaft gegen Zola, er verfolgte sein Talent, mißdeutete seine innerste Natur. Die unfehlbare Prüfung kommt, und sieh, die Geister erkennen einander, die reinen Geister, die immer noch lieber in keiner guten Zukunft je wirken wollen als in einer schlechten Gegenwart; die Geister der Wahrheit; die menschlichen Geister.

Zola, verbannt und schweigend, trennte, was weltlich war, von dem Ewigen: trennte es vor allem in sich selbst. Er gestand sich ein, daß das Unglück des Hauptmanns Dreyfus ihm vielleicht allzu gelegen gekommen sei. Als die Sache um sich griff und in Schwung kam, hatte er glauben können, er werde siegen, bald, ohne große Rückschläge und zu schwere Opfer. So hatte Voltaire gesiegt, als er das Gedächtnis Calas' verteidigte. Auch sein eigener Ruhm, so lange doch nur aus Bewunderung gemacht, sollte in Zukunft Begeisterung zeugen. Die tiefen Volksschichten sollten von ihm wissen mit ihren einfachen Herzen; seines, das sich von den Büchern loszulösen begann, verlangte so sehr nach ihnen. Sie konnten ihn emportragen, wer weiß wie hoch. Die letzten Ziele seines politischen Ehrgeizes waren ihm wohl mit Namen genannt worden von seiner mittelländischen Phantasie ...; Dank dem Jahr der Verbannung und des Schweigens hatte er sich nun zurück und war sich wieder bewußt, daß der

Geist dem, der für ihn arbeitet, als Preis eben nur seine Arbeit zuteilt, und daß dies genug ist. Am Ende aller inneren Erfahrungen dieses schweren Jahres sah er unter den Zügen des kommenden Triumphators nicht einmal mehr in geheimen Augenblicken seine eigenen Züge, nur die der Wahrheit. Sie mußte siegen mit Glanz, ohne einen Schatten oder Vorbehalt, er glaubte es fest wie je. Ihr Vormarsch ging weiter unaufhaltsam, alle Ereignisse bereiteten nur noch ihren Einzug vor; und endlich hörte man ihren Schritt, an dem Tage, als der Kassationshof die Revision des Prozesses Dreyfus beschloß. Zola, den fertigen Roman des schweren Jahres unter dem Arm, fuhr sofort heim. „Nun die Wahrheit gesiegt hat und Gerechtigkeit herrscht, kehre ich heim", sagte er. Er sagte noch von der Wahrheit, die ihm anvertraut gewesen war: „Sie war wie die kleine heilige Lampe, die man im Sturm dahinträgt und schützen muß gegen die Wut einer mit Lügen sinnlos gemachten Menge." Er stellte fest, es war wirklich die Wahrheit gewesen, die er in Händen gehalten hatte. Alle Anklagen in seinem Brief an den Präsidenten der Republik, die kühnsten und die am höchsten hinaufgreifenden, waren jetzt nicht nur bestätigt: sie sahen aus wie Erfindungen eines zahmen Romandichters neben der trotzig ragenden Wahrheit. Und anders hatte es gar nicht kommen können, die Wahrheit siegt immer. „Von der ersten Stunde an hatte ich die Gewißheit; ich ging einen unfehlbaren Weg, mein Mut war also nicht so groß." Er verkleinert schon sein Wagnis, er glaubt schon edelmütig sein zu können, weil alles gewonnen ist. Sind die Dinge nicht von jeher so verlaufen? Kein Buch hat er schreiben, keine Überzeugung vertreten können, ohne überhäuft zu werden mit Lügen und Beleidigungen; und oft schon tags darauf mußte man ihm recht geben. Auch seine Tat kann nicht anders ausgehen. Nach den ersten qualvollen, niederschmetternden Akten muß der letzte die Wirrsal in Frieden und Eintracht auflösen zum Ruhm der Unschuld, noch mehr, zum Ruhm des Vaterlandes. Dann wird es gerüstet sein, seine geschichtliche Sendung zu beenden und der Welt die Gerechtigkeit zu bringen, wie es ihr die Freiheit gebracht hat.

Aus solcher Höhe der Fall. Ein zweites Kriegsgericht verurteilt Dreyfus zum zweitenmal. Der letzte Akt war nicht der letzte, die Grenzen der Lüge und der Ungerechtigkeit sind hinausgeschoben, man erkennt nicht mehr, bis wohin. Und Zola, der das Unmögliche wirklich werden sieht, fühlt nur noch Grauen. Der Wille zum Bösen, dem die Welt erlegen scheint, und ihre vollkommene Widerstandslosigkeit gegen seine Anschläge können einem Geist der Güte zuletzt nur noch Grauen machen. Er fühlt einzig, wie sollen wir, nach dem was geschehen ist, bestehen vor unseren Söhnen? Das Andenken an Grausamkeit und Irrsinn, das wir ihnen hinterlassen, wie sollen sie es noch gutmachen? Bedeutet dies den Tod der Nation und unserer Welt? „Welches Bad von Güte, Reinheit, Rechtlichkeit wird uns erretten aus dem Giftschlamm, worin wir verenden?“ Unter Schuften wie diese, unter knechtischen Dummköpfen wie diese haben wir gelebt; dieses unser Land, in dessen Lauten wir unsere menschlichsten Gedanken formten, hat sie hervorgebracht! Alle Grade der sozialen Gewalt haben sich verschworen zum Untergang des armen Jammerbildes, dieses angeklagten Opfers, das der Mensch selbst scheint. Sie haben ihn hergeschleppt von seiner Teufelsinsel, jenem Kerker des Menschengeistes, und wollen ihn endgültig stumm machen mit Aufbietung aller ihrer bewaffneten Übermacht. Der öffentliche Ankläger lügt störrisch, schamlos liefert das Gericht sich den falschen Zeugen aus, die doch die Schuldigen selbst sind. Diese Generale, die gefälscht und das Recht gebrochen haben, halten jetzt unter ihrer Schreckensherrschaft das Gericht, die Öffentlichkeit, das Land. Einer muß untergehen, sie oder der Mensch. Es ist am äußersten, nur seine Ermordung rettet sie selbst vor dem Zuchthaus. Aber sie sagen: sie rettet das Land. Denn es sind Menschen, deren Deckmantel und schmutziges Geschäft das Vaterland ist. Das Volk meint mit dem Namen des Vaterlandes irgendeinen uneigennützigen Traum. Sie aber berechnen den Gewinn aus seiner Begeisterung für ihren Ehrgeiz, ihre Habsucht, ihren Machthunger. Hinter dem Nebel seiner Begeisterung begehen sie ihre Verbrechen. Da stehen sie, sie sind nicht die Soldaten der Demokratie; und da sie nicht ihre Soldaten sind, sind sie ihre Henker.

Wäre es uns bestimmt, aus solcher Tiefe noch wieder an das Licht zu gelangen? Vielleicht sind wir nur darum bis auf den Grund des Grauens gesunken, weil das Geschick tragische Größe wollte, eine über alles erhabene Schönheit, Buße wohl auch, und dank ihr die Verklärung? Ungeheures müßte freilich geschehen, die Reinigung der obersten Stellen der Heeresverwaltung, die Ausräucherung der Jesuitenschule, die der Generalstab ist; besonders aber muß beseitigt werden die Unwissenheit, die dies alles erst ermöglicht hat. Nicht mehr und nicht weniger als eine Erneuerung Frankreichs! – aber ist dies wirklich der Sinn und Ausgang des lebenden, vom Schicksal geschaffenen Werkes, das sich hier abwickelt? Zola konnte damals nichts sehen, als daß zum Anfang der Buße eine neue Schändlichkeit geschah und daß wieder gelogen ward, aber jetzt im Namen des Mitleids. Der Unschuldige ward begnadigt. Er bekam nicht sein Recht und seine Ehre, man ließ ihn nur laufen. Seine Mörder gingen weiter mit allen ihren hohen Würden in der Sonne umher. Dazu also die übermenschliche Anstrengung, deren es bedurft hatte, um seinen Grabstein zu heben, beschwert wie er war mit allem aufgehäuften Unrecht. Sei es! Der Unschuldige hat Zeit, zu warten, bis ihr ihn wieder einsetzt und hoch ehrt vor aller Welt. Eure Schuld werdet ihr ihm niemals ganz bezahlen können. Denn eure Schuld besteht nicht nur in seinem Leiden, das ihn heiligt, sie ist angewachsen um den vollen Schatz von Empfindung und Gedanken, den er euch geöffnet hat. „Der zweimal verurteilte Unschuldige hat mehr getan für die Verbrüderung der Völker als hundert Jahre philosophischer Redekämpfe und theoretischer Menschlichkeit. Zum erstenmal, seit die Welt steht, hat die gesamte Menschheit den Schrei nach Befreiung ausgestoßen und ist aufgestanden für Rechtlichkeit und Großmut, nicht anders, als bildete sie nur noch ein Volk, das eine Volk von Brüdern, das Dichter erträumen.“ Dies darf kein Spiel gewesen sein. Wenn es gelänge, durch den Kunstgriff der Begnadigung das Bild des Unschuldigen zu verwischen, auch die großen Begriffe, für die es dasteht, wären getrübt. Zola ist entschlossen, weiter zu arbeiten für den Unschuldigen, rastlos und ohne Furcht, daß er die Welt ermüde oder erbittere. Das Entgleiten des erhofften Sieges steigert seine Inbrunst, in ihm erschließt sich eine mystische Liebe zu dem

Auserwählten des Leidens, in dessen Nachfolge auch er selbst Verfolgung erlitten hat um der Gerechtigkeit willen. Er scheint nun in seinem Gefühl so einfach wie irgendeine einfache Gestalt von einst, die ein Wunder gewirkt hat nur mit der Kraft ihres Herzens. Mehr als hundert Jahre zuvor war durch dasselbe Paris eine Frau gegangen, eine Frau aus dem unteren Bürgerstand, war von einem Menschen zum anderen gegangen, großen Herren, Leuten von der Straße, der Königin selbst, und zu jedem, trotz Spott, Müdigkeit und Gefahr, sprach sie nur eins: in der Bastille sitze ein Unschuldiger, der Unschuldige müsse befreit werden, keinen Tag länger könne die Welt sonst leben. Sie erreichte es auch; es schien merkwürdig und ergriff. Aber erst lange danach ward klar, es sei ein seelisches Vorspiel der Revolution gewesen. Zola ist, auch wenn er an seinem Schreibtisch sitzen blieb, unter den Volksgenossen umgegangen als ihr Gewissen, wie vormals Madame Legros. Sie eine Handwerkersfrau, er der weiteste Geist; aber beide sind hervorgetreten aus dem tiefsten Herzen einer Menschenart, die glaubt an den Menschen, die schwärmt für ihn, und die ihre Höhepunkte immer dann erreicht, wenn sie für seine Unschuld kämpft.

Aber schon damals hatte die Königin befohlen, die Akademie solle Madame Legros mit dem Tugendpreis krönen, nur sagen dürfe man nicht, wofür. So verläuft es auch diesmal. Die Wahrheit und die Gerechtigkeit siegen trotz allem, nur darf es nicht verlauten. Der Sieg muß zweifelhaft bleiben. Nicht nur Königinnen, auch das Geschick bestimmt es so. Nach der Begnadigung des Unschuldigen werden die Parteien weiter streiten, ein Jahr noch, und das Ende ist die Amnestie aller, Kehraus, Straflosigkeit und Vergessen für Gerechte wie Ungerechte, Verbrecher wie Rächer. Und dies scheint aller Welt ein annehmbares Ergebnis, der vernünftigste Ausweg. Es tut nichts, daß die Wahrheit entnervt wird durch einen Straferlaß, der keinen Unterschied macht zwischen dem General Mercier und Zola. Niemand weigert sich, es hinzunehmen, daß das Gefühl der Gerechtigkeit verdunkelt wird bei den Kleinen: auch Jaurès nicht, der Hochherzige. Und nie wird es dem Land einfallen, aufzustehen dagegen, daß das Gute verschleiert, das Böse nicht feierlich gezüchtigt wird. Denn dies ist nicht der Weg des Geistes unter den Menschen. Mit nichten tritt er aus einem einzigen Beispiel, einer weithin sichtbaren Begebenheit strahlend hervor, blitzt nieder die Mächte der Finsternis und überzeugt mit seiner jähen Apotheose auf einmal alles Volk. Auch diese Dinge lehren es wieder. Die Taten sind nicht ohne Rest komponierbar, kein fünfter Akt beendet hier die Irrungen und Zweifel. „Der Fall Dreyfus hat Frankreich sehr geschadet“, werden noch immer die Toren sagen, wenn sie schon längst umgeben sind von dem Nutzen, den er gewirkt hat. Als er begann, saßen in Regierung und Generalstab die Mörder des Unschuldigen und handelten unter dem Willen der Kirche. Der Kampf nahm die Herrschaft den schlechten Republikanern und gab sie besseren, die das Unrecht nicht wollten und nur zu schwach waren für das Rechte. Ihnen werden vielleicht andere folgen, die gut und nicht mehr schwach sein werden. Vieles könnte möglich werden: die Angriffskraft der Kirche gebrochen, das Heer der Demokratie geführt zu ihrer Ehre von ihren eigenen Söhnen; und die Gleichheit als Abschluß, die wirtschaftliche nach der politischen, und damit endlich die wahre Republik, die Republik der Gerechtigkeit und der Wahrheit. Aber auch dann kein Ende, der Kampf ist nie aus, der Sieg hat kein Gesicht, und erst die Söhne mögen feststellen, wieviel die Väter gewonnen haben. Die Wirklichkeit ist bitter und dunkel, wir können nichts tun, als unser Blut und unsere Tränen geben. Wir können nichts tun, als kämpfen für die Ziele, die nie erreicht werden, aber von denen abzusehen schimpflich wäre, – kämpfen, und dann dahingehn.

Verklärung

Reicher um diese Erkenntnisse, zog Zola sich in Stille und Arbeit zurück, 1900, nach drei Jahren politischen Kampfes. Nicht mehr zwei Jahre hatte er zu leben. Und zum Abschied von den Eintagsmenschen und bedenkenlosen Genießern des Augenblicks, mit denen er es die Zeit über zu tun gehabt hatte, den todgeweihten Verächtern der ewigen Ideen, verhieß er ihnen die Rache, die von jeher die Dichter genommen haben. „Verbrechernamen gibt es, die, mit Ehrlosigkeit gebrandmarkt von uns, nur noch fortgeschwemmt werden wie Unrat im Strom der Zeit.“ Mehr: er wollte aus seinem erkämpften Wissen heraus bezeugen, was er nahen sah am Horizont, seine hartnäckige Hoffnung, viel Wahrheit, viel Gerechtigkeit werde eintreffen, bald, von den fernen Feldern, wo die Zukunft sprießt. Er war sechzig Jahre alt, aber nicht entmutigt. Die Kraft, in vierzig Bänden ausgegeben und erworben, er hatte sie handelnd noch einmal ausgegeben und noch einmal erworben. Er war, da er dem Leben glaubte und es liebte, gemacht für Katastrophen. Ihm konnten sie nicht an, er wußte: das Leben geht weiter, wenn ich liegen bleibe, geht weiter, wie ich es gekannt habe. Ich habe vorgelebt denen, die nun leben sollen. „Ein Hauch ist vorbeigeweht, und alle wollen schneller zur Gerechtigkeit kommen, wollen in Wahrheit leben und so viel Glück wirklich machen, wie immer möglich." Handelt! Macht wirklich! Fangen sie nicht schon an? Er sieht mit seinen letzten Blicken den ersten Schimmer heraufsteigen des Tages, den er mit geschaffen hat. Die Bewegung wächst immer, die Kräfte von morgen schicken sich an, den verderblichen Mächten der Vergangenheit die entscheidende Schlacht zu liefern. Die Ausbreitung des Unterrichtes, die Kirche ausgeschlossen von ihm, die Reinigung des Heeres und des Staates, Fürsorge, Steuergesetze, und die Arbeit neu geehrt: die wahrhafte Republik kündet sich an; er sitzt dort draußen in der Abendsonne seines Gartens und läßt nur gedeihn. Sie wissen ihn nahe, das Leben weiß ihn sich immer nahe, und sie holen ihn herbei, damit er ihre Genossenschaften und Gründungen feiere und ihnen noch einmal den Kampf verherrliche und die Arbeit. Es scheint ihnen wohl, er sei der Vater ihrer Republik und habe wahr gemacht, was verheißen war über seinesgleichen. „Der einsame Denker bestimmt, schreibend und handelnd, das Schicksal der Menschen. Er nur zeugt in ihnen, vermittelst des Gefühls, die Ideen, von denen sie leben, und die sie mit aller ihrer Kraft festlegen in sozialen Wirklichkeiten. Er nur treibt sie zum Handeln an, zum Gutmachen durch Rechtlichkeit und Wahrheit." Kein Jahrzehnt mehr, und von der Kammertribüne herab wird der Minister der Arbeit in Sätzen, die von Zola scheinen, das Recht des geistig befreiten Menschen verkünden auf irdische Gerechtigkeit statt der himmlischen, das Recht des arbeitenden Menschen, wirtschaftlich so unabhängig zu werden wie politisch. Zola selbst hat das letzte, das ihm gegönnt war, darangegeben, uns vorausschauen zu lassen, was uns versprochen ist. Les Quatre Evangiles, Entwurf des neuen Erdenbundes, begonnen mit dem Loblied der Fruchtbarkeit, erweiterten sich nun zum dargestellten Wunder der Arbeit, dem Heldengedicht ihrer Kraft und Herrlichkeit. Aber aus Arbeit die Idee, so hatte er es erfahren. Fécondité und Travail zogen nach sich Vérité und Justice. Durch Wahrheit zur Gerechtigkeit, dies war sein Weg, es mußte der Weg der Menschheit sein. Er konnte ihnen nicht mehr das heilige Bild ihrer erfüllten Gerechtigkeit enthüllen, ihm blieb nur noch Zeit für das dritte der Evangelien. Wahrheit war die Seele aller seiner Anstrengungen gewesen; er hatte begonnen in ihrem Namen und schloß nun mit ihr. Der Fall Simon in Vérité ist nochmals der Fall Dreyfus, vereinfacht durch Provinz und kleine Verhältnisse, mit dem Militär und den Patrioten in zweiter Linie, ganz vorn aber, wie es ihm gebührt, der Kampf der Kirche mit der Schule; Umklammerung der Jugend durch die Kirche, der Zukunft des Landes, seiner Verwaltung, Armee, seines Geistes und Gewissens; Verwirrung des Landes, Schändung, Wahnsinn und drohender Zusammenbruch, aber dann seine Befreiung durch den Sieg der Wahrheit. Auch hier eine Ungerechtigkeit, und „eine einzige Ungerechtigkeit genügt, damit ein Volk daran sterbe, in langsam überhandnehmendem Wahnsinn“. Der jüdische Laienschullehrer ist unschuldig an der Ermordung des Kindes, ein Frater hat es getan; warum euer abergläubisches Wüten, das nur euch selbst in die Fesseln liefert? „Die Herren der Welt haben nie jemand vergiftet, es sei denn die Unwissenden.“ Ungeheure Geduld des andern armen, Verfolgung leidenden Lehrers, der an der Stelle des unschuldig Deportierten eure Kinder die euch noch unbekannte Wahrheit lehren will, die eigene Prüfung, die gefestete Vernunft. Nur seine gewappnete Liebe befähigt ihn, durchzuhalten. „Er bemühte sich zärtlich, die Kinder besser zu machen als die Väter, in die verruchte Gegenwart senkte er den Keim der glücklichen Zukunft, und das Verbrechen der anderen löste er ab um den Preis seines eigenen Glückes.“ Sein Werk gelingt ihm, oh, nach wie vielen Rückschlägen; dennoch ist eines Tages die Nation keine am Boden lastende Bleimasse mehr, und ist herangezogen zum Glück. Der Unschuldige kehrt zurück im Triumph. Es triumphiert die Wahrheit, –

aber da hat der Unschuldige schon weiße Haare ...; Und auch so noch ist dies eine Utopie; den Sieg, wir wissen es, erlebt man nicht. Wir können ihm nur entgegenträumen, wenn wir endlich ruhen vom Kampf. Geduld und Liebe werden ihn, wie jener arme Lehrer, erwerben für die Späteren. In der Abendsonne seines Gartens träumt Zola ihm entgegen, mit beruhigter Miene. Ehemals las man darin, er sei unruhig und verwickelt; und dies ist jetzt ein Gesicht, fast einfach, fast ohne Qual und Hintergründe, geklärt durch Erleben, nicht verwirrt, und den Menschen befreundeter, nachdem er sie erkannt hat, als wie er anfing, sie zu kennen. Die Haare im Nacken halb lang, biederer Graubart, und das ideale Gesicht eines alten Lehrers, sanft, trotz seiner Weisheit voll Zuversicht, ein Lehrer der Demokratie.

Die Weisheit sagt: „Dein Werk ist getan, aber es ist umstritten und gefährdet." Die Zuversicht sagt: „Es ist da." Die Weisheit sagt: „Du glaubst doch nicht, es werde unbehelligt immer fortwirken und der Mensch sich nach deinem Beispiel auf geradem Weg hindurcharbeiten zum Geist. Das ist nicht seine Art. Seine Art ist es, den Geist zu hassen, wenn schon mit schlechtem Gewissen. Gesetzt auch, du zeitigest wenigstens nahe um dich her eine Annäherung des handelnden Menschen an die redliche Vernunft des denkenden Menschen: Schicksal der Vernunft ist es, zeitweilig zu ermüden, sich aufzugeben und das Feld zu räumen den Orgien einer komplizierten Naivität, den Ausbrüchen tiefer alter Widervernunft. Denke dir einen Taumel der Widervernunft, gegen den die Verurteilung eines Unschuldigen, und was dann folgte, belächelnswert wäre. Zeitwenden stehen vielleicht bevor, da eine Welt, die von dir nichts weiß, sich dahin bringen läßt, zu toben im Rausch von hundert Giften, wüstem Haß, stinkender Lüge, tauber Ungerechtigkeit; im Krampf, den sie Begeisterung nennt; in Geschäftsgier, die sie auch Begeisterung nennt; im tollwütigen Drang, zu vernichten, Drang rückwärts, Drang hinab, zum wiedergekehrten Chaos, so dunkel, daß auch dein Wort es nicht mehr aussprechen und erhellen könnte. Wo bleibt dann jene Demokratie, die du naturalistisch genannt hast, weil sie die angewandte Wissenschaft vom Menschen sei? Der verantwortungsloseste Lyrismus ist wieder da,

Lyrismus des Abgrundes, die ewige Scham jedes Menschengläubigen. Damit rechne." Die Zuversicht sagt: „Ich rechne damit, – und über den Abgrund hinweg grüße ich jene, die dann kommen, die um so fester in ihren Herzen die Liebe einer zu vervollkommnenden Erde tragen werden und eines Menschengeschlechtes, dessen Aufstieg kein Ziel kennt. Nach jedem Rückfall in den Abgrund werden die Herzen fester sein. Die besten Werber für den Geist sind seine Widersacher, Grausamkeit und Elend. Wo sind die Eroberungen des Schwertes? Welches Reich ist durch Blut fruchtbar geworden? Sie sind verdorrt, sie verdorren. Bestand hat einzig, was der Geist erobert. Über allem ist die Literatur, ihr Werk ist der Mensch" ...; Die Weisheit sagt wieder: „Wenn es so wäre, wer wird durch so ungeheure Zeiträume dein Werk noch erkennen? Es ist wohl nicht ungeschehen, das kleinste Saatkorn kann fortzeugen. Aber darum dein Stolz? Dein Leiden? Dein Kampf? Sie kennen dich nicht einmal heute, da sie dich noch sehen und vernehmen. Dein ist der weitest reichende Ruhm der Zeit, wie sollte sie dich nicht mißverstehen? Die Zeit sieht einzelnes und keine Einheit. Die Parteigänger deiner letzten Bücher nennen die ersten unsittlich, die Bewunderer deiner ersten sehen ab von deinen letzten. Wer umfassend sein möchte, sagt, du habest zuerst gute Romane geschrieben, die keine gute Handlungen gewesen seien, und dann gute Handlungen vollführt, aber das seien keine guten Romane. Sie wissen noch nicht einmal wirklich, daß ein Schriftsteller ein Temperament feststehender Art ist, das man nur noch mit Unrecht verwirft, wenn man es je einmal hat gelten gelassen. Du warst in aller Zustimmung und allem Haß doch immer allein mit deinem unbeirrbaren Ich. Deine Art, zu sehen und zu leben, gehörte nur dir und wird mit dir sterben." Die Zuversicht antwortet: „Nein. Gib nicht acht darauf. Deine Methode war die des Zeitalters selbst. Zukünftige Geschlechter werden dich weniger lesen, aber besser kennen und die Gestalt eines Vorfahren vor Augen haben bei Nennung deines Namens: eines der guten Männer, die schon damals das Glück für alle suchten in der Wahrheit. Auch dich wird die Liebe retten, der Atem des Alls, der durch deine Brust ging. Sieh, schon heute, aus einer dir mißgesinnten Jugend, tritt ein einzelner junger Mensch zu dir; hat eine der deinen fremde Art, das Schöne zu suchen, und will dir doch sagen, er wisse es wieder, du seiest groß. Zwanzig Jahre nach deinem Hinscheiden, vielleicht fünfzig, kommt die Entdeckung für alle" ...; Hierauf nochmals die Weisheit, leiser und schmerzlich: „Ist es aber auch wahr, daß dein Werk dies eine Erdengedicht sei? Es ist vielgliedrig, in seinen früheren Teilen ist übergenug Erde, in seinen letzten fast nur noch Geist. Du warst vielleicht nur einmal vollkommen." Die Zuversicht: „Genug für ein Leben." Die Weisheit: „Sieh hin, als wärest nicht du es. Hier ist ein Künstlerwille, vom Süden ausgezogen wie ein Eroberer, sein Stärkstes die sinnliche Kraft, aufzurichten und zu bewegen. Aus seiner Fülle selbst und Blutwärme erblüht ihm Geist, wird stark, wird herrisch und erstickt die Leiblichkeit des Werkes. Wo ist fortan noch die Heftigkeit der Szenen, das Reißende im Fluß des Dargestellten, all das lodernde Leben? Der Gealterte, hoch gestiegen in armes Land und ermüdet, sieht sich um. Zweifel rührt ihn an, ob nicht sein wahres Werk nur jenes war, das seinem jungen Blut entsprang. Aber er ist doch gestiegen! Hat er denn die sinnliche Beherrschung des Lebens nicht mitgebracht bis in das Land des Geistes? Nur durch sie wird der Gedanke vollkommen, die unsinnlichen Denker wissen dies nicht. Aber der Künstler, der es erst weiß, kann es nicht mehr beweisen. Sieh hin, da stehst du." Hier aber die Zuversicht: „Dann sei getrost, dein Schicksal ist ein Zeichen für Größeres. In deinem kleinen Dasein war also Raum für die ganze Tragödie des Menschen. Er muß das Leben wollen, und doch auch etwas, das mehr ist und sich kaum jemals bindet mit ihm: den Geist. Kurzer Zielpunkt, wo beide sich binden, sich ganz durchdringen. Schon löst sich der eine, und das andere entgleitet. Liebe es so, denn so soll es sein."

Zola, in der Abendsonne seines Gartens, fühlt: „Es geht dahin, und ich liebe es nur mit noch mehr Leidenschaft. Und was ich liebe, ist der Kampf, und selbst die Erkenntnis nur um seinetwillen, die tägliche Arbeit unter Schmerzen, die Arbeit, unser Gesetz. Nicht schauen: – kämpfen, und dann verschwinden!" Wenn nun der Tod kam, heftig und ungesehen, in einem Unglücksfall, der Vorgriff und rasch abbrach: was brach er ab, was konnte der Tod dem hier noch vorenthalten? Kein Greisentum; sein Herz war, als man ihn sezierte, stark wie Jünglingsherzen, nie würde es haben alt sein wollen. Nicht Geweihtheit und Frieden; Greise, denen sie zu gut anstehen, haben wohl vordem manches versäumt. Hier ist die kurze Verklärung des guten Arbeiters, der anhält und atmend auf seiner erhobenen Stirn den letzten Strahl empfängt. Schon stürzt er hin, nicht unter der gehabten Mühsal, sondern weil sie beendet ist. Wir wollen ihn aufheben, das Pantheon steht offen.

Anatole France

Über Anatole France sind sofort nach seinem Tode so viele Bücher erschienen, daß die Verfasser sich offenbar schon längst vorbereitet hatten auf diesen Toten. Die Franzosen waren fertig geworden mit ihrem Meistgelesenen, er war restlos eingegangen in das Bewußtsein derer, die lesen, und sogar der Nichtleser. Diese fühlten zum mindesten, daß sein Name mit Recht der des Landes war; daß die Hunderttausende seiner Bücher, die jedes Jahr in die Welt gingen, ihr Land verkündeten und für es warben; daß nur er allein unter den Lebenden vollgültig die Gaben Frankreichs vertrat angesichts aller dem Unbekannten ihre Gaben bringenden Völker.

Die erste Gabe ist, wie France selbst glaubte, die Skepsis. „Die höchsten Geister unserer Rasse sind Skeptiker. Ich bin nur ihr geringster Schüler." Bei aller geistigen Schärfe aber kommt Formensinn als nächste Gabe. Die klassische Genauigkeit und Kürze ist einzig ins Französische übergegangen. Klassische Harmonie des Ausdrucks, Ruhe der Lebensordnung im Stil wird von dieser Sprache zu gewissen Zeiten erreicht. Andere Zeiten wieder erreichen im Denken, Leben und im Schreiben das äußerste von Unruhe, von umwälzender Respektlosigkeit – bleiben aber klar. Ja, dann wird gefordert, die Welt solle sich beugen vor dem Denken und danach handeln. Aber nur, weil in so klarer Sprache gefordert wird, beugt die Welt sich zuweilen.

Bemerken wir, wie ungewöhnlich es ist, daß Geister dieser Art von einem Volk als seine maßgebenden Wortführer geachtet werden! Wer Neuerungen will und das Alte untergräbt, macht sich gemeinhin doch unbeliebt. Den Menschen nachweisen, daß Geistesschwäche und Bosheit ihre Wurzeln sind, ihre ganze Geschichte aber etwa das Treiben hirnloser Vögel, die ein halb blinder Heiliger durch Zufall taufte und nachträglich zu Menschen machen mußte: wen erbaut das? Ein Volk will doch geschmeichelt sein? Ein eitles Volk? Mir scheint, die Wahrheit hören zu können, ist ruhmvoll für ein Volk. Den, der die unnachsichtige Wahrheit sagt, einmütig als seinen Wortführer zu feiern, weist einem Volk den geistigen Rang an. Man muß an sich zweifeln gelernt haben, um jemals aufzusteigen. Sollte aber die gebrechliche Natur uns Menschen völlig rein zu handeln nie erlauben, so hätten wir doch erkannt, wer wir sind, und können bessern, was zu bessern ist. Aus der Skepsis, so sagt France, wird Hilfsbereitschaft. Denn die Erkenntnis der menschlichen Schwäche und des sinnlosen Leidens, das Menschen einander zufügen, müsse im Denkenden Mitleid erwecken und ihn zum hilfreich Handelnden machen. Dies ist der Wert unnachgiebigen Denkens. Wer dagegen immer nur beschönigt, abschwächt, vergemütlicht, kommt nie zu der Ehre, bessern zu wollen. Je hübscher die Welt in den Büchern ist, um so häßlicher pflegt sie sich wirklich aufzuführen.

Ein Höhepunkt tatfreudiger Skepsis war die Zeit um Dreyfus. Jene Affäre machte aus mehreren betrachtenden groß handelnde Menschen. France fand sich damals mit Zola, so sehr und so lange er ihn literarisch verabscheut hatte. Verschiedene Temperamente verfeinden auch verwandte Geister. Damals aber fanden sie sich in der Liebe zur Wahrheit und im Willen, sie unter Menschen zum Siege zu führen. Es gelang auch, – was nur aus der Ferne einfach scheint; es ist aber ein äußerst seltener, schwieriger, verworrener Vorgang, voll der Bitternisse für Sieger wie Besiegte, für niemand triumphal. Die vier Bände Zeitroman, die France über das damals Erlebte schrieb, haben von allem die erbittertste Haltung; nie würde man glauben, er sei Sieger.

Dennoch hat er erst seitdem in den Geistern der Zeitgenossen gesiegt; seine große Leserschaft und sein Weltruhm gehen von einem Kampf gegen Bosheit und Lüge aus. Freilich hätte es nicht genügt, über die Geister zu siegen; auch die Herzen mußten sich besiegt geben, zu erwecken war Mitgefühl mit dem strengen Kämpfer. Monsieur Bergeret, der Held der so streitbaren Zeitromane ist arm, betrogen und allein, ein bedrücktes Herz nicht weniger als ein Empörergeist und ebenso verwandt allen, die im Fleische leiden, wie allen, die den Stolz ihres Geistes büßen. So konnte er Menschen gewinnen.

France-Bergeret gewann auch Menschen mit seinem schönen Stil, der echten Erscheinungsform einer trotz Erbitterung, Kampf und Leiden immer wohltönenden Seele. Er schrieb Bitternisse hin, als sei er heiter, und Wirrsale, als seien sie die Ordnung selbst. Er wahrte Harmonie, die große Ruhe – und wahrte sie dem Leben zum Trotz, zur höheren Ehre der Kunst, dessen, was bleibt, wenn unsere Ängste vorbei sind.

Ja, er vereinte in sich die Zeiten der Pflege klassischer Überlieferungen mit jenen anderen Zeiten Frankreichs, in denen gezweifelt und gekämpft wird. Unfriede des Denkens, umfriedete Form, scharfer Geist und ein mildes Herz, er trug in sich ganz Frankreich – und übrigens auch alle anderen Länder mit gut veranlagten Menschen. Was braucht ein Denkender, um das Leben recht zu fassen und nicht an ihm zu scheitern? Verachtung und Güte. Jene, um nicht zu hassen, diese, um von Menschen nur zu fordern, was sie leisten können. Er hatte beides, – was kaum vorkommt. Die Seinen, die seine Sprache sprechen, hatten vollauf recht, ihn der Welt als den Ihren zu zeigen. Es kommt nicht allein darauf an, wieviel an einem Autor neu ist, was erlesen oder selbst wie stark es ist. Literatur ist soziale Erscheinung.

France betont dies oft. Er sagt, die Erfolge der Schriftsteller seien fast immer politisch gewesen. Meistens, sagt er, vermischen sich Politik und Literatur. Beim Entstehen literarischer Namen zähle Literatur kaum mit. – Das ist vollkommen wahr, – da ja das Technische der Literatur und auch ihre Seele, die sich technisch ausdrückt, den meisten ihrer Freunde gar nicht klar wird. Für sie bleibt Literatur an das wirkliche Leben gebunden, ist selbst eine Form des öffentlichen Lebens. Jede Literatur läßt sich in rechts und links aufteilen. Jeder Autor hat seinen Erfolg, weil er einer Klasse gefiel, wenn nicht gar gefällig war. Auch seine Mißerfolge hat er durch sie.

Im Verlauf seiner politischen Kämpfe wurde France Sozialist; zuletzt war er Kommunist. Ein Kommunist ward im Oktober 1924 in das Pantheon der großen Männer Frankreichs zu Grabe getragen. An der Herrschaft ist die Bürgerklasse, sie ehrte aber den Kommunisten, dessen Werke nicht nur sie ehren. Ob ein Schriftsteller groß wird, hängt davon ab, wieviel eine Klasse verträgt. Andererseits hängt es von der Größe des Schriftstellers ab, ob die Klasse ihn hinnimmt und erhöht.

*

France ist groß durch Vollständigkeit und Unangreifbarkeit des Könnens. Er hat die Fähigkeit des Sehens, des Verallgemeinerns, des Formens. Er hat Sinnlichkeit. Er hat das Maß und das Urteil. Damit ist alles sein, was den nahezu unfehlbaren Schriftsteller ausmacht. Etwas anderes ist Schöpfergröße. Niemand ist zu ihr verpflichtet. France entrüstete sich einst gegen einen Kritiker, der ihn für vollkommen, aber nicht für groß hielt. Wer vollkommen wäre, sagte France, sei eben darum auch groß. Gewiß, – da Vollkommenheit ein unerhörter Glücksfall ist und den Menschen sich einprägt.

Sie lassen sich das Vollkommene willig einprägen. Denn das Vollkommene ist das ausgeglichene Zusammenspiel aller ihrer mittleren Eigenschaften, die sie selbst nur ungleich und unvollständig haben. Es schmeichelt ihnen daher. Schöpfergröße beleidigt sie, indem sie gegen ihren Willen sie emporreißt. Große Gestaltungen der Literatur sind unmenschlich, weil ausschweifend über Maß und Urteil. Sie heißen lange krankhaft, man liebt sie mit Scheu und mit Vorbehalt, man haßt sie, solange man kann.

France hat menschliche Seltsamkeiten aufgesucht; das kommt von der Neugier seines Geistes und seiner Sinne. Er hat sonderbare erotische Fälle behandelt, er beweist Vorliebe für brüchige Charaktere, fragwürdige

Ausschnitte der Gesellschaft und für geschichtliche Zeiten, die doppelsinnig scheinen, wie jene verwischte Grenze zwischen frühem Christentum und spätester Antike. Alles, auch das Verdächtige, auch das Krasse, blieb bei ihm wahr – und wurde doch liebenswert. Er ist sogar findig im Herabsetzen der Menschen; sie aber gehen mit ihm. Dahinter steckt ein Geheimnis. Sein Humor erklärt viel; denn er war noch mehr Humorist als Ironiker. Sein Mitleid erklärt viel, seine Sympathie mit allen Armen, – und jedem, jedem weiß er zu zeigen, wie sehr er doch arm ist. Daß er alles versteht und in Figuren wie seinem großen Abbé Coignard eigentlich fünf gerade sein läßt, erklärt viel. Aber ganz zuletzt bleibt das Geheimnis, das mit den Worten „Zauber des Vollkommenen" nur genannt, nicht erklärt ist. Warum betört höchste Vernunft uns nicht weniger als Gewalt und Übermaß? Der klarste France hat seine Mystik wie Balzac und Dostojewski.

Sehr selten und höchst ergreifend, die Zartheit der Sinne bei einem Weisen. In den Büchern dieses France wird viel gesprochen, viel zerlegt, viel entgöttert, – aber kaum, daß eine junge Frau ihr süß gefärbtes Lächeln dazwischenhält, sofort stehen alle Götter Griechenlands wieder auf, und die Erde leuchtet wie je. La Révolte des Anges, sein stärkster Roman, wie er wohl wußte, zeigt Stolz und Sturm der gefallenen Engel gegen den unzulänglichen Gott, der Unrecht und Leiden in seiner Welt verewigt hat. Die stolzesten der Engel werden einzig vom Gedanken der Weltenrevolution beherrscht, andere gehorchen irdischen Leidenschaften, wenn auch als Verirrte, die Größeres kennen. Da aber die weltenstürmenden Engel ihren vorläufigen Wohnsitz in Paris haben, spielen Menschenschicksale hinein, ganz gedankenlose, niedrige und schwache. Ein alter Schwachkopf bringt seinen einzigen Freund um wegen alten Plunders. Ein junger Leichtsinn von Haussohn und eine ungetreue Ehefrau tun einander so viele Gemeinheiten und so vieles Liebe an, wie sie nur können mit ihren unbedeutenden Kräften. Aber die Sinne des Dichters lieben diese zweifelhaften Erscheinungen des Lebens zärtlich; sie breiten warme Luft um sie und leiten in sie das Blut der Erde. Es sind Menschen, auch die Engel sind Menschen – durch Geistesstolz.

Jene anderen haben keinen, nur ihr bißchen Leib – und zwingen uns doch nicht weniger zum Staunen, sind nicht weniger vollkommen und vollenden erst den Ruhm der erschaffenen Welt.

Der große Abbé Jérôme Coignard erweist sich in der Rôtisserie de la Reine Pédauque als Säufer, Schürzenjäger, Landstreicher und Dieb. Daneben ist er der klarste Geist, Kenner der Alten, ungläubig und voll Verachtung gegen irdische Mächte und Vorurteile, aber aus Weisheit treu im Glauben an die Lehren der Kirche, nur daß er sie zu seiner Bequemlichkeit gern sophistisch auslegt. So geht er dahin ohne Zerknirschung – denn menschliche Schwäche ist im Plan Gottes miteinbegriffen –, schreibt seine Kommentare, schlägt sich im Notfall tapfer, sagt aber den Mächtigen keine unnützen Wahrheiten. Persönlich frei von den Irrtümern seines Jahrhunderts, sogar in die Zukunft nicht immer falsch blickend, muß er reichen Narren dienen für das tägliche Brot und stirbt von der Hand eines erbosten Kabbalisten. Dies das Leben des Weisen. Es hält sich Demütigungen und der Schande nicht ferner als dem Wissen und der Ausgewähltheit. Für Verlaine und Villon hat der so wohlgestalte France als Bruder gefühlt.

Er, der viel und mit Hingabe schrieb, hat gleichwohl verstanden, daß Coignard nichts hinterließ als gesprochene Worte im Gedächtnis seines Schülers, der sie erst sammelte. France, der Bücher ganz wie Menschen liebte, glaubte, daß sie im Grunde auch nicht länger leben als Menschen. Was nach dem Tode des Menschen aus seinem Buch werde, sei unberechenbares Abenteuer, ein neues Leben, ein neues Buch. Unser Buch verwandelt sich, wenn es erhalten bleibt, mit der Zeit so sehr im Geist der Lebenden, daß wir selbst, sprächen sie uns davon, nicht wüßten, wovon sie sprächen. Bescheiden sein, es bleibt nichts. Er läßt den bescheidenen Tournebroche von seinem Lehrer Coignard sprechen wie von einem Geisteshelden. Aber das darf France; denn er ist nicht nur selbst der große Mann, er ist auch der bescheidene.

Am Ende seiner Laufbahn hat er geglaubt oder glauben gewollt, nicht einmal das Gedächtnis werde bleiben von uns. Geschichtliche Katastrophen würden uns alle verschlingen. So nimmt der Uralte, der scheidet, seine Welt mit sich fort. Seine äußerste Demut ist sein letzter Stolz. France hat auf die Frage, warum er den europäischen Krieg nicht schon damals verurteilte, als Rolland es tat, geantwortet: „Rolland war mutiger als ich." Der Vollendete ist hinaus über Eitelkeit. Seine letzte Eitelkeit ist der Verzicht.

Dennoch hatte Anatole France mehr Grund als andere Sterbende, an das nahe bevorstehende Ende der ihm bekannten Welt zu glauben. Er faßte sie zusammen wie ein Letzter. Er enthält ihr ganzes Genie. Er selbst war nicht, was so genannt wird, und hielt sich nicht dafür. Er arbeitete, um ein Genie zu sein, zu einsichtsvoll, er achtete zu sehr auf sich. Ein Genie kann sich Albernheiten erlauben; denn „nichts entehrt die Götter". Aber auch das unpersönliche Genie eines ganzen Zeitalters kann verkörpert sein und ausreifen in einem Erwählten. Das gibt dem Erwählten zuletzt sogar die Leichtigkeit, die er beim Genie bewundert. Wieviel hat er gesprochen, gut, ja, schon in fertig erscheinender Fassung hingesprochen! Seine Hörer konnten sammeln – mehr, als der Schüler des beredten Abbé Coignard gesammelt hatte, und France selbst schrieb doch. Sein Tagewerk war schon getan, wenn er zu sprechen anfing. Er war reich, er verwaltete den geistigen Besitz langer, herrlicher Zeiten und eines berühmten Landes.

Philppe Soupault
oder
Der junge Franco-Europäer

I

Ein Geist, der sich nur genügen kann durch sein endgültiges Verderben, denn dieses nähert ihn endlich dem Unendlichen."

Was alles liegt hierin?

Neugier sicher, unersättliche Neugier, zusammen mit Genußsucht wahrscheinlich, selten gestillter Genußsucht. Furcht überdies, zumindest Furcht vor Müdigkeit, vor dem Alter und der Mäßigung, denen man die Katastrophe und den Sturz in die Ewigkeit vorzieht.

Liegt auch Liebe zum Leben darin? Wer weiß es? Ein Geist, der sich genügen will, liebt wenigstens seine Anstrengung. Sein Leben soll vollständig sein, soll so vollständig sein, daß es den Tod miteinbegreift: den Tod des Geistes. Der Tod des Körpers ist alltäglich und ohne Bedeutung. Demnach liegt Stolz in jenem Satz, furchtbarer Stolz auf eine so große Unabhängigkeit vom Leben selbst, daß man sie Reinheit nennen könnte. Auch Tapferkeit bezeugt er, gewiß, auch Tapferkeit.

Ob sein Schreiber glücklich ist? Um so draufgängerisch vom Verderben zu sprechen, kann man nicht unglücklich sein.

II

Der Satz vom Geist, der sich nur genügen kann durch endgültiges Verderben, ist von dem jetzt dreißigjährigen Philippe Soupault. Wie viele Sätze hat er schon geschrieben! Zusammen ergeben sie das genaue Erleben eines Zwanzig- bis Dreißigjährigen, begrenzt von der Jahreszahl 1927. Der Bericht davon ist vielleicht nicht absichtslos; jeder hat doch ein Wunschbild seiner selbst vor Augen und will ihm gleichen. Aber er ist gewissermaßen ungewollt. Der junge Soupault behauptet sogar, daß er aus Schwäche schreibt. Er hält die Literatur zur Not für ein Mittel zum Zweck. Der Zweck aber?

Soupault war bei seiner Jugend schon in der Lage, eine Flotte von zehn Petroleumdampfern zu leiten. Was man „Geschäfte“ nennt, erfüllte ihn bald mit Leidenschaft, denn so lebte er schneller, erfuhr mehr, wagte mehr. Auf das Wagnis kommt es an. Das erste Wagnis, in das seinesgleichen hineingezogen worden ist, war der Krieg. Den haben sie nun einmal im Blut behalten und führen ihn eigentlich weiter, solange sie da sind. Ihre Neigung für das „endgültige Verderben“ ist unbesiegbar.

So zu sein, macht ein Geschlecht junger Leute schon zur weltgeschichtlichen Kuriosität. Sie indessen wissen es überdies, wenigstens Soupault weiß alles. Daß er sich mit Handeln und Wagen berauscht hat, daß Rausch die Freude ist zu zerstören, alles springen zu lassen, weder Folgen noch Verantwortung ernstzunehmen.

Gegen diese Art des Handelns kommt bei ihm keine Literatur auf. Er achtet sie nicht und schämt sich oft, Schriftsteller zu heißen, – während richtige, unbefangene Geschäftsleute eher eine stille Liebe zur Poesie haben können und Tatmenschen oft empfindsam sind. Aber so ist der unsere nicht. Er braucht nur Ruhepausen der Besinnung. In solchen schrieb er seine Romane.

Darin ließ er vorbeiziehen seine Tage, seine Freunde, seine Wünsche. Keine Sendung, bewahre. Die Literatur verleiht keine Sendung, sie gewährt nicht einmal Zerstreuung. Er findet sie keineswegs notwendig um ihrer selbst willen.

Dennoch würde man sich später ganz vergebens fragen, was dies für ein erstaunliches Geschlecht gegen 1930 lebender Europäer gewesen sein mag, gäbe es nicht über sie einige Romane, darunter die von Soupault. Abgesehen hiervon, bestehen noch andere Gründe, weshalb es besser war, diese Romane zu schreiben, als statt dessen noch etwas mehr zu handeln.

III

Der Roman einer Familie, dreier Brüder, der Brüder Durandeau. Auch andere, schon damals in den Zeiten der Renten, der Bärte und des schrecklich langsamen Lebens begannen immerhin meistens damit, sich ihrer eigenen Familie literarisch zu bedienen. Nicht immer hielten selbst in jener noch feststehenden Bürgerwelt drei Brüder so zusammen wie diese hier. Man bedenke, daß der mittlere, der ein zum Spiel neigender Geschäftsmann ist, die Summe von sechshunderttausend mehr oder weniger vollwertigen Francs verliert. Der ältere, ein ehrgeiziger Anwalt, übernimmt ein Drittel der Schuld, ja, er überredet hierzu auch den Jüngsten, und dieser ist doch ein ganz unbürgerlicher Künstler. Aber es bleibt dabei trotz verschiedenen Lebenswegen, daß jeder der Brüder, ob er will oder nicht, auch die anderen vertritt, mitsamt Erfolgen und Mißerfolgen, mitsamt dem, was sie hassenswert oder liebenswert macht. Sie lieben sogar alle dasselbe. Zwei der Brüder haben, ohne daß mehr als einer es wüßte, dieselbe Freundin. Der dritte, es ist der Advokat, geht hin zu ihr, um die Peinlichkeit zu beenden, da wäre er auch hier beinahe der dritte geworden.

Wenn der Ältere ein starker Charakter, der Mittlere ein schwacher ist und von dem Jüngsten niemand weiß, was er vorstellt, es wäre denn einen Menschen, auf den kein Verlaß ist, so sind sie doch insgesamt voneinander überzeugt. Sie sind jeder nicht nur von dem einen, sondern von allen drei überzeugt, jeder von den Durandeau. Sie waren von jeher Burschen, die sich nicht zu nahe treten ließen, überhaupt zur Heftigkeit geneigt und niemals zart. Aber ein Lehrer nannte sie einst „rein", was wohl heißen sollte „ohne Falsch" oder „zu stolz, um zu lügen". Sie sind nicht verdorben. Als die beiden Ältesten sich schon austobten, sah der Jüngste es gelassen und frei von ungesunden Träumereien mit an, denn auch ihm waren diese kostspieligen Freuden nächstens gewiß. Woraus man die Segnungen des Geldes ersieht. Die Armen träumen zuviel und bleiben schon darum nicht „rein".

Es ist eine wohlhabende Bürgerfamilie älteren Stils, der Zustand der Starrheit geht für sie gerade dem Ende entgegen. Die Zumutung der älteren Verwandten, einen „Familienrat" abzuhalten, wird von den jüngeren schon als unzeitgemäß empfunden. Sie sehen in ihren Verwandten eine Sammlung mehr oder weniger schädlicher Mißgeburten. Nur bei ihrer Mutter lebt noch das Gefühl der Familie. Sie hält sie zusammen. Wenn die Mutter Handarbeiten macht, scheint sie das Geschick ihrer Kinder zu weben. Sie liebt sogar die Sorgen, die sie ihr bereiten. Es ist eine echte Mutter, sie wirbt bei uns allen um Sympathien für ihre Kinder, die es auch wirklich verdienen. Vor allem vertreten sie gegen die übrige Familie die lebendige Menschlichkeit sogar in ihren Fehlern; denn man haßt sie besonders wegen ihrer Heftigkeit und ihrer

Ironie. Außerdem haben sie mehr oder weniger persönlichen Zauber, am wenigsten der Älteste, am meisten der Jüngste.

Aber jeder von ihnen ist an den Vorzügen und Fehlern der anderen beteiligt. Mit dem Rest der Familie werden sie zerfallen, dies ahnt man. Die drei Brüder selbst kommen voneinander nie los. Darum genügt es auch, einen von ihnen im Leben weiter zu verfolgen. Er führt die Anlagen der beiden anderen mit sich, höchstens pflegt er eine ihm persönlich eigene Gabe besonders.

IV

Da ist Pierre, der dritte und Jüngste, ein Künstler wenn man will, aber hauptsächlich darin, daß er nichts wie andere Leute tut, so sagt seine Mutter. Er ist zerstreut, vergißt sich halbe Tage bei scheinbar unergiebigem Zeitvertreib, plötzlich aber arbeitet er Tag und Nacht. Gern hält er Leute zum besten. Dies soll ein tiefgehender Zug sein. Man kann nicht mit ihm verkehren, er hat auch nur absonderliche Freunde.

Lassen wir nun Pierre vermittels eines anderen Romans sich verwandeln in Jean, den Apostel der Anpassungsfähigkeit (Le Bon Apôtre). Dieser unterschiedslos überall am rechten Platz befindliche Herr hat von Pierre Durandeau mit bekommen Neugier, Zerstreutheit und den Zug, die Leute zum Narren zu halten, der hier allerdings tief geht, denn er bringt ihn auf fünf Jahre ins Gefängnis. Gleich nachher wird er Direktor einer Schiffahrtslinie, was eher Sache von Louis wäre. So hieß der älteste Durandeau, der ehrgeizige und tatkräftige. Der Mittlere, Emile, spielte im Leben hohes Spiel, das kann auch dieser Jean, denn er sucht die Gefahr. Wenn das Leiden ein stärkerer Anreiz als das Spiel wäre, er zöge das Leiden vor. Er hat es im Gefängnis ausprobiert. Aber „spielen ist gefährlich, leiden macht trotz allem nicht viel aus".

Übrigens beunruhigt er seine Gegner lieber, als daß er sie wirklich täuscht oder hineinlegt. Er beobachtet sie lieber, als daß er an ihnen verdient. Das verrät seine psychologische Natur. Bei großen Erfolgen ist er doch kein sehr zielsicherer Geschäftsmann. Wie kommt es, daß diese

Soupaultschen Geschäftsmänner den Eindruck von Amateuren machen? Eine endgültig gesicherte Stellung traut man ihnen nicht zu. Sie sind darin richtig und echt. Der Geschäftsmann dieser Zeit macht allgemein den Eindruck. Im Fall des sogenannten Jean, Direktors einer Schiffahrtslinie, ist der Grund nicht erst darin zu suchen, daß er immer öfter verreist, besser gesagt: durchbrennt und in einem weitentfernten Palace, ohne auszugehen, sich der Lektüre ergibt. Auch die eintretende Müdigkeit entscheidet nicht, obwohl ein Mann der Tat sich etwas vergibt, wenn er zwischen mehreren unbegründeten Begierden oder Neugierden nicht mehr wählen kann. Schlimmer ist aber, daß er das Befehlen nicht liebt

Er gewinnt dem Leben in der menschlichen Gesellschaft ausgezeichnete Lehren ab. „Ich liebe es, wenn jemand so ist, daß er einfach und wie von selbst seinen Namen und seine Meinung durchsetzt, denn das bedeutet Genie und Glück zugleich. Die Männer und die Frauen, die ›Erfolg haben‹, eignen sich eben dabei, ob absichtlich oder nicht, unverfälscht oder nicht, alle die Vorzüge an, von denen er abhängt." Gleichzeitig gesteht Jean aber, daß er daraus für sich kein Kapital schlägt. „Ich ziehe zu spielen vor. Spielen heißt: nicht wählen." Es bedeutet daher: Unentschiedenheit und Gewährenlassen der höheren Mächte – so klug man auch ist, ja, gerade aus zuviel Klugheit. Erklärt Direktor Jean nicht hier die Schwäche seiner Zeit und seiner Generation? Weshalb dies Geschlecht, von eigenen Kühnheiten berauscht, sich gleichzeitig doch den Mächten der Wirtschaft blind unterwirft, ja, sich politische Diktatoren gibt?

V

Die Energie von 1920 bis 1930 und eines Menschen wie Jean! Er ist zu klug, sie selbst ganz ernst zu nehmen. Es gelingt ihm nicht mehr zu glauben, daß wirklich viel geschieht, wenn er viel handelt. Infolge seiner einsamen Telefongespräche erheben sich in der Ferne Häuser, die Schiffe fahren, und Existenzen werden umgewälzt. Manchmal schwelgt er dann auch im Machtgefühl. In anderen Tagen fühlt er sich höchstens als Boxer, der mit seinem Schatten kämpft – nur mit seinem eigenen Schatten.

Dennoch ist es eine sportliche Leistung. Das Handeln, die Energie haben einen einzigen sicheren Wert: den sportlichen. Der Sport wieder hat den geheimen Zweck, uns selbst dahinter zu verbergen.

VI

Die Väter dieses sonderbaren Sportsmannes, unser aller Väter, nahmen die Tätigkeit sowohl sozial als persönlich ernst. Sie arbeiteten geduldig durch Jahrzehnte an ihrem Wohlstand, indes sie zugleich am öffentlichen Wohl zu arbeiten glaubten. Sie waren überzeugt, daß ihre Tatkraft in der Welt etwas bewege. Sie hatten niemals das Bedürfnis, sich über ihr Handeln lustig zu machen, um außer den Vorteilen des Handelns auch noch vom Witz den Genuß zu haben. Sie ackerten nicht mit allen Pferden und waren nicht mit allen Hunden gehetzt. Bedachtsamkeit und Verantwortung galten ihnen als Gebote jedes erlaubten Tuns. Schnelligkeit und Rausch wären ihnen tief verdächtig erschienen, sie hätten nicht an die Dauer dieser Haltung geglaubt. Sie hätten auch recht gehabt. Die Energie als Genußmittel erschöpft sich bald. Diesen Jean befriedigen, wie viele andere seiner Zeitgenossen, noch nicht einmal die größten der geschäftlichen Wagnisse. „War er Sammler? War er Snob?" Der vielzerstreute Weltmann, immer „anderswo", wie einst in der Schule, als man nicht aufpaßte, er erhält sich nur in Betrieb, aber er wünscht nichts, ihm schmeckt nichts.

Allmählich gewöhnt er sich an die Literatur als an ein Mittel, allenfalls noch zu genießen, wenn die Energie nichts mehr bietet. Genug, das kann nicht dauern. Nach so vieler Unrast, so vielen vorübergehenden Fluchtversuchen verschwindet er endgültig. Sein Freund Philippe Soupault bekommt von ihm eine Karte aus Kanada, ein großer starker Mann steht einfach gekleidet vor einem Blockhaus, lächelt und raucht. Das war er, einst Geschäftsmann, Weltmann, Literat, aber auch jetzt erst 30 Jahre alt. Sein gleichaltriger Freund Soupault schreibt ihm einen Brief, auf den keine Antwort erfolgt. Wir bekommen keine Antwort, wenn wir an unsere eigene Vergangenheit, die doch nie aufhört, auch

Gegenwart in uns zu sein, Fragen und Rufen richten. Philippe Soupault war ein Freund des Direktors Jean, sie beurteilten einander streng oder spöttisch. Jean machte sich zum Beispiel darüber lustig, daß sein eitler Freund behauptete, in seinem Geburtsort, nahe bei Paris, gebe es eine Place Soupault.

VII

Dies war einer. Es war der Energiemensch. Es war unter dem Namen Jean ein Gemisch aus Louis, Emile und Pierre, die ihrerseits die Auflösung ihres Freundes Soupault waren. Jetzt wird er sich und sie alle mit Jean vereinen, um einen gewissen Julien hervorzubringen. So heißt der Held des Romans „Zielen!" Der Held des Romans „Das goldene Herz" dagegen hat kaum einen Namen, ist aber das Ergebnis aller vorigen Personen samt genanntem Julien. Kaleidoskop der durch einander Verwandelten! Es kommt immer nur darauf an, welche der vielen, in allen diesen Personen wirksamen Eigenschaften bei der neuen Person überwiegen und wohin sie aufbricht. Sie kann dann weit kommen. Jean hielt es mit der Energie. Julien wird darin trotz gutem Willen kein Champion. Ihn wandelt noch dunkel an, als sei auch er zum Handeln bestimmt gewesen. Jung beginnt er mit Sportfreudigkeit und in „moralischer Gesundheit", er muß unausgesetzt tätig sein, daher auch viel denken. Aber wohin denkt er gar zu leicht? An den Tod. Er erlebt bezaubernde Jugendschmerzen, daraus aber geht hervor ein früher Greis voll Wunderlichkeiten. Wie er leicht und anmutig war, als er des Morgens 78 Übungen machte, nur um vor sich selbst Ruhe zu haben. Aber was Scherz und Leichtigkeit schien, nichts halten können, nichts im Leben fest wissen, nicht einmal, ob er selbst früher absichtslos jemand getötet hatte: ach, wenn sogar noch dies viel Anmut hatte, zuletzt wird alles bitter schlimm! Zuletzt tröstet einzig ein völlig unnützer Tag und ein unzweifelhaft zielloses Leben ihn über seine Mißgeschicke. Zu allerletzt, wenn es denn gesagt sein soll, bleibt dem Ziellosen als Zuflucht nur noch der Wahnsinn. Es wird nicht laut gesagt.

Dies ist der Ziellose. Hat auch ein Träumender kein Ziel? Er hat wohl kaum eins, hat aber auch wieder dies nicht, daß er keins hat. So kann er nicht einmal den Verstand verlieren. „Das Goldene Herz" atmet von allem den größten Reiz des Ungewissen, man könnte sagen, ein traurig-süßer „Taugenichts" von 1928. Der Held erinnert sich in einer Umgebung, die ihn nur als tote Dekoration umgibt, an einstige Träume, eine erträumte Frau, die leider dann wirklich wurde, worauf es mit ihr vorbei war. Genug, es ist vorbei, man landet in einer Villa, wo alle Träume der Gescheiterten zu Ende gehen. Man hatte sogar einen Namen. Einmal im Buch ist er, wenn die Erinnerung nicht trügt, genannt.

VIII

Der Träumende liebte eine Frau. Man wird es so nennen müssen, obwohl von allen diesen Personen sonst zwar jede Neugier, auch die erotische, sofort befriedigt, die Langeweile mit allen Mitteln, auch denen des Lasters, bekämpft – aber verzweifelt wenig geliebt wird. Die Brüder Durandeau, zwei von ihnen hatten denselben „Geschmack". Ihre Herzen glichen sich darin, daß sie unbeteiligt blieben. Es waren die vernünftigen, aufgeklärten Herzen unserer Zeitgenossen. Der Energiemensch Jean fand ohnedies keine Zeit zu lieben. Dieser hatte sogar das Wort verlernt, das doch überall länger dauert als die Sache. Hingegen versuchte sich Julien, wie in Sport und Hygiene, auch bei den Damen. Man behält den Eindruck, daß es mehr darum geschehen ist, weil doch der Jugend die Welt gehört. Tatsächlich war er bei seiner kleinen Freundin nur zerstreut, und als er eine verheiratete Frau haben und behalten konnte, verließ er sie, – es heißt, aus Anständigkeit. Man begreift nur, daß ihm auch hier nichts in Händen bleibt. Hingegen liebt der Träumende: gerade er. „Goldenes Herz, einsames Herz", dies vorgebliche Sprichwort steht doch über seiner Geschichte! Der Träumende liebt selbstvergessen. Er reist in das Ungewisse, voll des Traumes von einer Frau, die vor ihm herfährt. Nicht erwachen! Sie in Wirklichkeit nie einholen! So ließe sich neben den anderen zahllosen Arbeiten des universellen Sports, der Leben heißt, auch noch lieben. Nur nicht erwachen!

Das Wachen erlaubt dieser Schar mitlebender Personen keine volle Liebe, weil es ihnen nur wenig Illusion läßt. Sie täuschen sich nicht über ihre Energie, nicht über die Wirklichkeit, und die Spur, die sie auf ihr hinterlassen werden. Wären sie ihrer eigenen Einheitlichkeit und der Einheitlichkeit auch nur einer einzigen Lebensstunde gewiß, sie könnten vielleicht glauben, daß gerade diese Eine ihre Geliebte ist. Aber ach, sie bestehen aus vielen Personen, jede aus vielen, und welche von den vielfältigen anderen könnten sie lieben auf ihrer ewigen Flucht. Immer nur fliehen, und alles flieht durcheinander, was wird dabei aus der Liebe!

Ein Dichter ist immer noch etwas reicher als alle seine Personen zusammengenommen. Er ist auch glücklicher als sie; sein Vorzug vor ihnen ist, daß er sie erschafft, und daß er sich nicht vergrößern, sondern verkleinern muß, um seine Zeitgenossen Pierre und Jean zu gestalten. Von ihnen freilich hinterläßt der Dichter das Bild, daß sie zwar keine Liebenden sind, sich aber in geradezu verdienstvoller Weise manchmal als Liebende versuchen. Ohne Gelassenheit, ohne Freude und frei von Illusionen, sich dennoch mit allem, was es gibt, zu beschäftigen, ist entschieden tapfer. Es wird heißen, daß jetzt tapfere Leute gelebt haben. Vor hundert Jahren die Weltschmerzler, die gleichfalls nach gesellschaftlichen Katastrophen auftraten, gingen weichmütig mit sich um: diese nicht. Auch den Verzicht auf Liebe wollen sie nicht als Opfer bewertet wissen, nur als gegebene Tatsache ihrer Natur. Sie kennen, was sonst eher weiblich wäre, von sich selbst nur das Gegebene, nicht, was zu fordern wäre. Daher kommt auch ihr weiblicher Reiz: die kindliche Unmoral, Beschränkung auf die Gegenwart und dieser Zauber für andere, nicht für sich selbst. Sie selbst mögen sich nicht – je mehr sie sich im Spiegel sehen. Sonst möchten sie auch das Leben und auch die Frauen.

IX

Sie wissen sich, wie sie sind, berechtigt, nur fühlen sie sich nicht am Platze – hier in diesem Europa, das ihresgleichen nicht verdient. Sie stellen zu dem herkömmlichen Menschen dieser Zone den Gegensatz auf.

Sie suchen in der Art, sich zu bewegen, zu fühlen, zu handeln, ja, an Hautfarbe und Haar zu dieser Zone den genauen Gegensatz. Das wäre ein Neger. Ihre Freundschaft gehört daher dem Neger. Die entschlossene Durchführung gewisser Neigungen, denen sie sich nicht fremd glauben, würde sie vorteilhaft unterscheiden von ihren europäischen Vorgängern und sie dem Neger näher bringen. Verachtung der Moral; ungehemmter Mut; nichts wissen und verstehen wollen, aber die Gewalt nicht hassen. Sei ohne Erinnerungen, ja, eigentlich ohne Willen, denn der Wille ist nur ein Motor, – aber sei im Aufstand gegen Europa, das sittigende, hemmende Europa, und bediene dich seiner Zivilisation nur, um es umzubringen! Genau so handelt der schwarze Herr Edgar Manning in dem Roman „Der Neger“. Er tötet sogar wörtlich Europa, denn eine weiße Frau heißt so, und er tötet sie.

Erstaunliche Sympathien bekommen hier Gelegenheit, sich zu erklären. Besorgnis ist hier Genuß, wohl, weil in Wäldern voll Schlangen die Sicherheit unvorstellbar langweilig wäre. „Nichts hielt ihn, nichts zog ihn an“: so soll es sein. „Zentrum seines Lebens war die Gegenwart, die augenblickliche Minute.“ So ist es fast schon geworden. Grausamkeit, o Freude! Hauptsächlich aber verachten, denn das gibt Mut. Das Wort Verachtung schon allein macht tapfer ...; Wie schwer muß es einer Generation werden, das Leben zu bestehen, das die vorigen ihnen bereitet haben, wenn sie es nötig hat, sich Mut bei den Negern zu holen, nach Zügen, die den Negern verwandt wären, in sich zu suchen! „Nicht umsonst sind meine Haare kraus“, schrieb einer der Schriftsteller Westeuropas 1927, vergessen wir diese Mahnung nie.

X

Der Neger ist ihnen im Grunde gleichgültig, und kurz gesagt, sie flöhen nur gern die Welt, die der Krieg ihnen zurückließ, und damit sich selbst. Wenigstens haben sie solche Regungen der Ungeduld. Ein anderer Neger macht bei Soupault eine Forschungsreise nach Grönland. Der Neger in der Eiswüste, dies soll das Bild des jetzigen Menschen sein. Wie jetzt gelebt wird, ist negerhaft, und Herz und Leben sind Eiswüsten. So sieht man es an, obwohl man sachlich bleibt. Der Neger in der „Reise des Horace Pirouelle“ findet dort oben zum Überfluß einen weißen „Greis“ von vielleicht 40 Jahren, der sich nach begangenen Kriegsgreueln gegen Norden an den Rand der Welt zurückgezogen hat. Dies ist das furchtbare Schicksal: die Jugend verloren, Schandtaten hinter sich, und vor sich nur das Verzehren vieler Konserven zu haben, sonst nichts. Auch die Flucht war umsonst, das Alter folgt uns auf dem Fuß.

XI

Philippe Soupault spricht vom Alter und dem Altern, wie man heute davon spricht. Schon von den Durandeau sagte er zuletzt: „Das Alter naht sich ihnen. Seinen leisen, regelmäßigen Schritt, sie hören ihn kaum. In kindlicher Art trauern sie vielleicht über ein weißes Haar, über Rheumatismus. Ihnen wird wohl nie bewußt werden, daß der Tod hinter ihrem Kopfkissen steht.“ Das ist sehr ernst, viel zu ernst für einen noch nicht Dreißigjährigen. Wer dachte in anderen Generationen so früh an den Tod und die anderen Übel, die ihm vorausgehen sollen? Diese jungen Leute sind imstande, bei gesundem Leibe ihr Testament zu machen. Sie sind schreckhaft, – nicht Wagnisse noch Gefahren können sie erschrecken, aber der Anblick von Greisen. Der Soupaultsche Jüngling versenkt sich in die Betrachtung eines der alten Menschen mit solchen Wonnen der Angst und des Hasses, daß er endlich eine Verwandtschaft zwischen sich selbst und dem Opfer der Jahre fühlt. „Sogar den so besonderen Geruch, der mit ihnen zieht, wage ich zu lieben ...; Ihr Bart (alle tragen Bärte) ist ein Trauergewächs. Jeden Morgen (wie viele Morgen?) bürsten sie ihn und bringen dann zwecklos die Zeit hin, bis der Tod ihnen Kehle und Herz zuschnürt, sie erstickt und lähmt.“

Welch eine Sprache! Wie viele Aufschlüsse! Die Abneigung gegen den immer wieder genannten Bart, der scheinbar noch nicht fort ist, weil man ihn rasiert, hängt zusammen mit ihrer Todesfurcht. Jung und glatt aussehen! Denn die vorzeitige Verblödung könnte drohen. Wenn sie prahlen mit ihrer armen, kurzen Jugend, was besagt es hiernach? Das war nie zu hören in Zeiten des gesicherten Genusses von Leben und Jugend. Wäre es wieder nur Ausdruck derselben Unsicherheit, Unrast und geheimen Müdigkeit? Überlegen wir noch dazu die ausschließliche Gegenwärtigkeit dieser Jugend. Energieerfüllte Gegenwärtigkeit, wie sich versteht; aber überlegen wir sie – samt diesem merkwürdigen Widerwillen zurückzudenken, zu wissen, was vor wenigen Jahren war, und vergleichen zu lernen. Hinzu gehört ihre Unbekümmertheit um die Zukunft, die eigene und die des Ganzen, die sie am liebsten ihren Diktatoren überlassen möchten ...; Es scheint, daß sie die Vergangenheit nicht einmal im Bilde mehr dulden wollen. Die Toten der historischen Theaterstücke mußten eine Zeitlang ihre Trachten ablegen und modern kommen. Nur keine alten Toten! Nur nicht erinnert werden! So ist es auch besser. Wozu in allem Unbehagen, aller schlecht unterdrückten Angst des eigenen Daseins auch noch erfahren wollen, daß Väter und Ahnen breit lachen und wahrhaft tief schluchzen konnten.

Der Ursprung so vieler Energie, so vieler Tapferkeit, wo liegt er eigentlich? Das junge Geschlecht eines Zeitalters setzt scharenweise sein Leben an technische Wagnisse ohne inneren Belang; bedenkenlos geben sie sich der Welt hin, sich selbst sind sie nichts. Sie wollen lieber mit ihrem Flugzeug aus der Höhe und der leeren Luft unmittelbar in den Tod stürzen, viel lieber das, als alt werden. An ihrer Energie hoffen sie nicht zu wachsen, sondern sich schnell zu verbrauchen, wie durch Rauschgifte. Es wird nicht allen gelingen, die meisten werden vernünftig werden und lange leben. Dann werden sie mehr als heute am Leben hängen, werden trotzdem den Tod unvergleichlich weniger fürchten als in ihrer Jugend, und an die vielgerühmte Energie, die einst die Todesfurcht verdrängen sollte, werden sie zurückdenken wie an Sturm und Drang. Dies wird das wohltätige Mißverständnis ihrer letzten Jahre sein.

XII

Was aber haben sie vollbracht? Wie planlos, bedingt und ungreifbar sie sich selbst erscheinen mögen, jeder Lebende hat zum Schluß doch etwas vollbracht. Er vertrat und hieß etwas, war mehr als Durch- und Übergang; und liebte er auch seine Persönlichkeit aufzulösen, weil sie ihn schmerzte, sie war doch einzig die seine.

Ein junger Mann dieser Tage, der 30 Jahre alt ist und schon 8 oder 9 Romane schrieb außer allem, was er noch sonst tat, bleibt dennoch unentschieden. Er weiß nicht, wofür er geschaffen ist und nicht einmal, als was. Mann der Tat? Lebensspieler? Weltflüchtig? Direktor? Dichter? Elegant? Neger? Revolutionär? Jedes könnte sein. Jedes war auch schon. Der Greis war, so gut wie das Kind. Nur Reife und Endgültigkeit bleiben außerhalb der Bahn. Er findet in sich zuviel Auswahl, in der Welt zu wenig Grenzen, nicht mehr die frühere Abgegrenztheit der Persönlichkeiten, Berufe, Nationen. Alle sind wie er, in Auflösung und unterwegs. Auch fehlt noch das Vertrauen in den Bestand einer Gesellschaft, deren vorige Erschütterung nachzittert bis in den Beginn der nächsten.

Es ist das erste Geschlecht von Europäern, die ersten, die es nicht nur sein wollen, nicht nur edle Wünsche und wohltuende Ansichten hegen über den bevorstehenden Weltbürger der Zeiten, die noch nicht da sind. Das war bequem. Nein, diese sind es wirklich, sind wirklich die viel beredeten Europäer. Sie in eigener Person haben unsere Sehnsucht zu büßen, denn wer eine Sehnsucht verwirklicht, büßt sie auch. Sie haben den von früheren herbeigerufenen Typ zu erleben, und die ersten vom neuen Typ leben schmerzensvoll. Sie sind die unsteten Träger von Versuchen, noch bleiben sie vereinsamte Vorläufer einer Welt, die ihnen schwerfällig nachzieht. Sie leben an den Rändern, und immer drängt es sie, noch weiter zu flüchten, nach Grönland, in den Wahnsinn, zum Geist einer anderen Rasse. Sie stehen viel aus, von ihnen darf die Menschheit nicht verlangen, daß sie ihr besonders geneigt seien. Sie lieben niemand, nicht einmal das Leben jeden Tag und nicht in der Frau sich selbst.

Was lieben sie? Die Bewegung offenbar, und in der Bewegung als Zweck allerdings sich selbst. Ihren Willen sogar kennen sie nur als Motor, einmal im Gang ist er schwer aufzuhalten. Man gleitet, das ganze Leben eine Fahrt im Tempo der Maschinen. Die Spannung bleibt übrig, wenn alles andere versagt. „Anderswo" sein; und da sie an jedem Ziel wieder nur sich selbst vorfinden können, lieben einige vom Reisen am meisten den Schlafwagen, den bequem eingerichteten Kasten, der schnell ist und in dem man anders schläft, beinahe ein anderer zu sein hofft. Der ungenannte größte Vorzug des Schlafwagens ist aber, daß er kaum länger als eine Nacht mit ihnen dahinrollt. Er veraltet daher nicht, und auch sie – ach, der Schlafwagen ist der Ort auf Erden, der einzige, wo sie nicht fühlbar altern.

Was lieben sie? Sie finden nicht viel zu lieben. Die Stelle der Liebe hat bei ihnen der Mut eingenommen. Sie kennen nicht nur den Mut des Rekordmannes; immerhin findet sich bei ihnen auch die Art des Mutes, der uns zu befreien wagt – von der ganzen Vergangenheit, Klasse, Familie, Geschichte, Herkunft. Wie sollten sie Vergangenheit und Alter nicht hassen und fürchten. Sie wären sonst niemals so mutig. Diese Pioniere setzen den Fuß an, überschreiten eine gedachte Grenze, und gehören schon einem Zeitalter ohne Erinnerungen, einer Zukunft, die noch Urwald ist. Sie übernehmen die ungeheuersten Pflichten und Verantwortungen, denn ihr Entschluß, der Entschluß einer geistigen Generation, besiegelt das Schicksal des Erdteiles. Aber sie sind leicht wie Springer. Sie fühlen sich sogar selbstherrlich; keine Ahnung berührt sie, daß sie einen folgenschweren, herrlichen Auftrag ausführen, mit dem Ziel des geeinten Europa, einer überaus straffen Zwangsorganisation. Keine Ahnung. Ihr Lied gilt der Freiheit.

Diesen jungen Europäern gebührt großer Dank, und man muß sie lieben, ohne daß sie es erwidern. Sie sind nicht nur, wie sonst die neuen Geschlechter, eine beliebige Zukunft; in ihnen wird erlitten die ganze noch erhoffenswerte, noch glaubhafte Zukunft dieses Kontinentes, der fast schon keine mehr hatte. Nach ihnen die europäische Gesundheit, die angepaßten, beruhigten Geschlechter und ein Europa, das vielleicht glücklich zu sein gelernt hat! Sie sind auch Brüder im Erleiden, ihrem frischgemuten, knabenhaften Erleiden – kennen einander über den ganzen Kontinent hin, verstehen einander auf den ersten Blick, auch ohne gemeinsame Sprache. Ihre Bücher, die Lebensschreie sind, zu übersetzen und denen mitzuteilen, die in ihnen sich selbst ermutigt finden können, ist nicht literarische Liebhaberei mehr allein, es ist Dienst an den Geistern und am Leben. Wie alles über die Landesgrenzen zum andern drängt! Welch eine Neugier, Aufgeschlossenheit, unbedingte Not des Gemütes nach dem andern Gemüt! ...; Natürlich muß es Feinde geben, die das Übersetzen unserer europäischen Literatur in ihre einzelnen Sprachen verbieten möchten, gerade jetzt, da sie im Grunde dieselbe Sprache schreibt. Da es endlich anfängt, wieder ein gemeinsames europäisches Fühlen, wieder allgemein gültige Zeichen und Gesten zu geben! Die übersetzte Literatur handelt. Sie ist ein Mittel dieses um sein Leben kämpfenden Erdteils.

XIII

Wer sind Sie, Philippe Soupault, Sie selbst zum Unterschied von Ihren europäischen Freunden und im Vergleich mit Ihren Personen. Wollen Sie lieber handeln, lieber fühlen? Ganz fremd sein, oder spielen, oder fliehen? Nur Ihre Personen haben sich entschieden, nicht Sie. Von Ihren Durandeau sagten Sie, es seien „die Menschen“, daher Brüder. Sie hielten es demnach nicht für entscheidend, daß jemand in der Umgegend von Paris geboren ist, wo auch Sie selbst geboren sind. Dies schneidet für Sie nicht alle Fragen ab. Gewiß hat man dann Erinnerungen an einen geliebten Garten der Kindheit, an eine bestimmte Schule, an Freunde, die es für uns, für uns nur einmal gab. Gleichwohl ist Ihnen klar, daß Rechtsanwalt Louis Durandeau ausgezeichnet auch in Berlin seinen Weg machen würde. Sein spekulierender Bruder Emile schiebt, liebt und schwimmt im Leben dieser Tage, wie jeder seinesgleichen im Westen unserer Hauptstadt. Der dritte, ein Künstler, ist nicht gewöhnlich hier – vor allem, weil er noch Geld hat. Pierre erscheint aber auch in seinem Lande außerordentlich durch seine Gegensätze, heiß und kalt, jetzt

Passivität und Einsiedelei, jetzt höchste Kraftentfaltung. Dagegen seine Fehler, die seiner Familie: Heftigkeit und Ironie? damit wissen auch wir Bescheid. Vielleicht war das einst nur französisch.

Sich selbst persönlich legen Sie in Ihrer Autobiographie, die Sie „Geschichte eines Weißen“ nennen, andere Schwächen bei: kein Ernst, kein Sinn für Respekt, eher Leichtsinn. Wenn alles wahr wäre, sind dies nur Anzeichen, daß Sie trotz allem zu den Glücklichen gehören. Werden Sie nicht gerettet durch Ihren Enthusiasmus? Sie bekennen sich zu der höchsten und der zärtlichsten Geistesfreundschaft für einen längst Verstorbenen. Das gibt immer den Ausschlag, sich begeistern zu können, Freundschaft fühlen zu können, ja, Treue zu bewahren. Wo das ist, sind wir alle zu Hause. Die deutsche Treue kommt in Gestalt der französischen Loyalität wirklich vor, müssen Sie wissen, und diese vielleicht wirklich in jener. Was die sogenannten Fehler betrifft, sind es genau die Eigenschaften unserer beiden großen Städte. Ihre Bewohner haben sie zum Leben nötig: den Leichtsinn, weil der Schwere dort untergeht, die Heftigkeit, damit in den zahlreichen entscheidenden Augenblicken des Lebens kein Rest an Kraft ungenutzt bleibt, und die Ironie als den kürzesten Ausweg, Eindrücke zu überwinden.

XIV

Sie haben das Temperament des europäischen Großstädters, sind persönlich treu mit Freiwilligkeit und Anmut; und das eigentlich Französische an Ihnen ist das Klima Ihrer Geistigkeit, tue Leidenschaftlichkeit, mit der Sie geistig sind.

Ihre zu genauen Erinnerungen sind Ihnen oft lästig. Sie möchten sie abstreifen. Dennoch erhielten Sie sich immer, so verschiedene Gesichter Ihr Leben schon annahm, den zuerst empfangenen Begriff der Reinheit, jener Unabhängigkeit vom Leben selbst, jener tapferen Unerbittlichkeit im Innern bei allem äußeren Verzicht, aller Anpassung. Sie handeln nach Ihrem Kopf, und wenn Sie sich bezichtigen, Versprechen nicht durchaus einzuhalten, so unterlassen Sie es nur, weil es zu leicht wäre. Statt dessen wagen Sie für einen anderen, gerade wenn Sie ihm nichts schulden, den kühnsten Versuch, an den er selbst nie gedacht hätte. Sie glauben statt seiner an den Erfolg und bleiben dabei, bleiben treu. Es ist, als hätten sie gewettet. Bei gewöhnlichen Unterredungen über Geschäfte können sie ausnahmsweise einen Eindruck machen wie nicht dazugehörig, sogar wie bestraft. Am Abend aber nach Ihren vielen schnellen, schlanken Bewegungen durch die Stadt und Ihre Angelegenheiten schreiben Sie. Wohl sagen Sie, das sei Ihre Schwäche. Sie sagen, nur die Poesie achteten Sie. Ist es so, weil ein Gedicht Sie in einem Augenblick der Unendlichkeit annähert, der Roman erst in langen Tagen? Ihr Geist soll sich an die Unendlichkeit verlieren, aber im Augenblick. Sie wollen nur im Augenblick leben, aber unendlich. Ihren Romanen geht zuweilen sichtlich die Geduld aus, nur Prosa zu sein, sie möchten schimmern als Inseln, wie Gedichte es vermögen. Vergessen Sie nicht, daß Ihr Gedicht an die Freiheit in Prosa ist! Es beginnt: „Freiheit, die ich will, Freiheit, nach der ich krank bin und die mich quält und mich tötet, wie der Durst, wenigstens einmal im Leben möchte ich dein Gesicht erblicken. Einmal, und ich wäre zufrieden.“ Aber es schließt mit der Anrufung des Todes, denn Tod und Freiheit seien Geschwister.

Sie behaupten, Ihr Drang, frei zu sein im Handeln und im Denken, gehe bis zur Tyrannei und bis zur Zerstörung. Sie wissen dies klarer als viele junge Zeitgenossen, – die auch hauptsächlich frei sein möchten von sich selbst, dieser überkommenen Beschränkung ihrer Persönlichkeit, Nationalität und Erde. Hinaus und hinan! Nur dafür stürzen alle sich ins Gedränge. So, Soupault, sehe ich Sie schnell, leicht und mit erhobener Hand über einen Platz in Paris gehen. Die Autos stürmen von allen Seiten auf Sie ein. Sie erheben die Hand und kommen ohne Aufenthalt hindurch.